계절의
그리움과
몽상

계절의 그리움과 몽상

초판 1쇄 인쇄 · 2017년 2월 15일
초판 1쇄 발행 · 2017년 2월 20일

지은이 · 강경화
펴낸이 · 한봉숙
펴낸곳 · 푸른사상사

주간 · 맹문재 | 편집 · 지순이, 홍은표 | 교정 · 김수란
등록 · 1999년 7월 8일 제2-2876호
주소 · 경기도 파주시 회동길 337-16 푸른사상사
대표전화 · 031) 955-9111(2) | 팩시밀리 · 031) 955-9114
이메일 · prun21c@hanmail.net / prunsasang@naver.com
홈페이지 · http://www.prun21c.com

ⓒ 강경화, 2017
ISBN 979-11-308-1079-9 03810
값 16,000원

이 도서의 국립중앙도서관 출판예정도서목록(CIP)은 서지정보유통지원시스템 홈페이지
(http://seoji.nl.go.kr)와 국가자료공동목록시스템(http://www.nl.go.kr/kolisnet)에서 이용하실
수 있습니다.(CIP제어번호: CIP2017003604)

푸른사상 산문선 16

계절의 그리움과 몽상

강경화 산문집

책머리에

|

기억을 지배하는 것은 사람의 시간도 아니고, 성자의 시간
도 아니다. 계절이라는 하늘의 사대신성(四大神性)의 시간
이다. 순수 추억에는 날짜가 없고, 계절이 있다. 계절은 추억
의 표지이다. 기억해야 할 그날에, 하늘은 어떠했으며 바람은
어떠했는가? 그것이 어렴풋한 추억에 올바른 긴장을 부여하
는 문제이다.(바슐라르, 『몽상의 시학』)

여기에 실은 글들은 몇 해에 걸쳐 시간의 흐름과 계절의 추이를 따
라 쓴 것들이다. 끝에는 날짜를 명기했다. 드물게 빠진 날짜도 있고,
중복되는 날짜도 많다. 중복된 날짜는 쓰인 연도가 다른 경우이다.
날짜가 있다고 해서 일기는 아니다. 단지 그날 쓴 것임을 밝힌 것이
다. 그래야 시간과 계절의 추이를 짐작해볼 수 있기 때문이다.

계절마다 마주치는 그리움, 몽상, 생각의 단편들을 꿰거나 깁지 않
고 그냥 그대로 널어놓았다. 그래서 논리나 두서가 없고, 생각의 깊
이나 넓이와도 관련이 없다. 좁고 얕을망정 내겐 참으로 소중한 것들

계절의 그리움과 몽상

이다. 내 마음의 무늬, 기대, 기억, 행로, 바람, 삶, 만남, 죽음, 욕망, 비, 눈, 상처, 아픔, 외로움, 이별, 애착, 환멸, 그리움, 사랑, 유년, 일상, 환영 등이 켜켜이 쌓여 있다. 누구이든 내 마음의 고랑을 따라 함께했으면 참 좋겠다.

내게 가장 소중한 선물이자 아픈 상처인 배꽃그녀에게

2017. 2

강경화

차례

제1부

봄의 기억 혹은 기대

계절의 그리움과 묵상

차례

차례

제2부

여름의 잔상

제2의 그리움과 문상

차례

제3부

가을의 풍모

차례

차례

제4부

겨울의 위엄

계절의 그리움과 묵상

봄의 기억 혹은 기대

천기

놀라워라! 하룻밤 사이에 저토록 밝은 빛들을 밝혀놓다니! 그러다가 어느 날 또 하룻밤 사이에 그 모든 빛들을 거둬들일 것이다. 계절이란 빛과 어둠이 시시각각 교차하는 무늬일 터이다. (3.1)

속수무책

삶은 여전하고 몸도 여전하다. 늘 같은 자리에 같은 모습으로 존재한다고 믿으며 살아왔다. 그런데 세월 앞에 무너지면서도 피할 묘책이 없다. 감히 그 누군들 삶의 시간 앞에서 묘책을 궁리해낼 수 있겠는가. 속수무책 살아가기 마련이다. (3.3)

기억

지나가버린 시간에 대한 기억은 실제로는 돌이킬 수 없는 대상이며, 단지 '떠올려지는' 막연한 그리움에 불과하다. 그러나 그것은 '지금, 이곳'에서의 삶을 의미 있는 것으로 만드는 존재의 원질(原質)이라는 점에서 소중하다. 그것 없이 어찌 한평생 살아낼 수 있겠는가. 그래서 기억은 인간이 자신의 영혼을 시간 속에 불어넣는 일이다. 그 때만이 기억은 자신과 한 몸으로 살아나고 자신의 일부로 존재할 수 있게 된다. 루카치가 환멸의 낭만주의 소설에서 읽어낸 '희망'과 '기억'이란 바로 이것이었으며, 총체성을 상실한 인간이 존재의 본질에 가장 가까이 다가갈 수 있는 최대의 것이다. (3.5)

까치집

창 너머 미루나무 앙상한 가지 위에 까치집이 얹혀 있다. 참 위태로워 보인다. 우리들 삶도 그보다 더하면 더했지 덜하지 않으리라. (3.5)

봄의 기대

캠퍼스 한구석에서 산유화 꽃망울이 날치 알마냥 틔어 나오고 있었다. 매서웠던 바람도 어느 사이 온기가 스며 있다. 난방이 안 된 공간에서 아슬아슬하게 번지는 냄비의 수증기 정도로 데워진다. 그러다 어느 날 아침, 천지가 환하게 밝아지면서 총천연의 기다림들이 가슴 터지게 피어나겠지. 그 황홀경은 지금 생각만으로도 벌써 가슴이 뛴다. 견뎌낼 수 있을까, 그 벅찬 풍경 앞에 서면. (3.6)

햇살

이젠 정말 봄이 오는가 봅니다. 햇살이 스며드는 걸 느낄 수가 있습니다. 온몸의 감각이 벌떡 일어납니다. 감각의 돌기가 돋더니 정수리에서 식도를 거쳐 내장을 건드리고 성기 끝에 매달려 한 바퀴 맴돌더니 무릎을 톡 쏘고는 뒤꿈치로 빠져나갑니다. 순간 움찔하면서 몸을 털었습니다. 봄 햇살이 온몸을 짜릿하게 관통합니다. (3.6)

무엇이 옳을까

삶이란 언제나 얻으며 사는 것은 아니다. 때론 잃는다. 어떤 경우에는 얻는 것보다 잃은 것이 더 많을 수 있다. 흔히 하나를 얻기 위해서는 하나를 잃어야 한다고 말한다. 그러나 하나를 얻기 위해서 하나를 잃어야 한다면 결국 끊임없는 대체에 불과하다. 그러니까 얻고 잃음이란, 라캉이 말한 욕망의 환유로서 끊임없는 미끄럼뿐이지 않은가. 그것이 양립할 수 없을 때는 누구나 끊임없이 어떤 선택이든 하지 않으면 안 된다. 선택의 어려움이야 살면서 언제나 부딪치는 문제이고, 또 필요와 중요성에 따라 자연스럽게 어느 하나가 결정될 것이다. 그렇지만 "버리고 얻을 것인가?" "얻지 않고 잃지도 않을 것인가?"의 문제는 여전히 남는다. 무엇이 옳은 선택인지는 늘 어려운 문제이다. (3.6)

빈집

조금 떨어진 나지막한 언덕 위에 집이 있습니다. 작은 집입니다. 멀리서나마 아름다워 보입니다. 햇살이 비추면 지붕이 은빛으로 빛나고 노을이 지면 붉은 색감이 번질 것도 같습니다. 현관으로 향하는 낮은 계단도 보이고 뜰 앞엔 작은 우체함이 놓여 있고 꽃도 철마다 가득할 듯합니다. 격자무늬 창도 보입니다. 그 집 둘레로 바람이 안온하게 지나가는군요.

헌데 가까이 다가가 보니 빈집입니다. 먼발치에서 바라보던 것과 달리 바람이 쟁기질하듯 지붕을 훑으며 지나가기도 하고, 처마 가까이엔 거미줄도 치렁치렁합니다. 작은 집이지만 아담하고 아름다웠을 그 집이 이렇게 텅 빈 이유를 모르겠습니다. 언젠가 주인 내외가 잘 다듬고 가꾸었음직한 언덕 위의 작은 집은 이제 혼령이 빠져나간 빈 육신으로 덩그러니 남아 풍상에 힘겨워하고 있습니다. 얼마나 온기 가득한 정성을 기다리며 그 다감한 손길을 아직도 꿈꾸고 있을까요. 우리 마음의 어느 구석에도 이런 빈집이 있다면 이제 그만 따스한 바람 불어넣고 싶습니다. (3.6)

벤치에 기대어

정말 날이 좋았다. 벤치에 등을 기대고 조용히 눈을 감고 있으면 세상의 온갖 기운이 스며들 듯하다. 그런데 그 '좋음'만큼이나 어둡다. 삶이란 매양 빛과 어둠 속에 갇혀 있는가 보다. 사람마다 다르겠지만 무엇에든 갇혀 있다는 것은 피할 수 없는 일이다. 일상을 벗어나자고, 잊어버리자고, 훌훌 털어버리자고 떠난대도 고무질에 매여 다시 튕겨 돌아와야 하는 것이 또한 일상이다. 그래도 갔다가 돌아올 수 있어 그나마 다행이다. 쫓겨 가듯 돌아올 수 없는 길을 야반에 떠나야 한다면 얼마나 처절할까. (3.7)

산

내려올 걸 왜 애써 오르느냐고 묻는다. 내려와야 하고 또 내려올 수 있어 산에 오른다. 내려올 수 없다면 무슨 천형(天刑)을 받았다고 산에 오르겠는가. (3.7)

봄의 자랑질

봄은 살아 있는 것만을 기억한다. 그 살아 있다는 것에 얼마나 자랑질이 심한지 원! 온 세상이 저토록 일제히, 그리고 요란스레, 그러면서도 소리 없이 온갖 색으로 분칠한다. 그 휘황한 분칠에 매년 숨이 꼬박 넘어갈 지경이다. 내가 제 명 다하기 전에 죽는다면 그래 저 봄빛을 견디지 못했기 때문일 것이다. 보라! 저 봄빛 세상의 온갖 지랄들을. (3.7)

만남

만남은 타인을 향한 미지의 여행이다. 확실히 타자는 미지의 세계이다. 타자와의 만남은 미지의 세계에 대한 여행이다. 타자의 정신, 의식, 내면, 육체, 삶의 방식 등을 새롭게 만날 수 있다. 그래서 우리는 떠나곤 한다. 내 밖의 사람에게로. (3.7)

지하철에서

가수 왁스였던가? 우연히 들었던 〈지하철에서〉라는 노래. 오늘 처음 만난 사람과 사랑에 빠져보고 싶어♪~. 내가 잘되든 못되든 신경 쓰지 않는 사람과 밤새~♬ 권태와 허무와 무기력과 그것들을 팽개치고 싶은 절실한 희망으로 들린다. (3.8)

그리움

평생을 그리움 하나 채우고 살아왔다. 어느 사이 목련이 봉오리를 맺고 있다. (3.8)

봄빛

얼마 전까지 아직 꽃이 피지도 싹이 나지도 않았다. 그럼에도 봄이 다가왔음을 느낄 수가 있다. 모든 것은 기미가 있기 마련이다. 그 기미를 몸의 감각은 기억하고 있다. 작년, 재작년, 아니 그 전 이맘때 쯤엔 무슨 생각을 했을까.

밤에는 아직 선뜩하지만 그래도 많이 따뜻해졌다. 저 남쪽에는 진작 꽃들이 피었단다. 그래서인지 군항제이니 뭐니 하면서 떠들썩하기도 했는데 서울은 이제야 벚꽃, 개나리, 목련들이 피어나기 시작했다. 그랬는데 벌써 바람에 떨어지는 벚꽃들이 있었다. 같은 계절인데도 삶의 과정에서 받아들이는 편차는 다양하다. 불과 며칠 전 대구에 내려갔을 때 꽃들은 이미 다 졌었다. 개나리와 벚나무엔 꽃 대신 잎들이 파랗게 돋아나 있었다. 아직 서울엔 꽃들이 다 피지 않았던 때였다. 헌데 필 것은 다 피고 질 것은 다 졌다.

어느새 주위엔 봄이 파랗게 덮여오고 있다. 밤에 밖에 나서면 라일락 향이 무거운 마음으로 다가오곤 한다. 산 위의 나무들도 푸르게 변하고 있다. 그 푸름에도 연륜이 들어 보인다. 낡은 것과 새것이 구분이 된다. 그래, 봄빛이다! 우리의 나이듦, 삶의 집적, 내면의 흔적도 주름이나 흰머리 대신 나날이 봄빛으로 푸르게 물들었으면 좋겠다. (3.8)

막연한 바람(望)

월요일. 새벽 4시에 일어났다. 자명종 소리에 오뚝이처럼 일어나 욕실로 들어갔다. 어지럽고 구토가 나고 머리가 아프고 쓰러질 듯했다. 유독 힘든 날이 있다. 무엇에서인지는 명확하지 않으나 그냥 쉬고 싶다는 생각이 들었다. 세상일에서 벗어나고 싶은 마음이 헛구역질과 함께 양치질하는 내내 머릿속에 머물러 있었다. 잠시 소파에 반쯤 누운 상태로 기대어 앉아 있는 동안에도 몸은 허우적거렸다. 피곤하고 지친 마음, 깊은 허무의 늪에서 이제 그만 놓여나고 싶다고, 아니 차라리 허무의 바다를 어서 건너가고 싶다는 생각이 들었다. 먹고 싶지 않은 식욕을 안고 꾸역꾸역 밥을 밀어 넣듯이 왜 자신을 저 번요한 세상 안에 밀어 넣고 있는지! 행주를 빨아 쨍한 햇볕에 널어놓는 것처럼, 삶도 뜨거운 물에 푹 삶아 잘 헹궈서 다시 말끔하게 만들 수는 없는 것인지! 내 삶에 과연 딱히 지워야 할, 깨끗이 빨아 넣어야 할 지저분한 무엇을 갖고 있는 것이 아님에도 그렇다, 막연히. 아니 뭔가 있었으니 그러하겠지! (3.9)

먼 훗날

먼 훗날 삶이 이미 누추해진 어느 날, 지나온 삶을 돌아보며 우리들 인생에서 환하게 빛나던 시절이 있었음을 기억해낼 수 있을까? 기억해낸다면 그것은 얼마나 밝은 빛을 내고 있으며 얼마나 환한 시절로 기억될까? 누군가에게 혹은 무엇에게 혹은 서로에게 갇혀 지낼 수밖에 없었던 그 뜨거운 시절을. 비록 훼손된 기억으로 남아 있을지라도 그런 시절이 있었던 것만으로도 삶은 참 풍요로울 것이다.

밖을 보니 어둠 속에서 길가의 마른 나뭇가지가 바람에 흔들린다. 그 바람의 날카로운 손끝이 어릴 적 내 얼굴에 상처를 남겼던 여자아이의 손톱마냥 가슴을 할퀸다. 바람에 흩날리는 세상을 가만히 바라보고 있자니 어디선가 먼지 한 톨 날아와 아픈 사랑의 영혼인 듯 내 눈을 파고 들어온다. 어느 순간 봐버린 삶의 불길한 단면이나 유리창 저편으로 엿본 다른 세계처럼 그렇게. (3.9)

끝

세상일의 끝은 언제나, 무엇이든 시시하다. 끝의 장렬함이란 영화의 'Fin'에만 있다. (3.9)

겨울의 끝과 봄의 시작 사이에서

Teresia 님께! 이번 겨울은 참 짧았습니다. 마음이 허해서가 아니라 눈이 귀했고 추위가 덜했던 탓이려니 합니다. 그래도 가슴 한쪽에서 놓여나지 못하는 건 피할 수 없을 것 같습니다. 아마도 무언가 마음의 자리를 잘못 잡았나 봅니다. 털어내지지 않습니다. 아파트 앞 동의 목련은 지난주에 봉오리가 맺혔습니다. 벌써 저 밑에서 산수유며 개나리며 벚꽃이 휘이휘이 봄을 몰고 올라오고 있다는 것을 느꼈습니다. 아직 마음은 갈피를 못 잡고 있는데 벌써 봄이 밀려오고 있으니 어지럽습니다. 그러고 있는데 남도에 산수유가 가득 피었다는 소식을 전해주더군요.

오늘 마지막 커피야, 라고 다짐하며 Decaf를 컵에 털어 넣었습니다. 하루 종일 흐렸습니다. 곧 비라도 밀어닥칠 듯했습니다만 비는 내리지 않았습니다. 대신 바람만 불었습니다. 그 속에 누런 먼지 알갱이들이 보였습니다. 점심 먹고 돌아오는 길에 날이 포근하여 몇 사람과 근처 벤치에 잠시 앉아 있다가 들어왔습니다. 그늘진 곳의 잔설하며 마른 풀잎 등 아직 겨울의 끝에서 벗어나지 못하고 있더군요. 하지만 봄이 곧바로 앞에 와 있고 더 따뜻해지면 어쩌나 하는 조바심이 들었습니다. 상춘의 여유는 없는데 몸과 마음은 풀려나갈 테고, 그러다 한 길 나락으로 떨어져 정신을 잃을 텐데. 갑작스레 밀려오는 조바심. 그렇습니다. 겨울이 끝났는데 이제 새로 겨울을 준비하는 그런 바쁜 마음이 몰려왔습니다.

아마도 해야 할 일 때문일 겁니다. 기한을 한참 넘겼는데 이번 달까지로 말미를 얻었습니다. 허나 작업의 어려움보다는 정말로 하기 싫다는 게 문제입니다. 살면서 가장 신경을 쓰는 것은, 하고 싶을 일을 하며 사는 것보다 하기 싫은 일을 하지 않으며 사는 것입니다. 그 때문에 많은 희생과 불이익을 감수했습니다만 그래도 또 하지 않으면 안 되는 일들, 해야 할 많은 것들이 두터운 장막을 치고 있음은 피할 수가 없습니다. 죽지 않는 한 살아야 하고, 살다 보면 선택의 여지가 없는 경우도 많으니까요. 방치한다고 해서, 그 일로부터 잠시 떠나 있다고 해서 해결될 수 없음을 잘 알기에 졸린 눈으로라도 대면하고 있습니다. 눈 부릅뜨고 덤벼들어도 부족하거늘……. 실은 세상만사 모든 일이 그렇지요. 아직 컵엔 이미 식은 Decaf가 남아 있습니다. 그런데 사실 해야 할 일 때문만은 아닌 것 같습니다.

며칠 전 큰 눈이 내렸습니다. 바로 그때까지, 아니 아주 여리게 차창 너머로 흘러가는 눈을 보는 순간에도, 이번 겨울, 이제 더 이상의 눈은 볼 수 없으리라 생각했습니다. 그것이 무엇보다 아쉬웠던 것은 눈에 푹 파묻히는 것처럼 그렇게 파묻고 싶은 게 있었기 때문입니다. 그 때문인지 가슴팍까지 쌓인 저 깊은 산골의 난폭한 눈을 자주 떠올렸습니다. 바깥출입을 할 수 없어 이리저리 뒹굴면서 도토리, 감자, 밤 등을 구워 먹으며 옛날이야기를 듣다가 잠이 드는 산골 아이가 가뭇하게 그려졌습니다. 때론 눈꽃을 위태롭게 달고 있는 나무들의 모습도 그려졌습니다. 물론 알고는 있습니다. 눈이 아무리 온다 한들 실은 묻히는 게 아니라 단지 마음뿐이라는 것을. 그런데 그날 밤 창밖을 보니 아쉽게 그려보던 꼭 그 형상으로 눈이 오고 나무들이 순백으로 성장(盛裝)을 했습니다. 얼마나 내리던지 이곳의 눈이 그냥 하늘로 뻗어 천상과 지상의 공제선이 사라진 하나의 공간이었습니다. 밖에 나가 한참이나 하늘을 올려보았습니다.

마음이 깊어지면 분별을 잃어 끝내 벼린 칼에 베입니다. 상처는 오래갑니다. 자신이 입힌 상처는 더욱 오래갑니다. 사람에 따라 자신이 입힌 상처로 하여 자신이 더욱 많이 아프기도 하는 법입니다. 빛이 깊어지면 그림자가 됩니다. 우리는 빛과 그림자 중의 하나만 봅니다. 그래서 밝거나 어둠만을, 따스하거나 서늘함만을 압니다. 햇볕 아래 앉아 있으면 가슴이 따뜻하게 데워져옵니다. 그런데 어느 순간 따스한 가슴 저편으로 밀려오는 서늘함이 있습니다. 이마나 아랫도리에 후끈 열이 달아오르는데 가슴은 싸늘하게 진땀이 배어듭니다. 오싹한 한기. 밝은 햇살 아래 책을 보다가 고개를 드는 순간 세상은 어두워지지요. 색이 깊어지면 검습니다. 그렇게 검어지기 바로 직전 그리고 어둠에서 벗어나기 바로 직전 깊은 푸른색을 발합니다. 어젯밤 모임 뒤에 걸어오는 밤도 그러했습니다. 세상에 우리를 위해 존재하는 것이 과연 얼마나 있을까 하는 생각이 들었습니다. 꽃이, 바람이, 눈이, 비가, 시간이, 계절이 우리를 위해 존재하지는 않는다는 너무 당연한 생각이 문득 떠올랐고 그게 아주 오랫동안 머물렀습니다. 옷을 갈아입고 샤워를 하는 내내.

돌이켜보면 참 많은 죄를 지었던 것 같습니다. 알게 모르게 많은 상처를 주었군요. 언젠가는 씻고 가야겠지요. 겨울의 끝과 봄의 시작 사이에서 마음은 이렇게 갈피를 잡지 못하고 있습니다. 오늘밤도 별이 바람에 스칩니다. (3.10)

매트릭스, 사랑의 확신

영화 〈매트릭스〉를 좋아했다. 아직까지 좋아하는 몇 안 되는 영화이다. 여러 이유가 있지만 무엇보다 영화의 거의 마지막 장면에서 보여주었던 한 여자의 사랑의 확신에 대한 메시지가 인상 깊었다. 〈매트릭스〉의 거의 마지막 장면에 나오는 한 여인 트리니티(Trinity)의 독백(그러나 그것은 결코 독백이 아니라 대화이다)을 옮겨보면 이렇다.

> 이제 두렵지 않아.
> 오라클은 내가 사랑에 빠지는 남자가 바로 '그'라고 말했어.
> 그러니까 당신은 결코 죽을 수 없어.
> 당신을 사랑하니까.
> 들려?
> 당신을 사랑해

그러고는 입을 맞춘다. 그 순간 죽었던 '그'가 호흡을 시작한다. 언뜻 이 독백(대화)은 예언자인 오라클의 예언에 대한 믿음으로 들린다. 그러나 조금만 더 생각하면 한 여자의 '사랑에 대한 확신'을 보여주고 있다는 것을 알 수 있다. 명백한 3단 논법. '내가 사랑에 빠진 남자는 죽지 않는다. 나는 너를 사랑한다. 그러므로 너는 죽지 않는다.' 과연 그녀의 확신대로 그 남자는 죽지 않는다.

많은 영화들이 사랑의 진실과 신뢰를 보여주곤 한다. 언제나 나를 아쉽게 만드는 것은 후일담 부재에 대한 의혹이다. 흔히 영화 마지막에 한 남자와 한 여자는 서로의 사랑을 확인한다. 그러나 그다음엔? 이제껏 수많은 사람들이 그래왔듯이 그들의 사랑이 과연 얼마나 오랫동안 견고하게 유지될 것인가 하는 회의적인 의문들. 사랑하는 동안 그리고 사랑을 확신하였기에 결혼에 이르기도 하지만 우리의 사랑은 그렇게 견고하거나 단단하지 않다. 그것은 아주 작은 틈에 의해 쉽게 와해되곤 한다. 사랑은 상하기 쉬운 우유와 같은 것이며, 얼마나 느슨하고 흔들리기 쉬운 것인지.

〈매트릭스〉에서 명백한 죽음 앞에서도 '그'가 죽지 않았음을, 아니

죽을 수 없음을 확신하는, 그리하여 다시 살아남을 우리에게 보여주는 것은 자신의 사랑에 대한 확신 때문이다. 아무것도 아닌 듯 예사롭게 볼 수도 있을 그 장면은 내게 아주 깊은 인상을 남겼으며, 그 대화를 아예 외워버리도록 만들었다. 우리는 얼마나 추호의 흔들림도 없이 자신의 사랑을 확신할 수 있을까. 자신에게 던져 볼 만한 의문이기도 하다. (3.14)

광휘를 찾아

시간에 밀려가는 삶을 기진한 눈으로 바라보고 있다. 삶이란 이래도 되는 것일까, 이렇게 속수무책 떠밀려 가야 하는 것일까, 이렇게 힘겹게 숨을 몰아쉬어도 되는 것일까 하는 생각이 든다. 눈앞에 해야 할 일들을 바라보고 있자니 이렇게 살아야 하는 일일까 하고. 산다는 일에 뭐 대수로운 일이 있겠는가. 사랑이란 이름으로 사람을 만나 결혼하고, 집을 마련하는 일, 커가는 자식들 바라보는 일, 젊음을 바쳐 이룬 가게를 넓히거나 혹은 주고받는 명함에 그럴듯한 직함이 하나씩 늘어나는 일, 양복 차림으로 갈빗집에 들어가 삼겹살을 뒤적이며 그날 일을 소주잔에 털어 넣는 일, 세상일 굴러가듯 그렇게 출렁대며 사는 것.

산다는 일에 뭐 대수로운 일이 있겠는가마는 그래도 뭔가 대수로운 일을 찾아 가끔은, 나는 너와 다르다며 마음의 가방에 짐을 잔뜩 챙겨 넣고 떠나곤 한다. 그 가방엔 무엇이 들어 있을까. 잔뜩 챙겨 넣었지만 알고 보면 모두 다 살아 있음의 흔적들만을 간직한 헛되고 헛된 것들뿐이다. 그래도 나는 너와 다르다며 그들과 다르게 살고 싶어서 먼 산을 바라본다. 먼 산 너머에는 내가 찾는 그런 게 있을 것 같아서. 그곳에서는 삶의 여유와 우아함이 가능할 것 같아서. 그곳의 하늘빛과 물빛은 멋질 것 같아서. 내 마음의 광휘를 찾아, 아니 찾고 싶어서. (3.15)

삶의 불가해성

할 일이 없었던 것은 아니었다. 그런데 한가했다. 이것저것 하며 한가하게 때론 무료하게 오전과 오후를 보냈다. 무료함이라? 참 오랜만의 일이다. 사람들과 부딪히면 언제나 힘들다. 그렇지만 산다는 게 그런 거겠지, 그거야 또 "내 맘만 접으면 될 일이지" 하고는 느긋하게 시간을 죽여갔다.

뒤늦게 또 아들을 낳았다는 신문사 친구의 전화를 받고서는 과장스럽게 파안대소하면서 "아들만 낳은 그 불행을 너 어떻게 감당할 거냐?"며 짐짓 위협하기도 하고, "살아 있냐?"는 동학 여선생의 안부에 "내 생각에 전화 거는 당신의 마음이 살아 있는 한 나는 언제나 살아 있다"며 의뭉스런 농도 한 번 던지고, 이어 "날씨도 좋은데 야외에 함께 나가지 않겠느냐" 하기에 "야외란 법석을 깔아야 나가는 법"이라고 가볍게 거절하면서 사라지는 시간의 운명과 동행했다. 그런데 시간이 지나면서 옆구리를 찌르는 허전함과 뭔가 중대한 일을 놓치고 있다는 조급함이, 마치 점점 심해지는 산통처럼 마음을 불편하게 만들었다.

느긋함과 무료함 속에 뭔가 가슴을 찌르는 것, 그다지 집중하지도 않은 채 건성으로 책을 넘기기도 하고, 밖에서 부는 소란스런 바람 소리에도 신경이 쓰이는 것, 때론 전혀 아무런 소리가 들리지 않는 고요 속으로 빠져들기도 했다. 그럴 때 정리해보는 습관이 있다. 예를 들면 요즘 내가 놓인 상황을 ①, ②, ③, ④ 등으로 번호를 붙여 가능한 한 일목요연하게 종이에 적어가면서 객관화해보는 것이다. 그러다 문득 떠올랐다. 오늘 오후 1시에 신촌 로터리의 웨딩홀에서 후배의 늦은 결혼식이 있었다는 사실을.

　나를 친형 이상으로 따르며, 전폭적으로 신뢰했던 후배의 늦은 결혼식이 오늘이라는 사실을 잊고 있었다니! 그 화끈거리는 황망함에 두 눈이 질끈 감겼다. 그게 할 일이 없는 것이 아니었는데도 한가했던 것의 정체, 시간이 지나면서 가중되던 불편함의 정체였다. 어떻게 연락해야 할지, 무슨 말을 해야 할지, 전화 연락에 청첩장까지 받았는데 왜 잊었는지. 오늘 한가한 일상이 갑자기 삶의 균열로 그렇게 나타났다. 삶이란 설명할 수 없는 것투성이다. (3.16)

holiday

　집으로 들어오다 보니 시청의 공무원은 참 부지런도 하다고 느꼈다. 벌써 가로수 가지들을 다 쳐버리고 잘록한 나무들만 서 있다. 바람은 아직 냉기가 서려 있었다. 하지만 차 속으로 끌어들인 햇볕은 따스했다. 아직 완연하지는 않지만 이제 이곳도 개나리꽃이 많이 피었다. 아마 이번 주 내에는 겨울의 끝을 볼 수도 있을 것 같다.

　밖을 내다보았다. 벌써 어스름이 깔리기 시작했다. 게다가 검은 구름이 휘장처럼 하늘을 덮고 있어 더욱 밤이 일러 다가오고 있는 듯하였다. 묵은 노래 bee gees의 〈holiday〉를 들었다. 조금 나이 든 어떤 이들에겐 영화 〈인정사정 볼 것 없다〉(1999)에 삽입된 노래로 기억되거나 혹은 〈홀리데이〉(2005)를 떠올릴지도 모르겠다. 그러나 나에게는 1988년이던가, 세상을 떠들썩하게 했던 탈옥수 지강헌이 어느 가정집에 들어가 권총 자살하기 바로 직전에 들었던 노래로 기억되고 있다.

TV를 통해 생중계되었던 그 사건 이후로 나는 이 노래에서 삶과 죽음의 기로에 선 한 인간의 고통스런 내면과 좌절과 절망을 듣곤 한다. 권총을 자신의 머리에 겨눈 채 읊조렸을 이 노래의 음조를. 그때 그의 심정은 어떠했을까. 그가 누구이든. (3.17)

마음의 추

때때로 마음의 추를 달고 삽니다. 세상일에, 사랑에, 그리움에, 삶에, 흘러감에, 햇살에, 흐르는 비에 마음의 추를 달지 마십시오. 마음의 추는 무게를 알 수 없기 때문이고, 마음의 추가 깊어지면 헤어 나오기 어려워지는 까닭입니다. 언제고 몸 가볍게 떠날 수 있도록 가볍게, 깃털처럼 가볍게, 세상 위에 잠시 얹혀 지내는 일. 털어버려야 할 일이 많아질수록 삶은 힘겨워지고, 떠나기 어려워지는 법 아니겠습니까. 마음의 추를 끊고 깃털처럼 그렇게. (3.17)

풍금 소리

혹시 텅 빈 들판에서 휑하니 마른 바람이 불어오듯, 가슴속에서 울려오는 풍금 소리를 들어보신 적이 있으십니까? 저는 가끔, 아주 가끔

듣곤 합니다. 그럴 때 형언할 수 없는 그리움 혹은 어떤 복잡한 심사에
빠집니다. 삶이 완성되는 순간, 동시에 죽음의 세계가 열리는 순간, 아
니면 삶과 죽음이 양립하는 순간, 그 접점에 서 있는 듯도 합니다.

그것만이 아닙니다. 기쁨과 슬픔, 만남과 이별, 울음과 웃음, 지상
과 천상, 그 양립할 수 없는 대립적인 세계의 순간적 양립 혹은 화해,
그리하여 아주 간혹 풍금 소리를 들으며 잠들고 풍금 소리를 들으며
일어납니다. 그 형언할 수 없는 소리를 말입니다. 간혹 그 풍금 소리
에는 예리하게 번뜩이는 비수가 숨겨져 있기도 합니다. 그러나 다시
말하지만 저로서는 형언할 수 없는 소리입니다. (3.17)

계절의 감촉

봄은 어떻게 오는 것일까. 그다지 뚜렷하게 의식한 적은 없었다. 매
년 계절이 바뀌면서 시간이 지워지고 있음을 느끼곤 한다. 그 지워짐
이 거센 물살의 흐름보다 더 빨라 섬뜩해지기도 했다. 봄이 건달처럼
다가온다면 아마도 건달의 품속에는 신문지에 돌돌 말린 비수가 숨
겨져 있는 게 아닐까 하는 생각이 스쳤다. 그렇게 말하고 보니 정말
그럴듯했다. 다시 그러고 보니 또 이런 생각도 든다. 봄은 내 안의 촉
각으로 오는 것이 아닐까. 보지 않고도 만지면 알 수 있는 그런 촉각
이 아니라, 만지면서 그려내는 이미지와 상상력으로서 촉각.

그 때문일까. 때론 구체적인 어떤 행위보다 만지는 것이 좋을 때가
있다. 그러면 손끝을 통해 전해온다. 내면의 빛, 숨결, 몸의 떨림까지.
그 때문에 봄을 손끝으로 만져보고 싶다는 간절함이 생겨났다. 물론
지금에서야 생겨난 간절함이다. 비수라면 그 비수에 살짝 베여보는

일도, 그래서 배어 나온 봄의, 아니 봄이 만들어낸 손끝의 피를 혀끝에 살짝 묻혀보면 어떨까 싶은. 그러면 비로소 봄이 느껴지지 않을까 해서. 여름도, 가을도, 겨울도, 그다음의 봄도……. (3.18)

판단 중지

누구나 알다시피 삶이란 대체로 선택의 문제이다. 그 선택에서 자신이 처한 처지에 따라 받아들이는 밀도는 각기 다르기 마련이다. 그러니 선택과 판단에 앞서 행여 생길 경솔함을 피하기 위해 때론 판단을 중지할 필요도 있다. 너무 성급하게 판단하지 말 일이다. 판단을 중지하는 일은 현명하기 위한 또 다른 방법이다. (3.18)

의식의 이완

비몽사몽으로 근두운(筋斗雲)을 탄 손오공처럼 자유롭게 의식이 활개를 치며 하루를 보냈다. 질서도 없이, 정연함도 없이 먹이를 주는 종소리에 본능적으로 반응하는 반사운동에 기대어 하루를 지냈다. 생각 없이 산다는 것이 자유롭고 편한 줄 처음으로 실감했다.

때로는 의식을 자유롭게 풀어놓고 살아봐야 할 것 같다. 하나의 사물, 사건, 상황에서 또 다른 사물, 사건, 상황으로 전이되면서 처음과 끝의 꼭지가 맞아떨어지지 않아 당황스럽기도 했던 연상 작용처럼 의식을 자유롭게 부유시키는 것도 참 필요한 일 중의 하나라는 생각이 들었다. 발터 벤야민은 "꿈이 육체적 이완의 정점이라면 권태는 정신적 이완의 정점이다"(「얘기꾼과 소설가」)라고 말한 바 있다. 이런 측면에서 보자면 때론 권태에 이르도록 자기 정신을 한없이 이완시켜 대기 속에 부유하도록 만드는 일은 우리 삶에서 '자는 일'만큼 중요한 일이 아닐까. (3.19)

좋은 시 한 편

밖이 환하고 소란하여 내다봤더니 집 앞 계단에서 또 무슨 촬영을 하고 있었다. 두 남녀가 포옹하는 장면이었다. 내가 본 그 짧은 사이에만도 몇 번이나 NG가 나곤 했다. 연기가 아닌 정말 사랑하는 사이였더라면 훨씬 자연스러울 텐데……. 작은아이는 나가서 보고 싶다 하고, 나는 나대로 집에 있으라 하고, 가볍게 실랑이를 하다가 작은 녀석을 내보내고 책상에 앉았다. 좋은 시 차분하게 읽었다. 마음 흐린 날에 좋은 구절을 읽어 참 좋았다. 계절의 빛처럼, 봄 햇살을 담은 냇물처럼, 물빛 머금은 하늘처럼 그렇게 흐린 마음이 맑아졌다. 좋은 시 한 편 읽는 것은 인기 연예인을 보는 것보다 훨씬 행복한 일이다. (3.20)

나른한 봄날

양재동 '만남의 광장' 한구석에 차를 대놓고 쉴 새 없이 오가는 차들의 번호판을 기억해보다가 1과 0 사이에서 곡예를 하듯 어지러워, 빙빙 돈다. 두 손을 깍지 끼고 머리 뒤로 돌려 차창 밖을 보니 구름이 뭉게 피어오르고 세상의 모든 나날들이 철새마냥 날아다니기 시작한다. 햇빛 사이로 비애가 번뜩인다. (3.21)

비 오는 날의 한 기억

비 오는 풍경을 오랫동안 지켜보았다. 산탄에 맞아 우수수 떨어지는 새 떼들마냥 몸과 마음이 차분하게 가라앉았다. 온 입맛이 텁텁하다. 치아 이식 후에 몇 번이나 입에 머금은 가글제 때문이다. 곰팡이처럼 온 입속을 살아 돌아다니면서 감각을 완전히 마비시키고 있다. 비 오는 풍경을 바라보고 있자니 비와 관련된 슬프도록 허무하게 끝나버린 짝사랑의 기억 하나가 떠오른다.

고등학교를 졸업하던 무렵에 내가 살던 동네에서 두 정거장쯤 떨어진 곳에 살았던 연상의 한 여자 때문에 혼자 열병처럼 앓았다. 단 한 번도 예외 없이 그랬는지 자신할 수는 없지만 나는 늘 우산을 들고 그 여자가 나타나기를 기다렸던 것으로 기억하고 있다. caterpillar처럼 무한히 배회하던 그 무렵, 나와 언제나 마주했던 것은 자신의 흔적을 남기지 않은 채 적셔오는 부슬비나 우악스럽게 쏟아지는 비였다. 때때로 비와 함께 묻어 온 어둠을 털면서 집으로 돌아오곤 했다.

지금도 아련하다. 비 오는 날의 배회, 어둑한 골목, 써늘한 감촉, 묵직한 어깨, 비 맞은 어깨 위로 피어오르던 뜨거운 열정…… 불안과 권태와 무기력과 열정이 뒤범벅되었던 시절, 언어와 사물, 과정과 실재가 분명하지 않던 시절, 다소 우수 어린 광기로 무언가를 향해 발산하지 않으면 안 될, 그리하여 표현하지 않고서는 견딜 수 없었던 불같은 시절의 한때였다.

그 여자와의 끝은 아주 간단했다. 나는 고백 했고 그 여자는 거절했다. 이유를 밝힐 수는 없으나 그것이 열병 같았던 내 첫 사랑의 시작과 끝이었다. 그때야말로 어쩌면 내 감정에 가장 솔직했던 시절이 아

니었나 싶다. 바슐라르에 따르면 기억은 언제나 물질로 남는다. 내게
비가 그렇다. Jose Feliciano의 〈Rain〉이 내 가슴을 그렇게 두드렸던 것
도 이와 무관하지 않을 것이다. 그런데 이젠 비의 낭만에 빠지기보다
비를 피하고 싶다. 그만큼 나이가 들어버렸거나 속물이 되어버린 탓
이리라. (3.22)

세상사

학생 중의 하나가 고마움의 인사로 보낸 엽서의 작은 그림을 보았
다. 물 위에 떠서 힘주지 않아도 흘러가는 잎새. 평화롭게 보였다. 하
지만 과연 그러한가, 아닐 것이다. 무거움을 벗어던지고 세상의 흐름
을 따라, 세상일에 무심한 듯 물 위를 떠내려가는 잎새는 가볍게 조용
히 자신의 몸을 맡겨놓고 있는 것처럼 보이지만 사실 얼마나 위태로
운지. 풍랑 앞의 조각배보다 더 위태로울 지경이다. 그러므로 삶을 맡
긴다는 것은 참 위험한 일이다. 지나치게 고요한 물결 위의 잎새에서
내가 읽은 것은 그런 위태로움이었다. 세상사는 그냥 봐서는 모를 일
이다. (3.24)

통감각의 날

발자국 소리만으로 그가 누군가를 알아내기엔 아직 부족하고, 먼
곳에서 나는 소리를 가까이 알아듣기에도 아직은 부족하리라. 그러
나 그런 날이 있겠지. 바람처럼 사뿐사뿐 다가오는 발소리만 듣고도
그가 누구인지 알며, 아주 엷은 냄새만으로도 누군가 다녀갔음을 인

지하고, 창호지의 떨림처럼 미세한 공기의 흐름과 빛의 속삭임만으로도 누군가 가까이 다가오고 있다는 것을 감지할 수 있는 그런 날이 있겠지. 그때는 아마 말로 말하지 않고, 눈으로 보지 않고, 귀로 듣지 않을 터. 눈이 귀가 되고, 귀가 눈이 되며, 입이 눈이 되고, 코가 입이 되고, 입이 다시 귀가 되겠지. 이를 '감각의 통용' 즉 '통감각'이라고 말하지. 아마 그런 날이 있겠지. (3.29)

마음의 거리, 그 '사이'

사람과 사람 사이에는 언제나, 인식하든 아니든 막막한 거리가 놓여 있습니다. 부모 형제나, 친구나, 부부나, 연인 사이에도 그것들은 존재합니다. 때론 그것들이 사람을 절망하게 만들기도 합니다. 그토록 친밀한 관계인데 어찌 그런 거리가 놓일 수 있단 말인가 하며(윤대녕), 작은 틈마저도 인정할 수 없는 것이지요. 다소간의 정도나 밀도의 차이는 있을지언정 누구에게나 있을 터입니다.

물론 사람에 따라 다르겠지만, 바로 이 때문에 아예 적당한 거리를 유지하려고 하고, 아니면 그 거리가 가까워지고 있다는 사실이 은근히 두렵기도 하고, 또는 그 거리 자체를 부인하여 작은 틈마저도 불만인 경우가 있겠지요. 사람 사이에 놓인 거리는 어찌 보면 고무줄 당기기와 같습니다. 그 거리를 줄이기 위해 상대를 향해 당기면 당겨집니다. 그러나 실은 상대가 움직이는 것이 아니라 단지 고무줄만 늘어날 뿐입니다. 어느 시간 동안 서로 그 사실을 인식하지 못하는 경우가 대부분입니다. 또 너무 가까워진다 하여 밀쳐내면 밀려납니다. 하지만 고무줄만 느슨해질 뿐 실은 멀어지는 게 아니지요.

당기든 밀든 상대는 언제나 제자리에 있기 마련입니다. 그것은 근본적으로 마음이 움직여야 멀어지거나 가까워지는 것입니다. 그래서 사람 사이의 거리는 물리적 거리가 아니라 심리적 거리가 아니겠습니까. 그것은 점차 한 겹 한 겹 벗겨지기도 하고, 반대로 한 겹 한 겹 덧 씌워지기도 하는 것일 겁니다.

그러나 그 마음도 진정 내 것이 아닌 하나의 타자입니다. 따라서 나 자신도 어찌할 수 없는 것이겠지요. 우리는 내 안에 존재하는 나와 다른 낯선 타자를 보곤 하는데 그것도 내 안의 타자인 '마음'의 다른 얼굴을 보았을 때일 겁니다.

그 거리가 사막에서 바다에 이를 만큼 막막한 거리라 할지라도, 아니면 한 치의 틈도 없을 아주 밀착된 거리라 할지라도 그 사이를 인정하며 살아야 합니다. 바로 그 '사이'에 만남이 있고 사랑이 있고(김현), 한 마음 떨쳐버릴 여유가 숨 쉬고 있으며, 그 틈 사이로 소리 죽여 드나드는 빛과 향과 색이 살아 있을 수 있습니다.

하지만 분명히 전제되어야 할 것은 두 사람 사이에 존재하는 '사이' 혹은 '틈'도 믿음이 전제된 '사이'이고 '틈'이어야 한다는 사실입니다. 아니면 그냥 낯선 이방인이자 타인일 뿐입니다. 믿음이 전제된 '사이'이자 '틈'일 때 그것은 우리들 삶을 한층 풍요롭게 해줄 것입니다.

우리는 살다가 한순간 놓쳐버린 아쉬운 순간들을 기억하고 있습니다. 방심한 '사이'에 그것들은 바람에 빠져나가는 모래처럼 사라져버립니다. 그렇지 않기 위해 뜨겁게 가슴으로 끌어안으며 살아갈 일입니다. 오늘도 우리들의 현실과 우리들이 아는 모든 분들과 우리들이 해야 할 모든 일들을 뜨겁게 끌어안으시길 바랍니다. (3.30)

목련

집으로 들어오는 길에 보니 목련이 그새 많이 피었다. 커다란 반원으로 아니면 둥그런 타원으로 꽃을 피운 그것들을 먼 데서 보니 꼭 하얀 전등만으로 장식한 크리스마스트리 같다. 봄에 보는 화이트 크리스마스트리도 볼 만하다. 하지만 개나리나 벚꽃처럼 앙증맞지도 않은 큼지막한 꽃들이 잎새 하나 없이 저렇게 활짝 피어 있다니! 처연하기도 하고 섬뜩하기도 하다. (3.30)

산다는 것

목련이 하얀 등불 같은 꽃봉오리를 높이 쳐들고 있다. 벚꽃도 개나리도 피어난다. 그렇게 밀어냈지만 기어코 봄은 오고 말았다. 둥근 보름달이 뜨면 짐승으로 변하는 반인반수(半人半獸)로 살아가고 있다. 어인 일인지 피어나는 꽃보다 떨어지는 꽃이 먼저 보인다. 삶의 이면만이 들여다보이니 서리꽃이며 냉기가 오히려 서늘하게 밀려온다. 지나온 시간들이, 그 시간 속에 켜켜이 쌓인 기억들이 감당하기 어려운 밀도로 육박해 온다.

한동안 삶의 지나온 흔적들을 찾아보았다. 그사이 어떻게 살았을까. 다이어리를 뒤적이고, 메모지며, 강의 계획서며, 출석부며, 출석부의 얼굴들이며, 그 얼굴의 표정이며, 표정 뒤에 숨은 언어며, 얼굴과 표정과 언어를 만나러 가던 길가의 꽃들이며, 그런 과거와 연결된 것들을 하나하나 반추하고, 지금의 나이를 가늠해보고, 적거나 크거나 혹은 내가 알거나 모르거나 내게 상처받은 그 누군가의 모습도 떠올려본다. 새삼 눈물 나게 아련하다. 남은 생애 내내 지워도 다 지우지 못할 만큼 그렇게 많이 살았음을 가슴 저리게 깨닫는다. 사는 일이, 살면서 흔적을 남기는 일이, 그 흔적을 지울 수 없다는 것이 무섭다. 늘 조심하며 살 일이다. (3.31)

환한 세상

아침에 현관문을 여니 세상이 환하게 다가왔다. 꽃이 등불보다 밝을 줄이야. (4.1)

꽃잎

얼마나 감각적이고,

화려하며,

섹시하고,

몽환적이며,

자극적이고,

아름다움이며,

덧없음인지,

또한

성찰이며,

기억이고,

아쉬움이며,

계절의 나눔이고,

깨달음이자 섬뜩함인지…….

그래서

늘 담아두지 못한 채

마음 베이면서도 그냥 그대로 내려놓곤 한다. (4.1)

좋은 시절

학생들을 본다. 밝고 경쾌하며 흥겹다. 스무 살 무렵. 그 시절 나 역시 경쾌하게 살았다. 그런 한편으로 많이 아파했던 기억도 가지고 있다. 사랑이, 포부가, 문학이, 역사가, 인생이……. 그들에게도 가슴 아픈 일들이 얼마나 많겠는가만 그래도 아름답다. 삶의 싱싱함이 그대로 살아 있다. 나도 그런 적이 있었음을 그들을 보면서 또한 기억해낸다. 그 좋던 시절이 그립기도 하지만 그러나 돌아가고 싶지는 않다. 돌아가기엔 너무 많은 것을 알아버렸고, 모른 채 돌아간다 해도 다시금 같은 삶을 반복하며 사는 것은 끔찍하도록 싫다. (4.1)

유예, 유비

긴 시간을 살아가면서 우리는 모든 것에 대해 준비하고 결정을 내릴 수는 없다. 판단과 결정을 유예하며 사는 일이 더 많다. 그것은 닥치지 않은 일이거나, 아직 미처 생각지 못한 일들이 너무 많기 때문이다. '총화단결'이나 '유비무환'이라는 오래된 정권의 한 구호처럼 인생은 그게 가능하지 않다. 그럼에도 우리는 고개를 빼들고 늘 내다봐야 하며, 바라보이는 그만큼 챙겨두어야 한다. 사람의 운명이나 삶의 곡절이 언

계절의 그리움과 문상

제 어떻게 닥칠지 아무도 모르는 것 또한 세상일이 아니던가. (4.1)

소통

　사람 사이의 관계는 언제나 상호소통이어야 한다. 그 어떤 관계도 한쪽만의 관계는 불구이다. 조사 '와'와 '에게'가 있다. 때론 의미가 유사하여 함께 쓰기도 한다. 하지만 아주 커다란 차이가 있다. '와'는 '대화하다', '논쟁하다', '토론하다'처럼 상호 소통석인 경우에 쓰이고, '에게'는 '묻다', '지시하다', '요청하다'처럼 의존적이고 일방적일 때 쓰인다. 한때는 '와'보다는 '에게'를 선호했다. 마치 '순수하다'거나 '진실하다'는 것은 상대의 반응이나 진심과는 무관하게 내 자신만 진실하면 그만이라고 믿었던 철없던 시절처럼. 물론 이제는 아니다.

　소통되지 않는 것은 그 무엇이나 불온하다. 은밀하게 나도는 삐라가 그렇고, 골방 속의 수음이 그렇고, 타자와 진실한 대화가 단절된 사이버의 게임이 그렇고, 권력의 분배와 일방적 의사 결정이 그렇다. 대화가 통한다는 것, 상호 소통될 수 있다는 것, 교감이 가능하다는 것은 얼마나 중요한지. 매사 어떤 관계에서도 그렇다. 나는 너 '에게'가 아니라 너 '와'이고 싶다. 소통 가능한 상대로 그렇게, 서로서로 '에게'가 아니라 서로서로 '와' 함께. (4.1)

취우(翠雨)

　현관을 들어서는 순간 비스듬하게 젖어들던 어둠이 이미 젖어 축축해진 그대로 덤벼들었다. 아무도 없구나! 불을 켜고 옷을 갈아입고 낯선 표정으로 두리번거리다 세탁기에 눈이 가고 그곳에 탈수된 빨래뭉치가 담겨 있고 아무 생각 없이 빨래들을 꺼내어 건조대에 널어놓는다. 축축한 어둠과 달리 마음은 건조하게 버석거린다.

취우(驟雨)와 취우(翠雨)가 있다. 취우(驟雨)가 소나기라면 취우(翠雨)는 푸른 나뭇잎에 토닥토닥 떨어지는 빗방울을 말한다. 개미에겐 아픔이고 어떤 애벌레에겐 치명적인 고통이지만 또 누군가에겐 삶의 빛이고 청량이기도 하다. 하지만 이왕 떨어질 빗방울이라면 푸른 나뭇잎을 먹고 푸른 방울로 또르르 굴러떨어지는 그런 빗방울이었으면 좋겠다. 우리들 삶도 그러했으면 하는 바람을 담는다. 아직 봄은 남아 있다. 푸르름 또한 여전히 기약의 언서를 남기고 있다. 푸르러지면 마음 또한 푸르러 취우(翠雨)의 푸르름으로 만나게 되겠지. (4.2)

계절을 타고

자전거를 타고 관악산 기슭을 따라 도로 옆길을 천천히 달렸다. 꽃들이 무더기로 피어 있었다. 젊은 새댁들의 웃음소리, 조잡한 아이스크림을 입에 문 하학길의 아이들, 앞에서 마주 오는 중국집 배달 오토바이, 갓난아이를 태운 유모차, 갑자기 좌회전으로 꺾어 들어오는 학원 버스 사이사이를 스쳐 지나갔다.

올봄엔 유난히 꽃 얘기를 많이 듣고 말했다는 생각이 든다. 예년엔 그저 화제 삼아 잠시 거론했다가는 마는 정도였다. 그런데 올해는 유심히 보거나 남다른 관심 속에 살고 있다. 계절과 더불어 사는 것은 좋은 일이다. 정신없이 시간과 계절을 잊고 살다가 어느 순간 황망스레 그리고 무심코 "벌써 봄이야!", "어, 여름이야!"를 호들갑스럽게 들먹이는 것보다는 분명 좋은 일이다. 꽃이나 계절도 무관심 속에 방치되고 있는 거보다야 아름다운 일일 터이다.

예로부터 나비는 영혼을 옮겨주는 전령이라 하여 함부로 잡지 않고 신성시하기도 했다. 나비를 잡는 순간 누군가의 곱고 소중한 영혼이 소실된다 한다. 이번 봄 내겐 꽃이 그렇다. 절기에 따라 피고 지는 꽃들이 예사롭지 않았다. 그것은 꽃들이 누군가의 전령을 자신의 온몸으로 담고 있다는 생각이 가득했기 때문인지 모른다. 하여, 간혹 귀밑을 살랑이며 스쳐가는 봄바람을 느끼거나, 맡아질 듯 말 듯한 은은한 꽃 내음에 살짝 눈이 감길 때나, 흘깃거리며 지나치는 낯익은 얼굴에서, 이제 막 잠에서 깨어난 아이처럼 황급히 주위를 둘러보곤 한다. 실제로 누군가를 혹은 그 뭔가를 기다리는 것도 아니었는데도 그렇다.

눈 두는 곳에 시리도록 꽃은 많다만 그래도 그 뭔가가 허전하다. 잎새 없이 먼저 핀 꽃들이 다 지고 나면 천지를 가려줄 푸르름이 생겨나겠지. 이제 푸르름이 내 마지막 봄의 전령으로 기다려진다. 그때쯤이면 실제로 누군가를 기다리거나 그 뭔가를 기다리게 되는지 아니면 허황하게 가버린 한 시절을 그리워하게 되는지 모르겠다. 이런 생각으로 봄날의 한때가 지나가고 있다. (4.3)

― 대신에

'누구 대신'이란 말은 참 무서운 말이다. 아니 무서울 만큼 부담스러운 말이다. "나 대신 잘 해줘!", "내 몫까지 살아줘! 그게 내 기쁨이야!"라고 했을 때, 그 부담이란 1+1의 산술적 차원으로는 감당할 수 없는 무게, 아마도 족히 한 삶의 무게 정도는 더 짊어진 걸 것이다.

동시에 눈물 나는 말이자 안타까운 일이다. 인사치레의 말이 아니라면 누군가에게 '나'를 '대신'하게 해 줄 수 있다는 것은 무한한 신뢰가 아닐까. 마찬가지로 생명의 존재감을 대신 짊어져야 한다는 점에서, 간절히 원하면서도 그걸 자신이 직접 할 수 없기에 '대신'의 형식으로나마 유지해야 한다는 것은 참으로 안타까운 일이다. (4.3)

봄

봄은 왜 더 깊어지지 않은 채 잠시 스쳐 지나가고 마는 것일까. 그래서 좋았던 한때를 '꽃다운 시절'이라 불렀던가. 아름다웠으나 이내 사라질 그러고 나면 주체할 수 없이 밀려올 그 허망함 때문일까. (4.4)

봄 앞에 서면 언제나

봄바람엔 아직 차가움이 남아 있습니다, 때때로 옷깃을 여미거나 어깨를 움츠리기도 합니다. 하지만 무엇보다도 가슴 안쪽으로 스며드는 바람에서 한 겨울의 칼날이 번뜩입니다. 또다시 봄 앞에 섰습니다. 계절을 마주한다는 것은 언제나 힘든 일입니다. 그것은 그리워하는 일이고, 우울한 일이며, 허망해하는 일이고, 형언할 수 없어 가슴을 쥐어짜는 아픔이며, 한없이 견디는 일입니다. 그럼에도 계절은 어김없이 찾아오고 또 매번 속수무책 그 앞에 서야 합니다. 그래서 봄 앞에 마주 서기가 매번 두렵습니다. (4.4)

외출한 어느 하루

명동에 나갔다. 아주 오랜만이었다. 지나친 적은 많지만 나가본 지는 오래되었다. 변한 것도 많았고 여전한 것도 많았다. 고스란히 흔적을 남기고 있는가 하면 흔적조차 없어서 정말 여기에 그것이 있었을까 싶을 정도로 믿기지 않은 것들도 있었다. 인파의 거리, 진열의 거리, 젊음의 거리, 〈As tears go by〉처럼 예전에 한때의 시간을 보냈던 그곳, 지금은 아무런 의미도 없는 일들을 또다시 다음 세대들은 즐거워하고 마냥 신기해한다.

지나고 보면 과거에 그런 일이 있었던가 할 만큼 기억하기조차 희미한 일들이 참 많다. 그런데 바로 그런 일들로 하여 과거 어느 한때는 얼마나 집착했으며, 가슴 아파했는지. 내가 그렇게 집착하고 소중하게 여겼건만 나의 의도와 달리 어느 순간 나를 외면하며 멀어져간 것들은 또 얼마나 많은지. 이미 이제는 퇴색하고 낡아버린 삶과 기억들 속에는 때 없이 상처를 받아 비틀거리기도 했고, 기쁨의 중요한 마디를 이루면서 환호한 적도 있었다. 돌아보면 삶이란 대체로 금이 간 창으로 내다본 왜곡된 풍경화일 때가 많다. 그래? 그랬던가? 내가? 그 자리에 그것이 있었어? 내가 그런 말을? 그래? 난 모르겠는데, 설마…….

아님 그 풍경은 또 어쩜 그리 선명한지. 카페의 배치와 식탁에 가지런하게 놓인 음식과 식기들, 음식을 먹는 손동작 하나하나, 이미테이션 목걸이와 귀고리의 섬세한 조각, 재킷의 무늬, 소곤거림과 숨죽인 미소까지. 때때론 붙잡고 싶은 기억까지 떨쳐버리는가 하면, 기억하고 싶지 않은 기억까지 완강하게 달라붙어 내내 가슴을 아프게 하는지. 일상의 흔적과 비일상의 기억. 홀연히 뒤를 돌아본 시간들 속에는

43

그렇게 스쳐 지나가는 기억과 만남과 흔적들의 초상들만이 빛바랜 전생의 얼굴로 존재하고 있지는 않은지. 내가 누구에게 어떤 존재, 어떤 의미로 남는다 한들 이미 내 몫은 아닌 것이다.

햇빛이 좋아서였을까. 여름이 한참 전인데도 벌써 까맣게 그을렸다. 돌아와서는 피곤함에 저녁도 잊은 채 잠이 들었다가 부스스 일어났다. 열린 창문으로 봄에는 어울리지 않는 거센 바람이 불었다. 물컹 미묘한 내음이 가슴 저 깊은 곳을 두드린다. 봄은 밤의 계절이다. 참! 에로틱하다고 느끼는 순간 미묘한 냄새의 정체를 알았다. 소리 때문이었다. 봄비가 오는 소리. 봄비 속엔 형용할 수 없는 많은 냄새들이 배어 있다. 아마 그 냄새였을 것이다.

너무 은밀하여 둔한 인간의 감각으로는 알 수 없으나, 그럼에도 참으로 소란스럽게 꽃 피는 소리며, 그 소리와 함께 퍼져 나올 향기며, 다른 한편에서 죽은 자들의 넋에 비길 만한 낙화의 비릿한 냄새며, 어디 그뿐이겠는가. 이 밤 또 얼마나 많은 사람들의 만남과 헤어짐이 있을는지. 그 마음의 흔적마저 담고 있으니 감히 형용할 수 없을 밖에. 봄비 오는 소리가 토닥이는 모닥불 소리 같다. 오늘 밤 그렇게 들린다. 아직 만만하지 않은 피곤이 남아 있다. 그래도 빗소리를 담아놓으려 노력하다 잠이 들었다. 그건 꼭 귀로만 듣는 것은 아닐 터이다. (4.5)

봄의 부재 증명

어젯밤부터 줄곧 내리던 비가 지금은 한결 가늘어졌습니다. 이를 두고 세우(細雨)라고 하던가요? 비라기보다는 차라리 안개에 가깝습니다. 과연 그렇군요. 앙상한 가지 위에 위태롭게 얹혀 있던 창 너머

까치집에서부터 저 관악산 기슭에까지 희부윰한 수연(水煙)이 가득합니다. 환각을 자아내는군요. 창을 열어두고 있습니다. 약간의 한기가 없는 것은 아니지만 수증기로 가득한 욕실에 들어선 듯 포근합니다.

목련과 벚꽃은 남아 있는 꽃잎이 거의 없습니다. 밤새 내린 비로 다 떨어졌나 봅니다. 그중엔 마지막 안간힘으로 버티는 꽃잎도 몇 점 보이지만 버틸 힘이 얼마나 있으려나 모르겠습니다. 꽃잎이 떨어진 그 자리에 새순이 돋아나고 있습니다. 목련과 벚꽃도 그렇지만 개나리, 단풍나무, 은행나무, 버들도 어린아이 젖니마냥 아주 연푸른 잎새를 꽃처럼 피워놓고 있습니다. 너무 부드러워 입속에 넣으면 살살 녹아질 듯합니다. 담뿍 입속에 넣어보고도 싶네요. 그러면 탁해진 피가 맑아질 것만 같습니다. 그것들이 성길 때쯤이면 천지는 푸르름으로 그늘지겠지요. 봄도 그렇게 마지막을 보여주고, 그렇게 시간은 흐르고, 봄은 부재할 겁니다. 푸르름은 봄의 알리바이입니다. (4.6)

부재의 현존

빈 곳 없이 꽉 찬 것 같지만 영혼이나 마음도 여백지(餘白地)가 있기 마련이다. 우리가 '빈 가슴'이라고 느끼는 부분도 이와 관련이 있겠지만, 좀 더 정확하게는 '세계의 내면적인 공간' 즉 벨티넨라움(Weltinnenraum, 릴케)이라고 할 수 있다. 사물의 내면과 우리의 내면이 자유롭게 소통되는 공간이기도 하다. 아마 사람 사이에도 그런 공간이 있을 것이다. 하여 말하지 않아도 알아들을 수 있는 것, 내밀하게 소통될 수 있는 그런 공간, 그 여백지를 통해 서로를 알 수 있고, 그 여백지로 인해 진정으로 존재할 수 있는 것, 말하자면 부재의 현존

이다. 내 곁에 없으나 내 곁에 있는 까닭이기도 하다. (4.6)

일상

아침부터 날이 흐렸다. 실루엣의 세상이다. 지금도 여전히 흐리다. 밖은 먼지 가득 낀 유리창으로 비친 모습 같다. 어떤 사람들은 우울해하거나 집안을 서성이거나 권태로워할 그런 날씨이다.

아침에 눈을 떴을 때 자리에 누운 채로 어젯밤의 꿈을 가만히 가늠해보고, 그것이 꿈이었음을 확인한 다음에 오늘 할 일을 머릿속으로 정리했다. 오늘만은 아니다. 매일 아침 눈을 뜨면 하는 일과이다. 줄칼로 손톱을 다듬을 때 날리는 가루만큼이나 사소한 일부터, 어둠 속을 걷다 돌에 발끝에 걸려 균형을 잃을 때만큼의 다소 버거운 일들이 오늘도 있다. 이것 역시 오늘만의 일은 아니다. 언제나 되풀이되는 일이다. 일상이다.

권태로운 일상. 오늘과 다름없는 일주일, 한 달 그리고 일 년. 세월은 그렇게 흔적 없이 쌓여가고 그 속에서 우린 속수무책으로 살아간다. 그렇다. 모두가 그렇겠지. 폴짝폴짝 경쾌하게 살아가던 우리의 얼굴에서 어느 사이 홍조는 사라지고 지친 듯 살아가는 날이 많아진다. 우리의 걸음은 더 이상 경쾌하지 않다. 그것은 우리들이 짊어져야 할 삶의 무게이자 아픔이다. 때때로 거울을 통해 늙어가고 있음을 마지못해 확인한다. 삶은 우리를 그렇게 무력하게 만든다.

하지만 삶이라는 것이 어디 그뿐이겠는가. 지친 듯 살아가는 날 속에 폴짝폴짝 날아가듯 경쾌한 발걸음도 있고, 마음 놓고 웃는 날도 있으며, 숱한 만남이 주는 사소하거나 혹은 사소하지 않은 즐거움, 무력

한 삶 속에 작지만 내 힘이 미치는 영역들을 깨닫기도 한다. 찾고자 하면 한없이 많으리라. 사소한 것이 지니는 사소하지 않은 의미들…….

신동집의 시처럼 빈 콜라병엔 콜라가 빈 것이 아니라 '빈 콜라'가 가득하다는 사실. 한없이 비어지는 듯해 보이는 삶이지만 실은 또 그만큼 한없이 채워지는 것. 그래서 잃는 것도 얻는 것도 없는 셈이다. 어떻게 보면 잃는 것보다 얻는 게 많은 게 삶은 아닐는지. 우리는 타인에게 많은 것을 주었다고 생각하지만 정확하게 손익을 계산한다면 사실은 타인으로부터 받은 게 더 많은 것. 이 명확한 사실을 우린 늘 잊고 산다.

한동안 밖을 내다보았다. 밖을 내다보니 그나마 유리창에 먼지가 지워지는 풍경이다. 또 잠시 시간을 보냈다. 꽃들이 다 떨어진 것은 아니다. 아직도 맹렬하게 타오르는 꽃들도 있다. 끝이라고 다 끝은 아니다. (4.7)

아깝지 않을

평생 채워지지 않는 것이 있다. 막연한 그리움. 그땐 정말 절실하다. 그러나 아무리 주어도 아깝지 않는 그런 사람이 평생 몇 명일까. (4.7)

죽음 단상 1

삶이 일상이듯 죽음도 일상이다. 그런데 자신의 죽음만큼은 낯설기 마련이다. 나에게도 죽음은 낯설다. 그러나 두렵지는 않다. 삶과 죽음은 별개가 아니다. 삶 속에 언제나 죽음이 함께 놓여 있다고 믿고 있다. 사람은 태어나는 순간부터 저 끝을 향해 시시각각, 시간의 속도로 걸어간다. 그 과정을 우리는 '살아가는 과정'이라고 한다. 그러니까 '살아가는 과정'이란 실은 '죽어가는 과정'이고 따라서 삶과 죽음은 동일한 얼굴이다. 우리는 알게 모르게 자신의 옆구리나 등이나 발목에 자신의 죽음을 거느리고 살아가고 있다. 그래서 한 발은 이승에, 한 발은 저승에 담근 채 살아가고 있는지 모른다. 예로부터 문턱 밖이 북망(北邙)이라 하지 않았던가.

작고한 시인 김수영이 한 번 읽고는 너무 감동하여, 그리고 그 불같은 뜨거움에 차라리 겁이 나서 그 다음 날 책방에 팔아버렸다는 책의 저자, 모리스 블랑쇼는 릴케의 죽음에 대한 인식을 논하는 한 자리 「릴케와 죽음의 요구」에서 죽음에 대해 말한 적이 있다. 그에 따르면 죽음이란 삶 속에 내재하는 것이고, 이 내재성은 외부로부터 주어지는 것이 아니라 성취해야 할 그 무엇이라는 것이다. 말하자면 죽음은 배척의 대상이 아니라 내 안에 품어야 하는 것, 그것은 덧없음이 아니라 삶과 함께 하나를 이루고, 죽음과 삶의 영역이 함께 합쳐져서 더 넓은 공간이 이루어진다는 것이다.

그의 생각에 깊이 공감한 나도 한동안 책을 덮지 못했다. 죽음은 분명 기성품이 아니다. 사람마다의 맞춤이다. 그런데도 우리는 기성품처럼 받아들인다. 죽음을 삶의 한 부분으로 받아들일 때 그리고 그것을 어쩔 수 없이 맞아들이는 것이 아니라 스스로 성취하는 것일 때, 그 죽음은 기성품이 아니라 '자기 자신으로서 개별적인 죽음을 죽는 것' 곧 '유일한 죽음'이 될 수 있다. 물론 헤어짐이야 남과 다를 바 없고 타인의 죽음에 아픈 가슴을 억누른 적은 많다. 그러나 나는 죽는 바로 그 순간, 의식이 마지막으로 가물가물해지다 툭! 꺼지는 바로 그 순간까지 인식하고 싶다. 죽음이야말로 삶의 마지막 소진이자 완성이다. 때문에 내 삶의 마지막을 응시해야 한다고 믿고 있다. 이런 의미에서 나는 내가 잠이 드는 순간을 기억하고 그때마다 죽음을 떠올린다. (4.7)

흐름

모든 것은 물처럼 흘러간다. 가장 거대한 흐름은 역사이다. 그 앞에 가만히 서 있는 것은 정체가 아니라 퇴보이다. 가만히 서 있어 스스로 퇴보하는 것은 무능하고 안일하다. 흐르는 물살을 타고 내처 달려가거나 아니면 차라리 물살을 거슬러 올라야 한다. 물살에 몸을 맡기는 일은 확신을 필요로 한다. 반면 거슬러 오르는 일에는 결단과 용기가 필요하다. 강산에의 노래였지. "흐르는 강물을 거꾸로 거슬러 오르는 연어들의 도무지 알 수 없는 그들만의 신비한 이유처럼" 그렇게 거슬러 올라가야 할 때도 있다. (4.7)

역사적 판단

우리는 흔히 역사를 믿는다고 말한다. 그래서 "모든 진실과 판단은 후세의 역사에 맡기겠다"고 말한다. 그런데 역사는 과연 믿을 수 있는 것인가? 역사적 진실이나 역사적 평가라고 하는 것을 전적으로 신뢰할 수 없다는 사실은 그동안의 역사가 보여준다. 이 역설적인 현실. 역사가 언제나 공정하다거나 진실하다는 믿음은 단순하다. 아니면 자기기만이거나 착각이다. 역사는 절대적 진실이 아니라 해석이

고 판단이다. 헌데 인간의 일 중에서 변하지 않는 것은 이 세상에 아무 것도 없지 않던가. (4.7)

차이

거시적이거나 추상화된 틀은 차이를 무화시킨다. 물론 그 반대의 경우도 유효하다. 그런데 우리는 그것을 너무 자주 잊는다. 도그마는 그때 생기는 것이 아닐까. (4.9)

때론 느긋하게

빠른 동물은 신체 기관도 빠르게 움직인다. 그만큼 수명도 단축된다고 한다. 말하자면 죽음도 빨라진다는 것. 그러니까 오래 사는 방법 중의 하나는 느긋하게 사는 것이다. 모든 일을 앞당기면 수명 역시 앞당겨진다는 사실은 흥미로운 일이다. (4.9)

삶의 치열함

사막에 뿔도마뱀이 산다. 이 녀석은 위험에 직면하면 눈에 압력을 가하여 스스로 망막을 터뜨려 피를 내뿜는다. 약 1미터 정도의 피를 20회 정도 연달아 뿜어냄으로써 적의 공격으로부터 자신을 보호한다고 한다. 자기 꼬리를 자르는 도마뱀보다 더 치열하다. 삶은 때론 그런 치열함을 필요로 한다. (4.9)

꽃바람

바람이 심하게 불었다. 벚꽃 꽃잎들이 와르르 떨어지고 땅 위를 뒹굴던 그 손톱만 한 꽃잎들도 일제히 바람 따라 일어서며 눈발처럼 휘날렸다. 겨울, 눈보라 치는 들판을 맞바람으로 달리는 형국이었다. (4.9)

미욱한 사랑

사랑도 만남도 잔물결이 여울목에서 솟아오르듯 그렇게 끓어올라 넘쳐나는 그대로 내맡긴 적이 있었다. 그래서 마음과 달리 어느 때는 집착하고, 어느 때는 욕심내며, 어느 때는 억압하고, 어느 때는 몰아세우기도 했다. 아주 서툴렀던 시절이었다. 그 시절, 상대는 얼마나 마음 아프고 힘들었을까. 그땐 왜 그리 서툴렀는지. 이제는 한 걸음 벗어나 이른 봄 양지의 햇살처럼 편안한 마음으로 바라보고 그렇게 감싸줄 수 있을 것 같다. 헌데 그런 사람이 곁에 있는데도 아직 미욱하다. (4.9)

최대한으로 느끼며

최대한 느끼며 산다는 것. 물론 일거수일투족 그렇게 살기엔 벅차고 또 대충 넘겨버려야 할 일이 많은 세상에서 꼭 바람직한 것만도 아니리라. 그렇지만 최대한 느끼며 산다는 것은 아름답고 멋진 일이다. 이른 아침, 아직 아무도 첫 호흡을 한 적이 없는 가장 신선한 공기를,

마치 눈을 감고 두 팔을 벌려 세계를 껴안듯 그렇게 최대한 가슴을 부풀려 깊이깊이 내 안의 저 심연으로 끌어들이는 그런 상태. 그냥 습관이 아니라 술이며, 담배며, 커피며, 음식이며, 만남이며, 섹스며, 음악이며, 영화며, 풍경이며, 상대를 최대한 느끼며 산다는 것은 삶을 최대한 즐기며 한층 충일하게 사는 방법의 하나일 것이다. (4.9)

삶이 내게

우리는 흔히 시가 내게로 오고, 운명이 내게로 오고, 사랑이 내게로 왔다고 말한다. 그러나 찾지 않으면 그 어느 것도 내게 오지 않는다. 찾지 않으면 와도 알지 못하는 까닭이다. 또한 그것들이 내게서 빠져나가는 것도 내가 버리지 않으면 가지 않는다. 나와 무관하게 스스로 떠나는 것 같지만 버리지 않으면 언제나 내 안에 남아 있다. 내가 다 내보내고 진정 모든 것이 빠져나간 빈 가슴이야말로 삶이 무위임을 일깨워 준다. 살아온 나날과 남아 있는 나날의 허망함과 무위를, 그 의미 없는 무명의 이름 '삶'이 누구에게나 보편적인 명사 '삶'이라는 것을, 그런 삶이 어떤 일의 전후에 생겨나는 것이 아니라 생멸(生滅)의 변화를 떠나 원래 그랬다는 것을, 단지 어떤 목적이나 이유에 따라 애써 이끌어온 삶이었음을 일깨워준다. (4.9)

마음을 열고자

누군가의 마음을 열고자 다가갈 때는 늘 조심한다. 까치발로 살금살금 내딛듯 그렇게 조심스럽게 다가갔다 돌아오고, 또 다가갔다 돌아오곤 한다. 그가 누구든 무작정 다가가기는 아주 어려운 일이다. 그래서 팽팽하지는 않지만 긴장하곤 한다. 그러다 언젠가 여로의 행장을 풀면서 누추하고 노곤했던 마음의 노독(路毒)을 간절히 풀고 싶은 날이 있겠지. 그러한 날 마음의 문을 두드리면 그가 문을 열고 활짝 웃으며 따뜻하게 맞아주려나 모르겠다. 그러나 그게 누구인들 그게 쉬운 일일까. 피차 마음의 행로를 다스리기가 쉽지 않기에. 자기 마음 보기도 그리 어려운데 다스리기가 어찌 쉬운 일이겠는가. 왜 있지 않은가? 흰 소를 타고 피리를 불며 신을 내려오는 그림. 소(마음)를 찾아 나서는 심우(尋牛)에서 궁극의 광명에 드는 입전수수(入鄽垂手)까지 불가에서 말하는 십우도(十牛圖)가 그것 아니겠는가. 그 어려움은 익히 알지만 그래도 내 마음의 노독을 풀어주는 누군가 있었으면 좋겠다. 그게 아니라면 나라도 그의 마음을 풀어줄 수 있으면 좋겠다. (4.10)

시간

늘 느끼는 것이지만 시간은 안하무인이다. 내 맘과 달리 제 맘대로 움직인다. 양보나 배려는 눈곱만큼도 없이 심술로 한평생을 살아온 야멸찬 노파가 아니던가. (4.11)

겨울의 환시

비가 그친 거리에 햇살이 비치고 있었다. 겨울의 환시! 비 갠 뒤의 물기 가득한 거리의 햇살에 속아 겨울의 한중간에 서 있다는 착각에 빠졌다. 눈이 그치고 햇살이 비치면서 눈이 녹아내리는 겨울의 풍경.

물기 가득한 거리는 겨울의 서슬이 바람으로 휩쓸리고, 햇살이 눈부시게 빛나면서 녹아내린 눈을 헤집는 겨울을 관통하고 있었다. 그것은 착시가 아니라 내 마음의 풍경이거나 아니면 아무도 몰래 실제로 겨울이 찾아왔는지도 모르겠다. (4.11)

기억의 상기

오랜만에 〈남몰래 흘리는 눈물〉과 요시카즈 메라의 〈울게 하소서〉를 연이어 들었다. 지금은 〈솔베이지의 노래〉를 몇 번째 듣고 있다. 다소간 바쁘게 서둘렀던 마음이 차분하게 가라앉는다. 지난 2월 말에서 3월로 넘어가던 무렵, 집 안의 모든 창을 열어두고 아직 이른 봄기운을 맞아들이며 이 음악들을 들었다. 한 치의 어긋남도 없이 그대로 되살아난다. 살살 불어오는 바람, 탈카페인 커피향, 풀석이는 시간의 먼지, 그때의 세상의 고요와 평화가 시간의 장벽을 넘어 펼쳐진다. 아마도 이 노래를 들을 때면 언제나 시간은, 영원을 붙잡아놓은 사진첩처럼 그 시간, 그 공간, 그 냄새, 그 바람 속에 정지되어 있을 것이다.

의식의 지층 저 심연에 깊이 각인된 그리하여 사람의 한평생을 좌우하는 유년의 어떤 기억처럼, 지우려야 지울 수 없는, 끊으려야 끊을 수 없는, 시간을 거슬러서 생각을 떠올리게 하는 현존의 힘. 하여 시간의 흐름이나 역사적 과정과는 무관한 것으로서 상기(想起, anamnesis), 시간과 공간을 초월하여 우주 공간을 떠돌다 어느 순간 벼락처럼 내리 꽂는 연상과 공감처럼. (4.12)

희망과 절망 1

절망은 더 이상 희망이 없을 때 생기는 것이 아니다. 그보다는 희망이 결코 희망이 아니라는 것을 알 때 생겨난다. 그보다 더 절망스러운 것은 그 희망마저 실은 자신을 위한 희망이 아니라는 것을 알 때이다. 가장 절망스러운 것은 절망마저 더 이상 떠올릴 수 없는 것 그러니까 더 이상 마음을 접거나 버릴 것이 없을 때이다. 이미 그때는 희'망'과 절'망'이 사라져버린 형국이다. '망'이 사라지면 '희'와 '절'도 무위이다. 그래서 마지막 절망은 무화(無化, Nothing)이다. (4.12)

내 의식의 단면

고소 공포증이 있다. 내 키를 훌쩍 넘는 높이에서 내려다본 아래는 그 자체가 공포의 대상이다. 또 다른 이유가 있다. 아주 어릴 적부터, 사물 분간이 어려웠으니 당연했겠지만, 높은 곳에 서면 뛰어내리고 싶은 강렬한 충동에 사로잡히곤 했다. 비상하듯 그렇게 뛰어내리면 추락하리라는 생각을 전혀 하지 못했다. 두 팔을 벌리고 날갯짓하면 물속을 헤엄치듯 그렇게 유영(遊泳)할 수 있으리라 생각했다.

지금도 다소간 그런 충동에서 벗어나지 못하고 있다. 높은 산 위에서 내 눈높이로 날아가는 새들을 볼 때면 마치 롤러코스터를 타는 것처럼 아랫도리가 짜릿하게 저며온다. 그것은 쾌감이자 두려움이다. 정말로 뛰어내리고 싶은 충동이 있으나 그것이 추락이라는 것을 아는 까닭에 두렵다. 또는 홍수가 나서 집이며 건물이며 가축이며 모든 것이 떠내려가는 장면을 볼 때면, 그 불행이나 안타까움 못지않게 집과 집 사이를, 건물과 건물 사이를 유영하는 모습을 그려보곤 한다.

해서 우기의 아마존은 내 무의식의 고향이기도 하다.

비슷한 이유로 속도에 대한 두려움이 있다. 대부분의 사람들이 그렇겠지만 다른 점은 속도 그 자체에 대한 두려움만은 아니라는 것이다. 때때로 내가 운전하는 차가 점차 가속되면서 도로의 저편이 점점 작아지고 이윽고 한 점으로 느껴지는 소실점을 통과하는 순간 그대로 흔적 없이 사라져버릴 것 같은 생각.

높은 다이빙대가 아직 위아래로 가볍게 떨리고 있다. 끝자락엔 누군가 서 있었던 듯 젖은 자욱이 아직 남아 있다. 그런데 조금 전 그 자리에 서 있었던 다이버는 아무 데도 보이지 않는다. 그는 어디로 갔을까? 우연이겠지만 반구의 투명한 돔 천장에 길을 잃은 한 마리 새가 깃털을 날리며 퍼덕이고 있을 뿐이다. 김춘수의 시가 생각난다.

> 맨발로 바다를 밟고 간 사람은
> 새가 되었다고 한다.
> 발바닥만 젖어 있었다고 한다.
>
> — 김춘수, 「눈물」 (4.12)

각기 다른 시간

고속버스를 타고 가는데 아직 벚꽃과 목련이 한창인 곳이 많았다. 야산과 야산 사이, 들과 들 사이에 고층 아파트들이 곳곳에서 볼품사납게 융기하고 있었다. 이와 달리 산기슭을 중심으로 개량된 농촌의 집들이 군데군데 몰려 있었다. 군집을 이룬 마을마다 목련들이 깨끗하게 등피(燈皮)를 닦고 하얀 전등을 켠 채 먼뎃손님을 마중하고 있었다. 우리나라에 이토록 많은 목련과 벚꽃이 있을 줄은 미처 생각하지 못했다. 아마도 그것들의 호사스러운 뽐냄이 사람들의 이목을 끌었던 것이리라. 서울에서 목련과 벚꽃은 이미 제철이 끝났는데, 이 작은 나라에서 아직 한창인 곳도 많다니. 우리는 이처럼 같은 시간대에 속해 있으면서도 각기 다른 시간을 살고 있기도 한다. (4.12)

제자리

사람은 있을 자리에 있어야 한다. 무관심하게 방치되고 있다고 느껴질 때가 가장 견디기 어렵다. 존재 의미의 전부를 강압적으로 몰수당했다는 모멸감을 느끼기 때문이다. 다른 이들도 그럴까? 역시 사람은 있을 자리에 있어야 한다. 자신이 있을 자리가 아니라고 판단되면 어느 자리이건 일어나야 하는 법이다. '자연'이란 저 스스로 제 자리에 있는 것이다. 제 자리에 있을 때 존재의 의미가 있고, 아름다움이 있고, 제대로 기능할 수 있다. 무관심하게 방치되고 있다는 자각만큼 처절한 게 또 있을까. 제 자리가 아닌 곳에 있다는 것보다 더 구차스러운 삶은 없다. (4.12)

자기 인식

꽤 오래전 큰아이가 초경을 했을 때였다. 난 근사한 장소에서 근사한 파티를 열어주려고 했다. 녀석이 싫다 하였다. 설명을 했지만 본인이 싫다고 하는데야 도리가 없었다. 여성에게 생리는 떠벌릴 일도 아니지만 숨길 일도 아니다. 남자들이 할 수 없는 생명의 고유한 역할과 신비가 아닌가. 그 신비로움이 한때 CF에서 마술로도 나타났겠지.

내 아내처럼, 평생에 걸쳐 치러야 할 귀찮음으로 받아들이는 여성들도 있는 듯하다. 그러나 단순한 귀찮음과 불편함이 아니라 자기 몸에서 일어나는 변화의 놀라움에 대한 인식. 남자로서 너무 물정 모르는 일이라고 질책한다면 할 말은 없다.

버자이너 모놀로그. 연극으로는 보지 못했지만 책으로는 오래전에 읽었다. 그때 받은 생각은 자신의 몸과 자신의 성기에 대한 자기의식의 중요성이었다. 용어와 지칭, 그리고 그 속에 투영된 불행하고 굴욕적인 삶의 문제보다 더 중요한 전언은 스스로 의식해야 한다는 것, 얼마나 아름답고 신비스러우며, 그것이 바로 나 자신이라는 것을 의식하며 살아야 한다는 것이리라. 참으로 아름다운 자기 인식이다. 실제로도 여성의 성기는 그 자체만으로도 참 미적이다. (4.12)

새로운 시작

트리나 폴러스의 『꽃들에게 희망을』에서 애벌레들은 저 세상이 궁금하여 끝없이 기둥을 만든다. 밟히고 떨어지면서도 악착스럽게 올라간다. 그런데 그렇게 올라간 세상에는 아무것도 없다. 그래도 그들은 궁금했던 것이다. 킬리만자로의 꼭대기에 눈이 쌓여 있다. 산 아래 초원과 나무들 사이에서 살아야 할 어느 표범은 저 위에는 무엇이 있는지, 이곳과 다른 저 세계는 어떤 세계일지 궁금해서 자신이 살아야 할 곳을 떠나 산을 오른다. 자신이 살아야 할 곳을 떠나온 그 표범은 마침내 굶주림과 추위에 죽고 만다. 하지만 표범은 궁금했던 것이지.

기억할지 모르겠지만 『꽃들에게 희망을』의 마지막은 이렇다. "끝…… 아니 새로운 시작입니다." 그렇다. 끝과 시작은 늘 공존한다.

그래서 우리에게는 늘 새로운 시작이다. 그럴 때 우리의 감성은 새롭게 살아날 것이다. 그 시작을 놓친다면 한순간에 빛나는 공허한 웃음처럼 붙잡지 못하고 사라져버릴지도 모른다. 너무 아깝지 않은가. 새로운 시작 앞에서 멈춘다는 것이. 너무 안타깝지 않은가. 새로운 세계를 꿈꾸지 않는다는 것이. (4.12)

한가함의 여유

영남알프스 종주. 그중의 하나. 영축산에서 내려와 주차한 곳으로 되돌아가기 위해 시골버스를 기다리고 있었다. 예정보다 일찍 산행을 끝냈다. 버스가 도착하기까지 아마도 한 시간 반은 더 기다려야 했을 것이다. 근처 상점에서 산 막걸리를 몇 모금 마시고 버스 정류소 간이의자에 앉아 버스를 기다렸다. 남쪽의 화창한 봄 햇살에 등산화와 양말을 벗고 맨발로 조을 듯 앉아 있었다. 아무 일도, 아무 생각도 없이 오직 버스만 기다리면 되는, 아니 그마저도 잊어도 되는 그 시간이 행복했다. 햇살의 너울, 주변 펜션의 노랫소리, 산 둔덕의 일꾼, 화사한 봄꽃, 맨살의 바람, 생활도 시간도 일정도 보채지 않고 오로지 하나만을 기다리지 않은 듯 기다리는 여유. 그때 내 주변의 모든 것들은 너그럽고 차분한 존재들이었다. 살면서 얼마나 있을까, 그처럼 여유로운 시간들이. (4.14)

우울할 때 만나고픈

우울할 땐 가끔, 나의 침묵에도 부담스럽거나 불편해하지 않을 그런, 징징거려도 토닥여줄 그런, 아주 낯익은 장소에 와 있는 것 같은 아늑한 사람을 만나 정물처럼 시간을 보내고 싶다. (4.15)

다른 끝과 시작

같은 꽃인데 다 진 뒤에 피는 꽃이 있다. 모든 것이 끝났다고 생각했는데 다시 시작되는 삶이 있고 새로운 관계가 있다. 끝은 언제나 새로운 시작이다. (4.15)

푸르른 날

비가 오고 있습니다. 새벽녘 잠결에 들으니 어디선가 냇물이 흘러가는 소리가 들리는 듯도 하고, 후둑후둑 빗소리 같기도 하고, 쏴아— 하며 누에가 일제히 뽕잎을 갉아 먹는 소리도 들었던 것 같습니다. 그게 비였습니다. 어젯밤부터 내리던 비가, 밤새, 새벽을 거쳐, 지금도 내리고 있습니다. 도로를 질주하는 차들이 빗물을 가르며, 좌르르르— 영사기 돌리는 소음을 남긴 채 세상은 때론 소란스럽고 때론 고요하곤 합니다.

나무들이 푸르러지는 이 무렵부터 마지막 미련마저 훌훌 털어버리는 한겨울이 되기 전까지 거실에서 바라보는 세상은 아름답습니다. 전망이라기보다는 풍경이 좋습니다. 푸르게 푸르게 감싸 안긴 항아리 속의 정경. 참 푸릅니다. 휘영청하게 짙푸른 녹음보다 이제 막 틔우기 시작한 연푸름의 선명함이 더욱 푸릅니다. 눈이 부실 정도입니다. 미당은

"눈이 부시게 푸르른 날은 그리운 사람을 그리워하자"고 했지요.

때때로 삶에 지칠 때 초록에 지쳐 단풍 드는 나무들처럼 화려하게 성장(盛粧)하고 변신할 수 있다면 어떨까 하는 생각을 가져보곤 했습니다. 그런데 '눈이 부시게 푸르른 날'은 청명한 가을 하늘을 말하지만, 이제 보니 가을 하늘만이 아니라 오늘 같은 봄 풍경도 눈이 부시게 푸르른 날이라는 생각이 듭니다. (4.16)

평온과 바람

〈라 트라비아타〉의 '축배의 노래'를 들었다. 노래가 반복되는 한동안 책상 위에 얹힌 책들과 책장의 책들을 두리번거리며 무심코 바라보았다. 그러다가 어쩐 일인지 모르겠으나 욕실로 들어가 세면대와 욕탕과 변기와 바닥을 말끔하게 씻고 거실이며, 싱크대 밑이며, 아이들 방이며, 침실이며, 서재를 돌아가며 청소기를 돌렸다. 이마에 가는 땀방울이 맺혔다. 밀대 걸레질이 남아 있는데 그건 미루고 청소기를 챙겨 넣었다.

불현듯 청소를 했다고 해서 스트레스를 풀기 위해 아귀아귀 먹어대는 어떤 주부마냥 마음의 옹이가 맺혔던 것은 아니었다. 습기 찬 바닥을 걸을 때 칙칙하게 달라붙는 불쾌한 느낌으로 뭔가를 해야겠다는 생각을 가진 것도 아니었다. 영혼을 길 위에 뿌리고 다니는 사람도 아니고, 언제나 한곳에 머무르기를 바라는 편이기에 마음이 정처를 찾아 떠나는 일도 별로 없다. 혹여 있대도 그저 한자리에 앉은 채로 삭이는 축에 속한다.

언제나 돌아보면 제자리에 정물처럼 있는 사람. 예전에 우리 집 식구들은 그런 나를 알기에 내가 혹 마음의 상처를 받으면 달리 마음의 매듭을 풀 방법을 찾지 못하고, 그걸로 모든 것을 끝내버리리라는 어떤 비장함을 엿보았던가 보다. 때때로 염려하고 경계하곤 했다. 나는 아닌데, 초개처럼 모든 것을 버릴 일도 없고 생각 이상으로 얼마나 잘 삭이며 사는데, 피를 나누고 한집에 오랫동안 살면서도 나를 알지 못했나 보다.

길 끝에 또 길이 있음을 나는 진작 알고 있었다. 그런데 길이 막히면 그걸로, 그 자리에서 주저앉으리라 생각했던 모양이다. 누가 나를 어찌 보든, 내가 아닌 다른 나를 두고 판단하든, 그들의 판단을 존중하는 데는 그리 인색하지 않다. 그것 역시 내 탓이다. 본질과 현상 사이의 낙차가 있다 한들 다급하게 나서서 바로잡고 싶은 조급함도 없다. 예나 지금이나 나는 그냥 그대로 제자리에 있을 뿐이다. 나는 규범적인 모범생은 아니었지만 집안 어른들을 속 썩인 적도 거의 없었다. 움직임이 없으니 바람 잦을 일도 없었으리라. 지금도 삶은 평온하다. 움직임이 없으니 바람도 거세지 않다. 그렇다고 이 평온함이 늘 만족스러운 것은 아니다. (4.16)

'창'에 관한 단상

창(窓)은 대상에 대한 객관적 바라봄의 표현이다. 『성찰』에서 데카르트가 바라 본 거리(street)의 사람들이나, 에드거 앨런 포가 「군중 속의 사람(The Man of the Crowd)」에서 묘사하는 지나가는 군중 역시 모두 창을 통해 이루어지고 있다. 그리고 그 대상은 객관적이다. 대상이 객관적이라 함은 묘사의 사실성에서가 아니다. '창'의 존재로 인해 바라보는 주체가 그 현실에 참여하지 않는, 관찰자와 대상간의 거리(distance)를 유지하고 있다는 점에 있다. 물론 거리의 확보는 물리적인 간격이나 인식상의 균형 감각이 아니다. 그보다는 '창'이 가져다주는 단절감과 거리감이다. 때문에 '창'은 세계로의 통로일 수 있으나 동시에 안과 밖의 구획이기도 하다.

'창'은 세계에 대한 객관적 지각의 매개물이자 세계를 향한 통로로서 가장 일반적으로 수용되는 매개물이기도 하다. 그때 창은 대체로 '깨끗함' 혹은 '투명함'으로 표현된다. 그렇지 않을 때 그 '창'은 성립되지 않는다. 그러나 그것은 때로, 창 앞에 선 주체의 내면에 의해 다른 양상으로 제시된다. 가령 한 비평가가 "내 밖의 풍경은 내 충동의 굴절된 모습이며, 그런 의미에서 내 안의 풍경이다"(김현, 『말들의 풍경』)라고 할 때, 거기에는 안과 밖의 경계를 허무는 내면적 통찰과, 창을 통해 바라보는 주체의 내면이 객관적 세계에 참여하는 의미의 다기성과 관련되어 있다.

다시 "더러운 너의 얼굴은 밖을 보는 대신 안을 보는 데 필요하다. 금이 간 너의 눈동자는 밖이란 보는 각도에 따라서, 밖이 달리 보인다는 사실을 깨닫게 하는데 귀중한 존재다"(오규원, 「유리창 또는 관점에게」)라는 한 시인의 통찰에서 객관적 세계의 바라봄이라는 '창'의 고정관념을 뒤엎는 '관점의 새로움'을 포착할 수 있다. 그것은 '창'의 본래적 존재 의미가 변형되는 것을 의미한다.

바라봄과 객관적 거리의 확보 혹은 세계와의 교통 가능한 수단으로서 '창'은 우선 '깨끗함'이 전제되어야 한다. 그러나 '창'이 언제나 깨끗하지만은 않다. 그때 '창'은 균형을 확보하거나 안착할 매개물이 아니라 왜곡과 변형의 대상이기도 하다. 특히나 그것은 불가피하게 단절과 거리감을 가져올 수도 있다. 때론 왜곡된 물상을 사실이나 객관적 사물로 받아들일 수도 있다. 이 점에서 '창'은 거리와 단절, 안팎의 구획만이 아니라 세상과 타자가 서로에게 다가가고 다가오며, 만지고자 하면 만질 수 있는 그런 따뜻한 매개였으면 좋겠다. (4.16)

삼십 세

대학원 수업 중, 한 발표자가 인사말로 자신이 30세에 접어들었다고 말했을 때 잉게보르크 바흐만의 「삼십 세」의 서두가 떠올랐다. "30세에 접어들었다고 해서 어느 누구도 그를 보고 젊다고 부르는 것을 그치지는 않으리라. 하지만 그 자신은 일신상 아무런 변화를 찾아낼 수 없다 하더라도, 무엇인가 불안정해져 간다. 스스로를 젊다고 내세우는 것이 어색하게 느껴지는 것이다……." 1980년 후반대에 읽었던 것으로 기억한다. 그 어려웠던 시기에 모두가 분연히 일어서고, 또 일어서야만 했던 시절에 도서관 오픈데스크에서 그 책을 읽었을 것이다. 아직 30세와는 거리에 있었던 그 때에 막연히 어떤 강렬함을 느꼈으나 그것이 무엇이었는지 지금으로서는 기억할 수 없다.

발표하는 학생에게 들은 30세가 이 책의 서두를 떠올리게 했음은 분명하다. 물론 그것이 그의 30세와 어떤 관련성이 있으리라고 생각하지는 않는다. 다만 그의 30세가 남다른 의미가 있었듯이 또 누군가에게는 또 다른 의미로 삶의 한 고비를 이루고 있다는 생각이 들었기 때문이었을 것이다.

한참을 뒤진 끝에 서재 한쪽 모퉁이에서 겉표지 반쯤이 먼지로 뒤덮여 있는 책『삼십 세』를 찾았다. 아마도 1990년대에 맞이했을 나의 30세는 어떠했을까. 이미 지나버린 나의 30세는 먼지 속에 방치된 이 책의 처지처럼 그렇게 방치되었을지도 모른다. 나도 기억의 그물을 던지고 싶다. 그러면 건져질는지. 어느덧 아련하다. 돌아봄은 부질없는 일이지만 아쉽고 아름다운 일이다. (4.16)

어린 시절의 기억 넷

기억 하나 : 아홉 살의 여름이었다. 냇가에서 물놀이를 하고 돌아오는 길이었다. 문득 내 나이를 생각했고 겨우 8년밖에 살지 않았다는 사실에 이제까지의 내 삶이 겨우 이거였다니 하며, 이어 40대였던 아버지의 나이를 생각하고는 길게 한숨을 내쉬었다. 막막함과 삶의 어떤 부질없음을 동시에 가졌다. 조숙했는지 무모했는지 알 수 없지만 사실이다.

기억 둘 : 내가 여자와 처음 잠자리에 든 것은 초등학교 4학년 때였다. 어느 날 옆집 사는 여자아이와 소꿉놀이를 하고 있었다. 우리는 두 딸을 둔 네 식구였다. 아내의 역할을 맡았던 옆집의 여자아이가 나를 유혹했다. 먼저 두 딸을 재웠다. 그리고 "우리 엄마 아빠처럼 잠도 자야지!"라면서 이불 속에 들어가 자신의 바지를 벗은 다음 내 바지를 벗겨서 나를 강제로 자기 옆에 눕게 했다.

그런데 잠시 후 방문이 열리고 엄마와 형이 들어 왔고 그 장면을 보았다. 황급히 바지를 올리고 밖으로 뛰어나갔다. 그러고는 그 부끄러움에 날이 새도록 집 주위만 맴돌다 들어가지 못했다. 그날 어떻게 들어갔는지는 기억나지 않는다. 엄마는 말이 없으셨지만 형은 어린 시절 내내 자주 그 사건을 입에 올렸고, 당시의 내겐 혼자 견디기엔 너무나 힘든 일이었다. 그때 그 여학생은 너무 조숙했거나 그녀의 부모

님들이 너무 부주의했다.

　기억 셋 : 고즈넉한 시간 저편, 어느 늦은 봄날 오후, 안방과 건넌 방 사이의 나무 마루에 누워 잠자다 막 깨어난 어린 사내아이. 부스스 눈을 비비고 일어나 아무도 없는 두려움에 얼른 마루턱에 앉아 두리 번거리던 고갯짓. 적막 사이로 눈부시게 밀려드는 화창한 햇살. 정원 한 곁에 자리한 금붕어 모양의 어항 위를 맴돌던 나비. 나비의 날갯짓 에 실려온 허기와 두려움과 쓸쓸함. 지금도 낮잠에서 깨어나면 어김 없이 밀려드는 허무와 주체할 수 없는 기진함에 외마디 신음 소리를 연방 흘려낸다. 낮잠의 공허한 불안감은 그 때문일지도 모른다.

　기억 넷 : 어른이 된 지금은 단 한 권의 만화, 단 한 편의 웹툰도 보지 않지만 어린 시절엔 대체로 그랬듯 나도 만화를 즐겨 보았다. 동 전을 들고 만화방으로 달려가 침침하고 퀴퀴한 구석에 앉아 만화를 보 는 것은 정말 즐거운 일이었다. 그러고 있노라면 어느 사이 날은 저물 고 방금 만화의 세계에서 빠져나온 나에게 세상은 너무 분명하고 단순 해서 시시하기도 했고, 때론 낯선 이질감에 어리둥절하기도 했다. 지 금은 실감이 나지 않지만 그래서 흔적조차 없이 사라졌지만, 만화방에 있었을 때의 그 황홀함이란 형언하기 어려울 정도이다.

　물론 엄마는 만화방에 있다가 어둑해질 무렵이 되어서야 들어오는 나를 야단치셨다. 만화방에 머물다 귀가하던 저녁 무렵, 내 마음은 한 편으론 무겁게 가라앉기 일쑤였고, 다른 한편으론 불안해하기도 했다. 그날도 만화방에 있다가 돌아오는 길이었다. 불안한 마음으로 집을 향 하는데 저쪽에서 나를 찾는 엄마가 보였다. 나를 발견한 엄마는 빨리 집에 가자며 내 손을 잡고 앞장을 서셨다. 아! 얼마나 불안했는지.

헌데 집으로 들어서자 엄마는 아주 재미있는 얼굴로 오랫동안 사용했음이 분명하게 닳은 5원짜리 동전을 내놓으시며, 너 이거 세울 줄 아느냐고 물으셨다. 난 유예된 엄마의 야단을 뒤로한 채, 아니 어쩌면 이 동전을 세우면 면죄될 수도 있으리라는 간절한 기대를 가지면서 동전을 세우려고 안간힘을 썼다.

한참을 끙끙거렸다. 하지만 나의 가상한 노력에도 불구하고 동전의 중심은 어긋나면서 매번 넘어지곤 했다. 심하지는 않았지만 점점 다가오는 절망과 포기. 그런데 엄마가 깔깔깔 웃으시면서 왼손의 검지로 동전의 모서리를 눌러 세우신 다음, 오른손 중지로 툭 튕겼다. 그 순간 동전은 마술처럼 빙글빙글 돌면서 세워지는 것이었다. 엄마는 다시 깔깔깔 웃으시면서 아주 자랑스러운 듯 내 얼굴과 동전을 번갈아 보시더니, "자— 이제 씻고 밥 먹자." 그날 이후 난 만화방에서 하루의 해를 넘겨본 적이 없다. 돌아본 삶은 늘 아련하다. (4.17)

우리를 슬프게 하는 것들

중학교 졸업 무렵 읽은 여러 책 중에서 밤새 가슴을 쓰다듬으며 슬픔과 서글픔으로 일렁였던 글들이 있다, 그중에서 아직도 생생한 것은 오영수의 몇몇 단편, 정비석의 「산정무한」, 보들레르의 『악의 꽃』 그리고 안톤 슈낙의 「우리를 슬프게 하는 것들」이다. 「우리를 슬프게 하는 것들」 중에서도 다음 구절은 지금도 깊은 상심을 던져준다.

— 몇 해고 몇 해고 지난 후에, 문득 돌아가신 아버지의 편지가 발견될 때, 그곳에 씌었으되, "나의 사랑하는 아들아, 너의

소행이 내게 얼마나 많은 불면의 밤을 가져오게 했는가……."
　— 공동묘지를 지나갈 때, 그리하여 문득 "여기 15세의 약년으로 세상을 떠난 소녀 클라라는 누워 있음"이라 쓴 묘표를 읽을 때, 아, 그는 어렸을 적의 단짝 동무의 한 사람.

　이 구절들을 대할 때마다 어지러운 마음은 형용하기 어렵다. 이 좋은 봄날 저녁에 때 아니게 가을날의 서글픈 정감으로부터 시작되는 안톤 슈낙의 글이 떠오른 까닭은 무엇일까. 아마도 이 좋은 봄날의 한 때가, 너무 좋았기에, 그 봄날의 정경에서 바쁘게 왔다가 이내 떠나버릴 무정한 사람의 표정을 봤기 때문은 아니었을까. 초추(初秋)의 양광(陽光), 인디안 서머, 봄날의 한때이니. "아프게 사라진 모든 사람은 그를 알던 이들의 마음에 상처와도 같은 작은 빛을 남긴다."(최윤, 「회색 눈사람」). (4.19)

봄의 이면

　Poem 님! 이곳은 곳곳에 꽃이 가득합니다. 노랑, 빨강, 하양, 분홍…… 색색의 알전구와 작은 줄전구들이 화사하게 빛을 냅니다. 지나칠 정도로 화사합니다. 그런데 그 화사함엔 또한 슬픔이 묻어 있습니다. 저마다의 한 철을 거두어들여야 하는 화사함 뒤편의 그늘이 앞서 보입니다. 아직 잎이 나기도 전인데 벌써 그늘을 드리우고 있으니. 아득한 기억의 저편 혹은 정갈한 매무새로 단장한 한 여인의 삶에 깃든 어찌할 수 없는 힘겨움의 그늘과도 같이. 그때 불현듯 볼을 흘러내리는 낙루. 저 먼 곳의 합창 소리가 환청처럼 들립니다. 동경과 갈망으로 몸을 떨던 젊음의 조종(弔鐘)을 뒤로하고 봄은 언제나 그렇게 다가와 그렇게 사라집니다. 내 한 철 또한 그리 사라지려는지.

봄은 그렇게 스쳐 지나갑니다. 마음에 작은 빛과 별을 남기고 떠났던 혹은 떠나왔던 풋사랑 여학생의 모습으로. 그녀들은 어디서 뭐하고 살까. 꽃들의 춘흥이 발광합니다. 그 간절한 마음 외면할 수 없어 오고 가는 길에 애써 춘흥에 젖어보려 노력 중입니다. 그러다 보면 세상의 반가운 손짓도 마주할 수 있을지 모르겠습니다. (4.19)

순간의 실체

기억은 항시 과거를 찾아 나서고 희망은 항시 미래를 찾아 떠난다. 그런데 희망의 미래는 아직 존재하지 않은 까닭에(Not yet) 불확실하며, 따라서 미래는 언제나 불확실하다. 가장 확실한 과거마저 이미 가버린 탓에 더 이상 아니며(No longer), 그래서 그 기억은 또 확실하지 않다. 그럼 현재만이 남는다.

바슐라르에 따르면 현재는 두 무(無) 사이에 놓인 순간의 실체이다. 과거는 가버렸고 미래는 아직 오지 않았기에 두 무이며, 현재는 그 무 사이에 놓여 있는 실체이다. 하지만 그것도 빛의 속도로 사라지는 '순간의 실체'에 불과하다.

그러니까 현재는 찰나처럼 스쳐 지나가는 순간들의 연속에 불과한 것. 그것은 인간이 거머잡을 수 없는 속도로 사라진다. 그러고 보니 남는 것은 아무것도 없다. 그래서 인생은 무상하다고 말했던 것일까. 마지막 남은 미래의 희망이 있다 한들 그 희망이 우리를 위한 희망이 아니라면(발터 벤야민, 「좌절한 자의 순수성과 아름다움」), 아! 또 어찌할거나. (4.19)

더불어 삶

모든 존재의 운명이 그러하듯 인간 역시 시간 속에서 스스로의 운명을 불꽃처럼 태우는 존재이다. 그러나 그 운명의 불꽃은 스스로에게 결코 따뜻함을 안겨주지는 못한다. 다른 누군가의 불꽃을 통해 따뜻함을 얻어야만 하는 운명이다. 마치 자신의 체온으로 자신의 몸을 따뜻하게 데울 수 없듯이, 자신의 체온을 올리기 위해서는 다른 누군가의 체온이 필요하듯이, 그래서 서로의 몸을 부대끼고 있을 때야 비로소 서로의 몸을 데울 수 있듯이……. 그래서 인간은 어쩔 수 없이 더불어 살아야 한다. (4.19)

꽃의 문

꽃을 바라보면 문이 보인다. 그 문을 가볍게 밀면 다른 계절로 이어지는 작은 길이 보이기도 한다. 꽃들이 너무 화사하게 보이다가 이제 아무것도 아닌 것으로 보일 그즈음, 꽃잎이 떨어지고, 떨어진 꽃잎 따라 꽃길이 닫힌다. 닫힌 꽃길 앞에 서서 미당의 주문처럼 "문 열어라! 문 열어라!" 주문을 외운다. 하면 바닥에 떨어져 휘말리는 꽃잎 앞쪽으로 낡고 둔중한 길이 열리리라고, 그 무렵 세상은 다른 계절로 이어질 것이라고 믿으며 꽃의 문을 여는 주문을 외운다. "문 열어라! 문 열어라!" 꽃의 문을 연다. (4.20)

어느 비 오는 날

빗방울이 조금씩 듣기 시작하는 밖을 한참 동안 바라보고 있었다. 이제 한창 물이 오르기 시작하는 나뭇잎들 사이로 생기가 가볍게 흔들리고 있었다. 바람도 비도 날카롭지 않았다. 적막한 그 위로 부드럽게 시간이 잠기고 있었다. 아름다워라! 저 가벼운 몸놀림. 얼마나 시간이 지났는지 알 수 없었지만 날이 기우뚱거렸고 얼굴을 괴고 있던 팔이 저렸다. 그제야 주변을 두리번거렸다. 휴일을 맞아 학교 운동장에서 시끄럽게 떠들던 마이크 소리가 사라졌다는 것도 역시 그제야 알았다.

아홉 살 무렵이었다. 여름, 냇가에서 수영하고 돌아오던 길 양옆으로 보리가 내 키만큼 자라 있었다. 초록의 첨탑들로 무리 지은 그것들은 바람이 불 적마다 물결처럼 부드럽게 출렁였다. 엄마가 아시기 전에 돌아가야 했던 바쁜 걸음을 멈췄다. 그리고 지나온 길을 돌아보았다. 문득 내 나이가 아홉 살이라는 생각이 들었다. 그 순간 이제껏 살았던 삶의 전부가 8년에 불과하다는 허망함과 기진함에 풀썩 주저앉았다.

지금도 그렇지만 당시의 나로서는 더욱 불가해한 일이었다. 물론 긴 시간 동안 그렇게 앉아 있었던 것은 아니었다. 햇볕에 얼굴이 더 타기 전에, 그래서 엄마 몰래 냇가에 갔던 일을 들키지 않기 위해 오래지 않아 일어섰다. 하지만 그때부터 질문만 하고 살았다. 남들에게는 하잘것없는 생각에 불과한 것들이었다. 어느 비 오는 날, 날이 저물고 팔이 저리도록 턱을 괸 채 무엇을 생각하고 무엇을 찾고자 했던 것일까. (4.20)

반달

가지런하게 쪼개진 반달. 한입 베어 물면 시원한 단물이 주루룩 흘러나올 것 같다. (4.22)

푸르른 그리움

4월 하순쯤 편도 2차선인 과천의 이면도로는 참 보기 좋다. 과천성당에서 관악산을 끼고 돌아가는 도로의 완만하게 휘돌아가는 노선도 호젓하다. 특히 6차선 중앙로에서 오른쪽으로 틀어 정부청사로 이어지는 도로와 정부청사에서 국사편찬위원회를 거쳐 통신본부로 통하는 도로도 볼 만하다. 푸른 은행나무와 사철 붉은 단풍나무가 길 양옆으로 늘어서 있어 마치 숲 속의 오솔길을 걷는 듯하다. 가을 이곳에서 은행나무들이 노랗게 물든 모습은 더욱 장관이다. 하지만 수백 미터에 불과한 짧은 거리라 차로 지나쳐버리기엔 너무 아까워 반걸음씩 천. 천. 히 걸어 다니곤 했다.

그 길을 걷는데, 그렇더군. 벌써 푸르러지고, 그늘이 생기기 시작하고, 그늘이 그리워지고, 시간이 눈썹을 휘날리며 내달리는 소리가 휭! 하니 들린다. 그새 꽃송이 다 떨어졌구나 하고 둘러보면서, 푸르러지는 세상을 보면서, 그 푸르디푸른 마음이 거침없는 시간의 흐름과 섞이면서, 아! 한 세상 이렇게 매여 꼼짝없이 살고 있구나 싶었다. 하지만 시간의 흐름 속에 매여 있는 것이 아니라 그새 떨어진 꽃송이처럼 실은 그 흐름 속에서 비로소 놓여나는 것이겠지.

저들의 푸르름도 최대한 몸을 낮추면서 바람과 비와 햇빛을 받아들이고 그러면서 최대한 몸을 키우고 성장(盛裝)해가는 것을. 그 시간 안의 아픔과 곡절인들 어디 없었으랴. 눈이며, 추위며, 찬바람이며, 서리며, 뇌우며……. 푸르름을 꿈꾸며 지내왔을 그리움을. 누군가를 그리워하며, 그가 못 견디게 그리워 삶의 마디 훌훌 털어버리고 내 안의 번요(煩擾)도 벗어버리고 행장 하나 없이 덜렁 맨몸 안에 그리움 하나만 안고 달려간다면. 그리고 소리 없이 다가가서 "난데!" 하고 불러본다면……. (4.23)

기억에 남은 여행 하나

1990년대 초 6월이었던가? 혼자 차를 몰고 서울에서 출발하여 전주를 거쳐, 남원으로 다시 88고속도로를 타고 대구에 도착하여 대신동 근처에서 하룻밤. 다음 날 진주로 향해 진주성과 남강과 삭막한 진주박물관을 둘러보고 부산에서 하룻밤. 다시 경부고속도로를 타고 신갈을 거쳐 영동고속도로를 따라 강릉으로 진입하여 경포대에서 하룻밤. 새벽 강릉－동해 국도를 경유하여 정동진으로. 그곳 작은 역사에 머물다가 말 그대로인 '다방'에 들러 커피 한잔 그리고 다시 서울로 돌아온 3박 4일의 여행. 일정이 말해주듯 머물렀지만 머문 곳 없이, 먹고 자고 운전하는 시간의 연속. 돌아와 몇 날을 몸살로 자리 펴고 고생했던 여행의 시작과 끝.

전주의 헌책방에서 우연히 산 정음사의 『김광식 소설집』(1967)과 김동리의 『등신불』(1963), 현암사판 『최남선 전집』 몇 권, 남원의 딸기, 88고속도로 위에서 바라보던 노을과 어둠과 밤바람, 여행 내내 들었던 산울림의 노래, 이명처럼 들렸던 진주성의 함성, 너무나 서구적인 얼굴로 안치된 논개의 초상, 바다도 보지 못하고 비가 그치기를 기다리며 홀로 죽쳤던 부산의 모텔과 부수동의 헌책방 골목, 모래 한 줌 던지고 돌아섰던 경포대, 아! '바다로 가는 자전거'라는 상호를 가진 경포 해변의 레스토랑에서의 고적함, 마치 방갈로 같던 정동진의 역사, 한잔의 술도 마시지 않고, 버릴 것도 얻은 것도 없이 혼자서 줄창 운전만 해댔던 간고등어 토막 같은 여행의 기억. 그런데 이토록 강렬하게 남아 있다니. 다시 할 수 없을 여행이었기 때문인지 모른다. (4.23)

이른 새벽에

지금 이 순간, 어둠을 뚫고 바늘만 한 구멍으로 들어오는 한 줄기 햇살이 꼭 그만큼의 작은 어둠을 밀어내고, 그 바늘만 한 빛줄기가 마음의 파장을 일으키며 조금씩 아주 조금씩 마음의 빛을 밝은 색조로 갈아입히고, 어둠 속에 숨겨진 사물들을 햇살 아래 찬연히 드러내면서 그 안에 숨겨져 있던 아름다운 순수 혹은 구김살 없는 아름다움을 보석처럼 조심스럽게 닦아, 빛나는 모습으로 세상에 드러낼 그 이른 시간에, 왼쪽 눈을 살며시 뜬다. 마음의 낡은 그늘을 걷으면서. (4.24)

햇볕에 끌려

그냥 따뜻한 햇볕에 이끌려 집 앞 계단에 오랫동안 앉아 있었습니다. 나른함에 딱 맞춤이었습니다. 무연히 앉아 윙윙거리는 파리들의 비행을 게으른 시선으로 좇고, 지나는 아이들의 동작을 보고, 다시 햇볕의 반대 방향으로 조금씩 움직이는 나무들의 그림자를 엄지와 검지로 재보고, 붙잡지 못하는 많은 생각들을 방치한 채 역시 오랜 시간 노곤하게, 다소 풀린 눈으로 앉아 있었습니다.

그러다 바다가 생각이 났습니다. 물결치는 바다가 아니라 만져질 듯 입체적이고 잔잔한, 마치 바람에 쓸려 완만한 굴곡을 꼭 물결의 흔적으로 담고 있던 사막의 그것 같은 바다가 그리웠습니다. 이양하가 번역한 「프루스트의 산문」에 '바다는 모든 것을 수용하되 그 흔적을 남기지 않는다. 바다는 음악과 같이 우리를 매료하며 음악은 우리의 영혼을 모방한다'라는 구절이 있습니다. 그러니까 그 바다는 음악처럼 우리 인간의 영혼과 닮아 있다는 것. 음악의 형식은 영혼의 형식과 닮아 있다는 것. 그래서 독서가 마음의 양식이라면 음악은 영혼의 양식이라고 하는가 봅니다.

기우는 햇살 아래 계단에 앉아서 조금 이른 시기에 한적한 바다나 한번 다녀오고 싶다는 생각을 했습니다. 이곳에 왔다 간다는 흔적마저 남기지 않고, 그럼에도 아무런 아쉬움 없이 모든 것을 수용하되 흔적을 남기지 않는 바다의 풍모가 보고 싶었습니다. 봄날 오후의 햇살이 사람의 긴장을 이리 풀어놓고 맙니다. 토요일 오후, 무장해제한 병사처럼 노곤함을 두 다리에 끌고 계단을 올라왔습니다. (4.24)

낯익은 여인

이런 일이 있었다. 토요일 저녁 무렵, 아내와 함께 근처 상가 지하에 대기업이 체인으로 운영하는 슈퍼마켓에 들렀다. 그때 한우정육점 앞에서 고기를 주문하는 한 여인을 보았다. 옆과 뒷모습이 예전의 누구와 꼭 닮았던 그 여인.

오랜 시간이 지났지만 그 누군가가 틀림없는, 잠시 시선은 머물렀으되 차마 얼굴은 확인하지 못하고, 알음도 못 한 채 뒤끝이 당기는 아쉬움 그대로 아내의 손에 끌려 매장으로 들어갔다.

시내 금은방 집 딸. K여고를 다녔고 H여대에 들어갔으며, 세례명을 이름으로 삼은 출판사 딸과 단짝이었던, 전화번호가 끝자리 하나만 다르고 앞의 다섯 자리 숫자가 같아 지금도 그 번호를 기억하고 있는, 그 두 여학생을 내가 먼저 알게 되어 나중에 각각의 친구들이 짝을 지어 미팅도 했던, 당시로도 다소 촌스런 이름을 가졌지만 이름과 달리 세련되고, 고운 피부를 가졌으며, 마음 씀씀이가 세심했던, 그러나 나와 성과 본관이 같아 가당치도 않게 다른 친구에게 미리 양보하기도 했던 그 여학생.

짧지 않은 시간 동안 잘 지내던 어느 날, 한 친구의 막돼먹은 한마디가 한창 순수와 자존심으로 가득했던 그녀들을 자극했고, 급기야 일괄 절교에 이르렀던, 절교 뒤 잠시 들리던 몇몇 풍문, 그리곤 어떤 소식도 들은 바 없이 레테의 강 이쪽과 저쪽에서 오랜 세월을 각기 살아왔던, 그러나 내 순수의 한 시절을 풍요롭게 들뜨게 했던, 이제 누군가의 아내가 되어 중년의 문턱을 넘어선 그 여학생을.

오랜 시간이 지난 어느 날, 낯선 도시의 한 슈퍼에서 마주할 줄이야. 그럼에도 더욱이 그렇게 무심한 사이가 아니었건만 반가운 인사나 안부도 없이 전혀 낯선 타인처럼 스쳐 지나가야 하다니, 12개 단지만으로 이루어진 작은 도시, 그것도 바로 옆 단지의 거주 공간에서도, 그날 이전과 그날 이후로도 다시는 마주친 적이 없는, 삶에 밀려 일그러진 나와 달리 우아한 풍모와 고운 자태를 아직 유지하고 있었던 중년의 그 여학생. 아! 한번 불러나 볼걸……. 그 이름. "어쩌면 엷은 입술 혀끝에 맴도는 이름이여! 어쩌면 아슬아슬 눈감길듯 떠오르는 추억이여!"(한하운, 「여인」). (4.25)

가슴 떨림

살다 보면 은밀한 가슴 떨림을 가질 때가 있다. 그러나 대체로 그런 감정과 상태를 발설하지 않고 날 것 그대로 가슴속에 가만히 품어두곤 한다. 발설하면 그 순간 그 은밀하고 감미로운 떨림이 순식간에 사라져버릴지도 모른다는 조바심. 해서 조용히 숨을 고르며 가슴 떨림을 품어 간직한다. 행여 무의식중에라도 내어 뱉는 순간, 가슴에 품어 둔 그것이 산산이 부서지면서 깨져버릴까 하는 마음. 그리하여 기다린다. 필연코 말하지 않으면 안 될 절정에 이를 때까지. 그리고 기다리고 기다리다 마침내 감탄과 탄성으로 터져 나올 때까지 그렇게. 참, 아름다운 일이다. '가슴 떨림'이 '가슴 벅참'으로 변하는 순간이다. (4.28)

봄 밤

안팎으로 일이 많았다. 빨리 끝내고 돌아오려고 서둘렀다. 재촉하듯 서둘러 마치긴 했으나 집으로 돌아오는 발걸음마저 서둘지는 않았다. 긴장을 풀고 터벅터벅 걸었다. 걸음을 멈추고 서서 깊은 숨도 쉬고, 달이며 별 대신 야간 비행하는 비행기의 점멸등만이 유일하게 살아 움직이는 하늘도 한번 쳐다보고, 다가오는 승용차의 전조등에 감기는 눈도 애써 떠보고, 등 뒤쪽도 홀연 돌아보면서 천천히 걸어왔다. 서울대공원이나 서울랜드가 야간 개장을 했는지 아니면 무슨 거창한 쇼가 벌어지고 있는지, 의외의 청명한 하늘에 요란한 폭죽 소리와 함께 색색의 레이저 광선이 현란하게 움직이고 있었다.

그렇게 깊어가는 봄밤의 어둠을 무등 태우고 돌아왔다. 봄밤엔 우리가 알 수 없는 얼마나 많은 것들이 살아 움직이는지. 그 봄밤의 향기며, 사연이며, 죽어가는 신음이며, 살아나는 생명이며, 움직임이며, 속삭임이며, 숨결이며, 미묘한 흐름이며, 헤쳐 모이는 새털구름들의 구령 소리며, 벌써부터 날이 새려는 빛의 섬세한 기미며, 꽃들의 소곤거림이며, 풀밭 사이에서 벌어지고 있는 작은 생물들의 생사를 건 백가쟁명(百家爭鳴)하며, 파락호의 배설물이며, 까르륵 웃음소리 등등을 무등 태우고 오느라 서두를 여력이 없었다. 이 밤 지새면 또 한 주일이 시작된다. 벌써부터 날이 새는 소리가, 저편으로부터 어둠을 몰아내며 일사불란하게 진군해오는 빛의 군화 소리가 들린다. 환청이려나. (4.28)

봄비 내리는 날

비가 계속 내리고 있습니다. 하늘 어디에 구멍이 났나 싶어 우산을 살며시 제치고 올려보았습니다. 때론 바람이 세차게 불기도 하고 주춤하다가도 다시 내리기가 하루 종일입니다. 내리는 품새를 보니 그리 쉽게 그칠 것 같지는 않습니다. 아름답습니다. 집 어느 곳에서 내다보아도 밖은 사방이 초록입니다. 비마저 내리고 보니 초록이 비가 되어 흘러내리는 듯 바람을 타고 너울댑니다. 바로 손에 잡힐 만한 거리에 한껏 부푼 초록의 생명들.

자식이 죽으면 가슴에 묻는다지요. 얼마만 한 애절함과 슬픔이 가슴에 묻게 했을까마는 그것만이 아닙니다. 초록의 아름다움도 가슴에 묻어둘 만합니다. 하면 초록은 늘 내게로 다가오겠지요. 잊고 살다가도, 살아가노라면 더러는 가슴에 묻어둔 초록 세상과 마주하겠지요. 초록은 다 초록인 줄만 알았는데 오늘 보니 투명한 초록도 있더군요. 그 투명함이 되려 더 푸르니 어인 일이지……. 그래도 바람은 왜 늘 가슴속에서 먼저 부는지. 바람이 말합니다. "내 이곳에 왔다 간다는 소리 누구에게도 하지 마라!"

비 오는 날 세상은 실루엣처럼 몽환스럽습니다. 음영이 없는 까닭에 원근이 없는 그림 같습니다. 아! 그러고 보니 비에 취해, 초록에 취해 까맣게 잊고 있었군요. 저녁 무렵 돌아올 때면 곳곳에서 새까맣게 무리 지어 마지막 생을 불태우던 하루살이 떼들. 그것들은 이 비 오는 날, 다 어디로 갔을까요. (4.29)

대화명 '자유'

대화명이 '자유'인 사람과 메신저로 짧게 채팅을 했다. 그런데 어떤 '자유'일까? 그냥 '자유, Jayu', 아님 'freedom', 아님 'liberty' 그것도 아님 'vagabond'. 아, 어쩐지 'Bohemian'인 것 같다. 'Bohemian' 하니까 생각나는 사람이 있다. 1950년대 모던 보이, 「목마와 숙녀」, 「그 사람 이름은 잊었지만」을 남기고 31세의 젊은 나이에 요절한 보헤미안 시인 박인환과 돈 호세의 칼에 죽고 만 집시 여인 카르멘.

그러고 보니 '자유'라는 매력적인 말은 언제나 비극적인 냄새가 풍긴다. 아마도 '자유'를 얻기 위해서는 치러야 할 대가와 희생이 필요해서인가 보다. 마치 '민주는 피를 먹고 자란다'는 말처럼 혹은 자유에 피의 냄새가 섞여 있다는 김수영의 말처럼.

'자유' 하니 또 영화 〈Bird〉가 또 생각난다. 〈Bird〉 하니 또 조롱에 갇힌 우리들의 삶, 풀어주어도 나는 법을 잊어버린 채 이내 도로의 한 구석에 떨어져 차에 치어 죽고 마는 새가 떠오른다. 그래도 거듭거듭 살아야 하는 우리들 인생. 이제 그만 자유로운 날개를 접고 낯선 곳 대신 낯익은 곳에 깃들고 싶다면 그것은 이제 나이 들어가고 있다는 것, 아니면 지쳐가고 있다는 것, 그것도 아니면 누군가가 그립다는 의미일 것이다. (4.29)

자기 성찰

우리들의 신념이라고 하는 것은 가장 뿌리가 강하고 가장 확고하였을 때에 그 진실성이 의심스러워지는 법이고, 바로 이러한 신념이 우리들을 가두는 감옥이 된다. 오르테가 이 가세트의 말이다. 그렇다. 우리들의 신념이나 이념이 경직되면 도그마가 되기 쉽다. 그런 독단과 편견이 때론 추한 모습을 드러내기도 한다. 자존심을 뒤집으면 열등감인 경우가 많듯이 우리들이 흔히 소신이라고 부르는 것도 자기 철학이 부재하거나 합리성을 갖추지 못했을 때 그건 가망 없는 고집에 불과하다. 살면서 경계해야 할 부분이다. 때때로 스스로에게 던지는 자기 성찰이기도 하다. (4.29)

비의 존재성

드문드문 내리던 비가 그쳤습니다. 그친 지 좀 되었는가 봅니다.

1930년대 감상적 모더니스트 김광균은 「설야」에서 밤에 소리 없이 내리는 눈을 두고 '멀리서 여인의 옷 벗는 소리'로 이미지화하고 있습니다. 이에 비춘다면 비는 '물이 옷을 벗어 던지는 소리'는 아닐까. 메마른 먼지로 풀석이는 마음의 깊은 골짜기에서 거대한 폭포수를 이루며 흘러내리던 물이, 옷을 활활 벗어 던지고 알몸 하나만으로 덩그러니 슬프고 외로운 빛깔을 새기며, 한 줄기 시원한 물줄기로 내려오는 소리가 아닐까. 하여, 사람들 저마다의 가슴에 바람(望)과 기원과 싱싱함으로 뼛속까지 적셔주기 위해 제 몸을 난도질하면서 방울방울 떨어지는 것은 아닐까, 비는. 그렇게 왔다가 흔적도 없이 사라지는 것이 아닐까. 비는 참 풍성한 가슴을 지니고 있었구나.

아, 이제야 알 것도 같습니다. 그래서 비는 자기 존재를 가리기 위해 언제나 엷은 실루엣의 장막을 치면서 겹겹이 내리고 있었구나. 자신들의 존재와 비밀을 지켜달라고 서로서로에게 당부하는 소곤거림이 모여 비가 올 때면 그토록 소란스러운 소리를 내고 있었던 거군요. 어제도 밤새 비 내리는 소리로 소란스러웠습니다. 우리도 누군가의 가슴을 그렇게 시원한 한줄기 비처럼 적셔줄 수 있으면 좋으련만. 자기 몫을 마치고 이제 스러져가는 한 줌 빛처럼 그렇게……. (4.30)

선물

아침 짧은 외출에서 돌아오는 길. 참 화창했다. 이 화창함을 듬뿍 담아 선물로 보낼 수만 있다면 참 좋을 텐데. 그 누구든 받는 이 역시 무심코 열었다가 봉투 가득 밀고 올라오는 봄의 화창함, 빛의 찬양, 요동치는 생기에 놀라 아주 기쁜 마음으로 받을 것이다. (5.1)

봄꽃

햇빛 속에서, 분진(粉塵) 속에서, 나른함 속에서, 세상이 살아나고 있었다. 산마다 들마다 푸른 존재들로 세상이 활짝 깨어난다. 화려했던 꽃들은 어쩌면 세상이 새롭게 살아남을 알리는 화사하고 비장한 축포가 아니었을까. 그럼에도 그들은 자신들의 존재가 곧 잊힐 것이라는 사실을 알고 있기에 그 때문에 그토록 속절없이 떨어졌던 것은 아닐까. (5.1)

집 앞에서

비 사이로 안개가 자욱하다.
우산을 들고 홀로 집 앞에 서 있었다.
투, 두, 둑. 우산 위로, 나뭇잎 위로 떨어지는 빗소리가 요란하다.
그런데 적막하다.
소란스러움이 오히려 적막할 때가 있다.
아직 날리지는 않으나 송화가 발기한 남근으로 어둠 속에서 뻣뻣하게 기립한다.
빗방울인지 꽃잎인지 덩달아 떨어진다.
비처럼 무겁지도, 꽃잎처럼 가볍지도 않게 허위적허위적 몸을 스친다. (5.2)

어느 문학도의 자괴심

10여 년도 훨씬 지난 일이었다. 교강사 휴게실에서 신문을 봤다.

우연히 펼친 지면이 「내가 문학을 하는 이유」였다. 다른 때 같으면 아마 그냥 덮었을 것인데 기사에 실린 한 시인의 발언이 내게 강렬하게 다가왔다. 그의 여러 말 중에서, 사람이 시 없이 어떻게 살 수 있느냐고 생각했던 시절이 있었고, 문학 외엔 다른 어떤 것도 생각하지 않아 고립된 적도 있었다는 시인의 말이 내 눈을 자극했다. 그의 말을 보면서 다음과 같은 한 다발의 질문이 쏟아져 나오는 것을 참을 수 없었다.

당신만큼 문학 없이 살 수 없다고 생각한 사람이 없을 줄 아느냐? 당신만큼 문학에 절실하게 목매어보지 않은 사람이 없을 줄 아느냐? 문학이 삶의 시작이자 끝이라고 생각하지 않은 사람이 당신 말고 또 없을 줄 아느냐? 문학 외의 그 어떤 논의도 유치했으며, 다른 어떤 말도 나누기를 꺼려했던 사람이 또 없을 줄 아느냐? 문학을 지병으로 알고 산 사람이 당신 말고 또 없을 줄 알았느냐? 당신뿐만 아니라 문학에 대한 그리움과 목마름을 가지고 있었던 사람은 누구나 그러했으리라. 때문에 당신만이 문학을 그리워했고, 그것에 목말라하며 다른 어떤 가치도 문학에 우선할 수 없었던 것처럼 말하는 당신의 그 한때는 감정의 과잉이거나 유치한 자기 과시가 반영된 감상주의에 불과할 수 있다고……

이러한 생각들이 순간적으로 한 다발의 질문들을 감싸 안으면서 튕겨져 나왔다. 그것은 거의 순간이었다. 순간이었으되 세상과 삶의 온갖 무게를 압도하는 고뇌의 찬 모습으로 문학을 운위하던 열정적이고 순수했던, 지나간 한 시절의 젊음을 되돌아보게 했다. 하여 그 시인의 발언에 대한 반문들은 실은 그를 향한 것이 아니었다. 지금은 망각의 저편으로 날려버린 치기만만했던 젊은 시절에 대한 반추였을 것이다. 지금은 다만 생활만을 연명할 뿐인 한때에 문학도였던 자괴심 외에 무엇이겠는가. 모든 것이 노회해진 지금 치기만만했던 그 시절이 새삼 그립다. (5.2)

어머니 단상

다급한 연락을 받고 대구의 병원으로 내려가기 전, 새로 일어나는 연두와 묵은 초록이 어우러져 오랜 시간을 엉겨내고 있었다. 촘촘함과 성김, 진하고 옅음, 깊고 얕음, 높고 낮음, 넓고 좁음, 진하고 묽음, 맑고 탁함, 그 사이에서 시간이 흘러내리고 있었다. 아니 새로 생겨나고 있었다. 겁(劫)이라 했던가. 천지가 개벽할 시간들이 생겨나는 관악산을 창문 너머로 바라보다 계단을 내려왔다. 어디선가 꽃내가 나길래 두어 걸음 옮겼더니 등나무 꽃이었다. 제비꽃이나 금낭화처럼 등나무 꽃도 가만 보면 이목구비가 뚜렷하다. 입체적인 꽃들이 좋다. 장미가 꽃 중에 그중 아름다운 것도 같은 이유이다. 등나무 꽃은 안에 한 움큼 모아 쥔 희망과 동경과 그리움을 꽃잎 두 장으로 두 손에 고이 받쳐 든 형상이었다. 사유가 도도하니 색도 연한 보라이다.

그러다 연락을 받았다. 준비해서 내려오라고, 오늘 넘기기 힘들 것 같다고. 천…… 천…… 히……준비했다. 눈물부터 흘리는 아내를 달랜 다음, 다음 날 출금되는 작은아이 학교운영비 이체하고, 강아지를 맡길 애견 호텔에 연락하고, 아직 확실하지 않기에 시험 기간인 아이들은 일단 남겨두기로 하고, 대신 얼마의 돈과 함께 내려올 방법을 상세히 알려주고, 내려가서 읽을 책 몇 권, 작업 중인 논문 초고, USB, 검은색 양복과 넥타이, 세면도구, 현금카드를 챙기고, 이를 닦고, 속

제2부 그리움과 문상

옷을 갈아입고, 새벽미사 전례 부탁을 겸해 묵주기도 부탁하고, 휴강 공지를 위해 과대표 전화번호를 찾아 휴대폰에 입력했다. 그리고 다급하게 내려갔다.

다행히 어머니는 새벽 2시에 의식을 회복했다. 의식을 회복한 아침 나를 부르며 이런 말을 하셨다.

"야~ 야~, 내 이러다 갑자기 죽겠다, 야!"

이제야 아시고 깜짝 놀랐다는 듯 그러나 별 표정 없이. 얼마 남지 않으셨음을 혼자만 모르셨다.

삼라만상 시작이 있으면 끝이 있다. 어머니의 한평생을 반추해보았다. 한숨이 절로 나왔다. 늙는다는 것이 믿어지지 않을 그런 분이셨다. 헌데 지체마저 마음대로 움직이지 못하고 죽음을 목전에 두고 계셨다. 내게 가장 많은 신뢰와 정과 사랑을 주셨다. 헌데 함께한 시간은 가장 적다. 생각하면 안쓰럽고 회한도 적지 않다. 하지만 아주 담담하게 받아들이려고 노력했다. 가당찮은 일이지만 내 힘이 미치지 않는 영역이라 애쓰거나 집착하지 않을 뿐이다. 그렇지만 많이, 아주 많이 생각나곤 한다. 내게 많은 것을 주셨고, 아주 많은 흔적을 남겨주셨다. 그런데 돌아가신 지 10년이 지났다. 머리는 천근이고 뒷목은 뻐근하고 입술은 터져서 엉망이다. 그립다. 그분이. 언제쯤 무던해질는지. (5.3)

가시나무

비가 온 뒤여서 그런지, 그렇다고 햇볕은 쨍쨍~ 모래알은 반짝~ 그럴 정도는 아니어서 그런지, 집으로 들어오는 길의 나무들 사이로 수연(水煙)이 가득했다. 몽환적인 길. 스르르 졸음이 몰려오는 길. 어떤 기억이 분명하게 떠올랐다가 희미하게 사라지는 길. 이미지가 선명해졌다가 저 멀리 밀려나는 길. 누군가의 음성이 가까이 다가오다 다시금 약해지는 길. 모든 것들이 fade-in, fade-out으로 반복되는 길. 몽상의 길. 금요일 저녁 집으로 돌아오는 길.

집에 오는 좌석 버스에서 조성모의 〈가시나무〉를 이어폰으로 들었다. 어제 우연히 어떤 블로그에서 일본 오타루의 겨울 운하에 대한 소개문을 보았고, 때 아니게 눈이 펑펑 쏟아지는 오타루의 풍경, 더불어 뮤직비디오의 무대였던 오타루의 우체국과 오르골당(堂)이 떠올랐기 때문이었다. 띵! 띵! 띵! 약간의 시차를 두고 조용하면서도 단조로운 피아노 소리가 곡의 전주로 흘러나왔다.

내 속엔 내가 너무도 많아 당신의 쉴 곳 없네
내 속엔 헛된 바램들로 당신의 편할 곳 없네

누군가로 가득 채우고 싶은데 그 맘 안에 다른 무언가로 가득 차 있어 더 이상 담을 수 없다면 참으로 안타까울 것이다. 마음은 경계가 없어 한량없을 것 같은데 우리가 인식하는 것보다 훨씬 작다. 그래서 가난한 사람이 가장 행복한 사람이라고 말하는지도 모르겠다. 가난한 사람이 가장 많이 담을 수 있기에. 그렇다고 언제까지 텅 빈 겨울 들판처럼 가난한 마음으로 마냥 살 수는 없다. 그것 역시 텅 빈 겨울을 가득 채우고 있기에 더 채울 수 없는 사람만큼이나 안타까운 일이리라.

우리들 속도 참 많은 것들로 채워져 있다는 생각이 들었다. 때론 가시가 되어 가슴을 찌르고, 때론 뒤틀려 어지럼증을 일으키고, 그럼에도 그것이 내 안의 하잘것없는 것 때문이라는 사실을 알지 못한다. 누구 하나 마음 편히 쉴 자리도 남겨두지 않은 촘촘한 마음의 그물. 종국엔 누군가의 가슴에 피멍을 새기고 말 날카로운 가시.

어지러운 마음은 대체로 하잘것없는 데 마음을 쏟을 때이다. 비우고 나면 허명(虛名)이었다는 것을 알게 되는데도, 마음에 품고 있는 동안에는 왜 그리 비리지 못하고 집착하는지. 하나하나 비워야 하리라. 그러고 나면 그 자리에 집착이나 욕심이 아닌 귀하게 반짝이는 다른 것으로 채워지겠지. 아주 귀하디귀한 다른 것으로 말이다. (5.3)

윈앰프

winamp를 틀었는데, 한 여자가 자꾸만 묻는다.
"혹시 왈츠 출 줄 알아요?"(영화, 〈번지 점프를 하다〉 중)

오래전 어떤 여자가 내게 물었다.
"혹시 윈앰프 아세요?"

그 후 윈앰프는 그동안 잊고 있었던 다른 세계를 열어주었다. 사소한 것이 결코 사소하지 않은 의미라는 것을 새삼 확인하였다. 내게 윈앰프는 유일한 음악 재생프로그램이다. 요즘에 스마트폰이 아닌 윈앰프로 음악을 듣는 사람은 얼마나 될까. (5.3)

하루의 끝

이제 들어왔다. 씻고 앉았다. 삶이 해일(海溢)이 되어 밀려온다. (5.4)

생각하지 말자

그때 그곳에서 무슨 일이 있었던가를 줄곧 생각했다. 그런데 도무지 떠오르지 않는다. 그날 하루가 떠오르지 않는다. 떠오르지 않는 것이 아니라 기억들이 중첩되어 어느 것이 어느 것인지 분간하기 어려운지도 모르겠다. '그때, 그곳'. 그때 그곳에서의 일이 전혀 생각나지 않을 때가 있다. 그러니 생각하지 말자. 그때 그곳에서의 일을. 그리고 문제 삼지 말자.

때와 장소는 물론 중요하다. 모든 존재와 상황은 시간의 축과 공간의 축이 겹쳐지는 바로 그때 그곳에서 벌어지고, 그래서 추상적이고 관념적인 세계로부터 벗어나는 일 중의 하나가 구체적인 시간과 공간이기 때문이다. 그러나 오늘은 생각하지 말자. 아무런 때, 아무런 곳, 언제 어디서나 일어날 수 있는 그런 일로 미뤄두자. 세상에 일어날 수 없는 일이란 없지 않던가. (5.4)

생의 이울음

꽃은 벌써 다 졌습니다. 남은 몇 잎만이 꽃인 듯 잎인 듯 가랑가랑 붙어 있어 오히려 처량할 따름입니다. 아직 겨울의 잔재가 남아 있던 어느 한때 이른 꽃잎을 보면서 '아니 벌써' 꽃이 피었구나 했습니다. 그 꽃에 감탄할 여유도 없을 무거움을 앞에 두고, 그 무거움을 안고 봄 한 철 보내지 않을까 생각했는데, 지내보니 역시 그 무거움 속에 봄은 스러지고 말았습니다. 피었는가 싶었는데 이미 떨어진 꽃으로 그렇게 스러졌습니다. 다 떨어진 꽃을 보면서, 꽃들도 그 나름으로는 무거움에 겨워 벌써 지지 않았을까 싶기도 하고, 우리들 삶이 지닌 화려함 뒤에 노곤함과 후련함이 무겁게 자리하듯 격한 한 철 지내기 위해 그것들인들 얼마나 힘들게 피우고 견뎌야 했을까 싶은 생각도 듭니다.

우린 기억하고 있습니다. 세계적인 행사든, 동네 마당의 잔치든, 생일 준비든, 성찬의 전례든 준비한 바쁜 나날과 행사 당일의 흥성함. 그러나 그것들이 끝난 뒤의 허전함과 스산함을 우리들은 기억하고 있습니다. 무참하리만치 떨어진 꽃들도 대지 속으로 이우는 자신의 생을 돌아보며 삶의 이움과 성쇠의 이면을 절실하게 반추하고 있는지도 모르겠습니다. (5.4)

봄은 풍경 속으로 실종되고

참 허망하게 봄이 지나갑니다. 그나마 마지막 한 자락이라도 되새긴 날이 있었던가. 내리는 비를 보면서 뿌옇게 가려진 흐릿함. 보일 듯 말 듯 굽이진 길을 한 점 가뭇없이 내려가는 작고 여린 한 사람이 풍경 속으로 스며듭니다. 먼발치서 보는 나의 호흡이 가늘디가늘게 느껴집니다. 나도 저리 풍경 속으로 사라지고 싶다는 가벼운 탄식이 흘러 나옵니다. 이번 봄은 아직도 내게 다가오지 않은 채 지나칩니다.

올해의 봄은 내 삶 속에서 실종되었습니다. 그렇게 봄을 느껴볼 틈도 여유도 없었나 봅니다. 그 빈자리가 오랫동안 남아 있을 것 같습니다. 풍경 속으로 실종된 봄의 빈자리가. (5.4)

다시 이명으로 들리는

오랜만에 윈앰프의 'play-file'을 열어 노래를 듣고 있다. 밤바람이 서늘하게 분다. 커피를 마시고 있다. 늦은 밤의 커피는 아주 드문 일이다. 밤기운에 노래들이 이끌어들이는 지난 시간의 감회가 되새겨진다. 김범수의 〈하루〉, "이렇게 또 하루가 지나가네요." 다시 이명처럼 울린다. 매번 처음인 사람도 있지만 정말 처음인 사람도 있다. 진실로 누군들 알며 또 안다고 말할 수 있을는지, 내 앎이 억겁의 찰나일 수도 있거늘. 하여, 조용히 뒷걸음으로 잠겨든다. 나날의 삶은 왜 그 나날처럼 새로워지지 않는 걸까. 마음엔 벌써 거미줄이 치렁치렁하다. (5.4)

비 온 후

비가 그쳤다. 봄비치고는 세찬 비였다. 깊은 밤이었는데 비가 그친 밤하늘에 파란 강물이 흘렀다. 느릿느릿 흘러갔다. 한동안 강물의 흐름을 바라보았다. 어디선가 하얀 물결이 몰려오고 어느 순간 강폭이 좁아지면서 하얗게 덮었다. 아니 하늘이 닫히는 순간이었다. 그때까지 지켜보다가 몸을 일으켰다. (5.4)

계절의 그리움과 묵상

일상 너머 그곳

일상이란 우리가 아침에 일어나고, 밥 먹고, 일하고, 싸우고, 결혼하고, 자식 기르고, 저녁에 돌아와 잠을 자는 생활의 세계이다. 그것은 반복 · 지속을 원리로 한다. 이러한 일상은 폐기되기도, 벗어나기도 어렵다. 그곳은 우리가 태어나서 생활하다가 마침내 죽어가는 세계이다. 이를 두고 올더스 헉슬리는 인간들이 사랑하고, 증오하며, 희망과 절망을 체험하는 세계이고, 고뇌와 기쁨, 광기(狂氣)와 오성(悟性), 어리석음과 교활, 그리고 지혜로 가득 찬 세계라고 말하고 있다.

우리들 삶이란 그렇게 통속적이라고 부르지 않으면 안 될 세계이다. 그 세계 너머에 간혹 마음이 다다른 다른 세계가 있다. 지금, 여기가 아닌 어떤 외딴곳, 눈을 감았을 때 자신을 둘러싸면서 밀착되거나 그리운 환영으로 나타났다가 이내 사라지는 공간, 삶의 모든 경험과 지각을 통해 형성된 알 수 없는 공명으로 가득한 공간, 일순간 부유하듯 자신의 모든 것을 한곳으로 밀어내버리는 공간, 잊어버린 모든 것들이 생기되어 한없는 그리움으로 물들이는 곳, 섬뜩하면서도 도저히 발길이 떨어지지 않아 한동안 그냥 머물러 있는 공간, 그 모든 믿음과 전조들이 광란으로 유동하는 정원, 어느 순간에는 자신의 실체가 분리되어 흔적 없이 사라져버릴 것 같은 두려움으로 가득 찬 곳, 그리하여 놓치지 않으려고 눈 부릅뜨고 응시하지만 그럴수록 밀려드는 공허함을 감당할 수 없어 홀로 진저리를 치는 공간, 뜻밖의 친밀한 사람을 만나고 그럼에도 전혀 낯선 타인이 되어 가벼운 묵례도 없이 스쳐 지나가는 공간. 일상 너머 그곳. (5.4)

과거와의 대면

언제나처럼 일찍 일어났다. 또 시작될 한 주일의 시간표를 살펴보고, 몇몇 자료를 찾고, 저녁 회합에서 전달할 사항을 정리하고, 창밖을 내다보고, 다시 자리에 앉아 자료를 뒤적이고, 그러다 보니 어느 사이 자료들이 쌓이고, 그것들에 눌리기 전에 일단 피해야겠다며 한쪽으로 밀어놓았다. 그러다 그때,

그래 때때로 과거와 대면하는 순간이 있다. 과거와 대면하는 순간, 회피하기도 하고 정면에서 응시하기도 하고, 그 과거에 발목을 잡히기도 하고, 가볍게 일축하며 넘어서기도 하고, 마음 종잡을 수 없어 한동안 머뭇거리기도 하고, 훌훌 털고 거침없이 되돌아서기도 한다.

우연히 과거와 대면할 때 얼마나 많은 복잡한 상념들로 뒤엉키는지! 그것이 뒤통수를 때리기도 하고, 풀 먹이지 않은 적삼저고리처럼 일시에 몸을 가라앉게도 하고, 그것은 또 어두운 벌판 저쪽에서 성큼성큼 혹은 머뭇머뭇 다가와 적요(寂寥)한 시간을 소란스럽게 일깨우기도 한다. 과거에도 넋이 있고 시간도 혼백이 있었던가. 아니고서야 어찌 그처럼 명주실 풀리듯 생생하게 되살아나는지! 세월이 결코 닳아지지 않음을, 삶이란 어차피 미망(迷妄)임을 비로소 알게 되는 때이니.

살다 보면 버드나무 가지처럼 매끄러울 수만은 없기 마련이다. 간혹 죽절(竹節)마냥 마디마디 뭉치기도 하는 법이다. 매끄럽지 못한 시간이 있었대도 그것이 어느 날 가슴속 가시덤불이 되어 울혈지게 한다 해도, 그 옹이진 매듭이야 어차피 스스로 풀고 넘어가야 한다. 삶이란 그래서 의지대로만 살아지는 것도 아니고 주어진 대로 살아지는 것도 아니다. 그래서 자문해본다. 세상에서 가장 아름답고 처연한 미당의 시 제목처럼, "무슨 꽃으로 문지르는 가슴이기에 나는 이리도 살

고 싶은가." (5.5)

훤한 귀갓길에

일찍 집으로 돌아왔다. 환하게 밝은 낮이다. 전철에서 내려 농협 쪽
으로 걸어 나왔다. 농협마트에 들러 간식거리 몇 가지를 샀다. 한 걸
음을 천 리 삼아 걸었다. 조그만 교회 앞에 이르러 양재천을 바라보았
다. 정장 차림에 가방을 메고 쇼핑 봉지를 들고 하릴없이 난간에 기댄
모습이 지나치는 누군가에게 의아하게 보였을지도 모르겠다. 햇살이
밝았다. 밝은 햇살이 물에 떨어지니 맑아진다. 흐르는 냇물 중간 시멘
트로 발라진 붉은 벽돌 위에 작은 백로 한 마리가 흰 꼬리깃을 날리며
무언가에 집중하더니 덥석 고기 한 마리 채어 삼킨다.

천 리 길을 걸어 아파트 단지 버스 정류장 앞에서 자판기 커피를 뽑
아 나무 의자에 앉았다. 시간이 지나고, 버스를 기다리던 몇 사람이
지나고, 마음이 지나고, 다시 시간이 지나고, 다시 버스가 지나고, 다
시 버스를 기다리던 몇 사람이 버스와 함께 지나가고 다시 마음이 지
나갔다. 늦봄의 한낮, 환한 볕을 떨치고 그렇게 왔다가 사라지는 것들
을 무연히 바라보다 자리를 털고 일어섰다.

육교를 건너다가 중간에 서서 도로를 내려다보았다. 저편에 성당
의 종각이 멀찍하게 보이고 차들이 우회 없이 내게 돌진해오는 듯했
다. 순간! 아찔했다. 조금만 위에서 보아도 세상은 확실히 다르다. 조
금만 시야를 돌려도, 조금만 낮춰도, 조금만 곁눈질해도 세상은 달라
보인다. 우리들이 가야 할 길은 앞에만 있는 게 아니다. 그래서인지
게의 사행(斜行)이 그럴듯하게 느껴진다.

아파트 단지 안으로 걸어오니 장미가 다발로 피어나기 시작했다. 그 장미들이, 울타리를 넘나들며 길게 뻗어 나온 장미들이 지난봄에도 저 자리에 있었음을 그제야 생각해냈다. 주의를 게으르게 둘러보며 느릿하게 걸었다. (5.6)

귀 기울일 일

바람이 불더니 벚꽃이 춘설처럼 흩뿌렸다. 비가 오더니 목련이 물에 젖은 티슈처럼 길에 납작 엎드렸다. 지나가는 함박웃음에 개나리가 데굴데굴 뒹굴었다. 그랬는데 이제 철쭉이 붉다. 벚꽃 지는 모습이 얼마나 화사하던지, 목련 지는 모습이 얼마나 허망하던지, 개나리 지는 모습이 또한 얼마나 경쾌하던지. 새 꽃 앞에서 지난 시절의 화사함을 잊어버린다. 그래서였을까. 나는 듣지 못했는데 그들은 말했단다. 소리치듯 불렀단다.

부르는데도 듣지 못하고, 보여주는데도 보지 못하는 일이 다반사이다. 인간은 야박하게도 듣고 싶은 것만 듣고, 보고 싶은 것만 보기 때문이다. 그냥 스쳐 지나가는 바람이려니 하지만 그 속에 살을 자르고 뼈를 깎으며 온 몸으로 질러대는 목멘 소리들이 가득하다. 그것이 한 생애의 모든 것을 담아내고 있는데, 들을 수 있는 자만이 들을 수 있고, 알아차린 자만이 볼 수 있으니. 그 만큼 삶의 많은 부분은 또한 잊힌다. 잊힌다는 사실조차 알아채지 못한 채. (5.6)

봄비

비가 조금 많이 온다. 내린 빗물에, 고인 빗물에, 질주하는 차들의 전조등이 분광되면서 이미 세상은 어두워졌는데도 더욱 세상을 흐릿하게 만들어버린다. 마찬가지로 가로등 불빛에 반짝이는 저것이 뭐였더라, 생각하는 순간 훌쩍 자란 나뭇잎들이 창 너머 꼭 그 자리에 있다. 이번 봄에는 유난히도 비가 자주 내린다. 고독하고 위험스런, 에로틱하게 몸과 마음이 착 달라붙으면서 위태로운, 침묵과 아우성이 동시에 울려 퍼지는, 순결하고 아름다운 봄비가 내린다.

아픈 가슴의 상처와 기억을 되새기려거든, 공간과 공간에 조용히 흐느끼듯 울려 퍼지는 하나의 목소리를 들으려거든, 정말로 내 마음이 어디로 흐르고 있는지 알고 싶거든, 이제 곧 시들 것 같은 위기감에 빠진다면, 피가 흐르듯 신선한 물방울로 병든 가슴을 달래려거든, 무언가의 갈증으로 마음을 적시고 싶다면, 날개를 접고 조용히 몸을 웅크리려 한다면, 누군가에게 나지막한 소리로 말을 건네고 싶거든, 그 사람을 사랑하는지 묻고 싶거든 봄비 속에 한번 서 있어보라. 어느 비 오는 봄날, 창을 열고 내리는 비를 보면서 가만히 그 사람의 얼굴을 떠올려보라. 그러면 비를 뚫고, "낯익은 발소리처럼, 혹은 친구의 목소리처럼 그 이름은 그리움 가득한 내 영혼 속에 멀리서 울려올지니"(김화영, 『예술의 성』). 나도 그런 사람이 그립다. (5.7)

봄 아닌 가을바람

봄밤에 때 아니게 가을바람이 분다. 바람 탓이려나 비 때문이려나.

집 앞 살구가 떨어져 뒹군다. 학교의 철쭉도 다 졌다. 흰 철쭉이 지고 나면 떨어진 흰 꽃잎은 깔아놓은 한지가 비에 젖은 듯하다. 거실의 작은 제라늄도 손톱만 한 꽃잎을 다 떨어트렸다. 몸은 어디 가고 봉숭아 물 들인 손톱들만 떨어져 뒹구는 것 같아 섬뜩하다. 여리고 여린 처자들의 마음이 무참히 꺾인다. 마음의 한구석이 서늘해진다. (5.7)

만남

우리는 각각 다른 삶을 살다가 한곳에서 만난다. 그 만남은 길거나 짧다. 엘리베이터에서, 헬스장에서, 강의실에서, 회의실에서, 산행에서, 대학로 카페에서, 신혼여행지에서, 극장에서, 삼청동 생댓집에서, 동사무소에서, 훈련소에서, 기숙사에서, 모텔에서, 골프장에서, 국회에서, 졸업여행에서, 할인마트에서, 인사동 전통주점에서, 골목에서, 카센터에서, 패밀리 레스토랑에서, 대중탕에서, 구로공단에서, 여의도 사무실에서, 학원에서······. 그렇게 한곳에서 만났다가 다시 각자 다른 삶 속으로 걸어간다. 그중에는 다시는 만나고 싶지 않으나 오히려 자주 맞닥뜨리는 사람이 있는 반면, 평생 만나지 못하는 그리운 사람도 있다. 만남과 헤어짐의 법칙은 없는 걸까. (5.8)

너무 깊어 오히려 단순한

창밖을 내다보다 문득 이런 생각이 들었다. 살다 보면 정말 중요한 기억과 중요한 만남이 있다. 그러나 어쩌면 평생에 걸쳐 머리나 몸이 기억하고 있을 그 결정적인 한 시기의 중요한 순간임에도 불구하고 어떻게 표현할 도리가 없어 오히려 무덤덤하게 드러낼 수밖에 없는 것들이 있다. 단지 날이 좋았다고, 햇볕이 따스했다고, 바람이 차가웠다고, 달이 밝았다고, 하늘이 푸르렀다고밖에 표현할 수 없는 것들.

그것보다는 차라리 조금은 덜 외로울 수 있었다거나, 눈물이 날 뻔했다거나, 가슴이 떨렸다거나, 억장이 무너졌다거나, 사무치게 그리웠다거나 하는 감성적인 표현이 나을 텐데도. 그마저 드러낼 수 없어, 아니 어떤 표현도 적당하지 않아 차라리 단순해져버리는 역설과 아이러니. 깊이를 형언할 수 없기에 표면만을 살짝 건드리고 마는 것. 삶의 모든 것이 언제나 한 방향을 향해 더 깊게, 더 넓게 더해가는 것은 아닌 모양이다. 때때로 맞이하는 단순하면서도 잦은 역설과 아이러니, 삶이란 그런 것인지 모른다. (5.9)

내면의 빛

내면의 불빛은 세상을 뜨겁게 달구는 태양보다 강렬하다. 그것은 영혼의 불빛이기 때문이다. 그러나 바로 그렇기에 영혼으로부터 새어나오는 내면의 불빛은 그 강렬함에도 불구하고 아무에게나 비추어주지 않는다. 그러므로 아무나 볼 수 없다. 보여주는 사람에게만 보이며, 볼 수 있는 사람만 볼 수 있다. 영혼의 불빛이 하나의 형식을 얻어 우리 앞에 나타난다면 그것은 우리가 '운명'이라고 부르는 순간이 아닐까.

또한 영혼으로부터 올려 뿜어지는 내면의 빛은, 빛이지만 어둠과 그림자를 거느리지 않는다. 누군가에게만 보여주고 보이는 영혼의 빛 혹은 내면의 빛은 모두에게는 아니지만 어느 누군가에게는 너무 숭고하여 어둠과 그림자마저 빛으로 발한다. 빛과 어둠이 소멸하여 합일하는 순간이 있다면 그것은 우리가 '희열'이라고 부르는 순간이 아닐까. (5.9)

사는 것

커피 맛이 없다. 그래도 마신다. 우리들 삶이 항용 그렇다. 식욕(매개된 욕망)이 동하지 않으면 허기(본능적 욕망)로 산다. 노인들은 흔히 말한다. "사는 게 그런 거야." M.C 스나이퍼가 〈Gloomy Sunday〉에서 반복하며 외친다. "그래도 하늘은 언제나 나의 편. 하늘은 언제나 나의 편♬······." 그리 생각하며 살 일이다. (5.10)

우리의 또 다른 모습

시민회관 로비에서였습니다. 한 청년이 자판기 커피를 뽑는 내게 다가와 500원이 있냐고 묻습니다. 500원을 주었더니 200원이 더 필요하다고 말합니다. 무엇 때문이냐고 물었더니 음료수를 사야 된다고 합니다. 해서 지폐를 넣고 청년이 지목했던 음료수를 사주었습니다. 그런데 다시 500원을 더 달라고 따라옵니다. 왜냐고 물었더니 음료수를 사야 한다는 것이었습니다. 동전이 없다고 말한 뒤 돌아서다가 그제야 모자를 눌러쓴 청년의 얼굴을 정면에서 보았고, 흐트러진 분별력의 기운을 읽었습니다. 나는 청년의 얼굴에서 시선을 거두었습니다. 바로 뒤에서 그 청년은 알아들을 수 없는 말을 주문처럼 되뇌었습니다. 말은 분명하지 않았으나 어조는 호의적이지 않았습니다. 아마도 그 이전에도 내게 했던 것처럼 누군가에게 같은 부탁을 반복했을 것이고, 아마도 여러 번 홀대를 받았는지도 모르겠습니다. 분명 혼자였던 그 청년이 계속해서 음료수가 필요했던 연유는 무엇이었을까. 그게 왜 마음이 쓰였을까요. 참으로 엉뚱하게도 아주 오래전에 읽은 최윤의 「저기 소리 없이 한 점 꽃잎이 지고」가 퍼뜩 떠올랐습니다.

당신이 행여 가볍거나 무거운 혹은 느긋하거나 바쁜 걸음으로 길을 지나갈 때 언뜻 스쳐 지나가는 누군가 홀로 뜻 모를 소리로 흘리듯 중얼거리면 가던 발걸음 멈춰 뒤돌아보지 마십시오. 그의 표정과 차림새가 어떠하든 이상하다고 야박하게 눈 돌리지 마십시오. 혹 뒤를 돌아보셨다면 절대 위압적인 시선으로 그의 눈을 정면에서 바라보지 마십시오. 그저 아무 일도 아닌 듯, 먼 곳으로 시선을 돌리거나 주변을 두리번거린 다음 가던 길을 가십시오. 아니면 주머니를 뒤지면서 무언가를 찾는 시늉을 하시거나 핸드폰을 꺼내 전화를 거는 시늉이라도 하십시오. 그의 중얼거림을 당신이 들었다는, 그래서 발길을 멈추고 돌아보았다는 인상을 주어서는 안 됩니다. 그리고 몸을 돌려 가던 길을 가십시오. 바로 전 그 사람의 중얼거림이 세상을 떠나는 혼령 혹은 상처받은 영혼들과 나누었던 정담이라 여기고, 할 수만 있다면 몇 걸음 걷다가 하늘을 한 번 올려보고, 그 사람 마음속에 자리한 누군가의 영혼이 평안하시길 기원해주십시오. 그는 혹은 그의 마음속에 존재하는 영혼은 어쩌면 지난 언젠가 당신이 만났던 바로 그 사람일지도 모릅니다.

지하철 계단에서 퀭한 눈으로 바로 보던 그 사람, 술에 취해 비틀거리며 벽을 잡고 괴로워하던 그 사람, 당신의 손길을 기다리던 그 사람, 아이의 두 손을 잡고 빙글빙글 돌리며 아이와 더불어 활짝 웃던 그 사람, 누군가의 사랑을 아낌없이 받았던 그 사람, 어떤 한 여자가 혹은 어떤 한 남자가 그토록 사랑했던 그 사람, 잔돈이 없어 난처해할 때 동전을 건네주던 바로 그 사람, 아이들을 데리고 무거운 짐을 들고 갈 때 슬며시 길을 비켜주던 그 사람, 당신이 유용하게 사용하는 자동차의 일부를 조립했던 그 사람, 승강기 안으로 들어갈 때 당신이 탈 수 있도록 버튼을 눌러주던 바로 그 사람, 누군가의 존경받는 아버지이자 누군가의 울타리였던 어머니이자 누군가의 신뢰를 받던 그 사람, 당신의 묵직한 포크를 세공했던 그 사람, 언젠가 당신에게 요긴했던 물건을 팔았던 바로 그 사람, 당신이 즐겨 입는 원피스를 박음질했던 그 사람, 누군가 애타게 기다리던 그 사람, 당신에게 자리를 양보했던 그 사람, 당신이 영화 속에 빠져 있을 때 바로 앞자리에 앉아 있던 그 사람, 무심코 떨어뜨린 물건을 주워 당신의 어깨를 툭 치며 전해준 바로 그 사람, 절대자를 찬미하며 가슴속에 뜨거운 불길을 감아 쥐던 그 사람, 새 옷을 입어보면서 흡족해할 때 쇼윈도 밖에서 남의 일이면서도 당신의 기쁨에 웃음 지으며 지나가던 바로 그 사람, 청바지 뒷주머니에 두 손을 넣고 휘파람을 불며 사랑하는 이를 기다리던 그 사람, 복잡한 명동 혹은 서면 혹은 동성로 거리에서 발을 밟은 당신이 미안해하며 고개를 숙일 때 괜찮다고 손을 저으며 바쁘게 사라지던 그 사람, 당신이 벤치에 머물다 사라진 그 순간 신문을 들고 자리를 찾던 그 사람, 즐겁게 식사하던 바로 그날의 음식을 만들어주었던 그 사람 혹은 당신의 바로 옆자리에서 식사하던 바로 그 사람, 혼잡한 좌석 버스에서 당신의 뒷자리에 앉아 당신이 바라보던 풍경을 같이 바라보았던 바로 그 사람, 대공원 개장일에 당신 바로 뒤에 서서 입장을 기다리던 그 사람, 그 사람들 중의 한 명일지도 모릅니다. 아니면 앞으로 언젠가 있을 당신의 모습일지도 모릅니다. (5.11)

잔설

눈이 보고 싶다. 그런데 계절은 이미 지나갔다. 한동안 기다려야겠지. 아니면 아직 어딘가에 잔설이 있을까. 지난겨울이 끝나갈 무렵 응달진 곳에서 한 무더기 흙에 깔린 잔설을 보고, 떠나야 할 때 떠나지 못한 자는 추하다고 생각했다. 그러는 한편으로 제대로 갈 곳을 찾지 못한 것 같아 또한 측은했다. 차마 떠나보낼 수 없어 죽은 자를 놓아보내지 못하는 미련과 아쉬움이 실은 망자에겐 슬픈 일이기도 하다는 점과 비슷하다. 녹아야 할 땐 녹아야 하는 것. 떠나야 할 땐 떠나고 잊어야 할 땐 잊어야 하는 것. 그리고 보니 잔설이나마 볼 수 없다는 것이 다행이다. 이 계절의 잔설이란 구천을 떠도는 망자의 한에 다름없겠지. 역시 기다려야 할 땐 기다려야 하는 법인가 보다. 여러 사람에게 밟힌 눈은 쉽게 녹지 않는 법이다. 한은 쉽게 풀리지 않기 마련이다. (5.12)

나의 그곳

부분이 전체를 보여주고 전체가 부분을 보여준다. 회귀와 순환에 따른 동일한 패턴의 구성이 우주의 이치이다. 누워서 태어나 누워서 죽는다. 단풍의 새 잎은 빨갛게 생겨나 푸른 모습을 갖추었다가 빨갛게 떨어진다. 생겨난 데로 돌아가기 마련이다. 시작과 끝이 같은 고리로 연결된 형국이다. 누구나 그리고 무엇이나 사는 곳에서 죽는다. 그렇다면 내가 죽게 되는 곳은 어디일까. 마지막 자리가 삶과 존재의 마지막을 보여준다. 그 공간은 어쩌면 살아온 삶의 전부를 담고 있을지도 모르는 일이다. 내가 죽게 될 곳은 어디일까. 죽고 싶은 공간은 없으나 다만 누군가의 품에 안겨 그의 따뜻한 손길을 느끼며 눈을 감았으면 좋겠다. (5.13)

아까시 꽃 향

아까시 꽃 향이 언뜻 스치듯 맡아지기도 하는데 긴가민가할 정도로 아득하다. 지나치는 맵시 고운 여인네의 살내음인가 싶어 몇 걸음 걷다 돌아보니 그녀는 이미 저기 가는데 치맛자락처럼 곁을 스치던 여인의 향내만 아득하여 고개를 갸웃거릴 그 정도. 그렇지만 이제 조만간 아까시 꽃 향이 터져 나와 머리 어지럽게 만들겠지. (5.13)

바람의 물결

저절로 맡겨두는 것보다 더 자연스럽고 편안한 것은 없다. 사진을 보았다. 보리밭이었다. 하늘에 맞닿도록 넓게 펼쳐져 푸르름의 물결을 이루고 있었다. 그렇다. 놀라운 것은 물결이다. 바람을 고스란히 받아내고 있어서 마치 주형(鑄型)처럼 바람의 모습을 그대로 담아내고 있었다. 바람의 완력을 그 흐름 그대로 잡고 있었던 것. 나무의 흔들림이 아름다운 것은 흔들리는 그대로 흔들리고 있기 때문이다. 격랑과 고요, 번잡과 평정은 흐름의 결에 달려 있다. 마음의 결도 흐르는 그대로 따르는 것이 가장 자연스러운 일이다. 마음은 그랬으면 하는데 세상은 이미 아니다. 세상이 자연스러움의 방만함을 그냥 놔두지 않는 까닭이다. 이 밤에 바람이 불고 창밖엔 나무들이 흔들린다.

저 나무 혹은 흔들림의 꼿꼿함이여. (5.15)

청보리

인생이란 청보리밭을 지나는 잔바람 같은 것, 아니 잔바람에도 일렁이는 청보리 같은 것. (5.16)

내 안의 풍경

알베르 카뮈는 "젊었을 때 사람은 인간보다는 풍경에 집착한다"라고 했는데 나는 나이가 들수록 풍경에 집착하게 된다. 도시는 비에 젖어 흐느적거리고 세상은 깨어난다. 가는 안개가 시간으로 흘러 조용히 풍경 속으로 스며든다. 인간 역시 마지막까지 흔들리다 풍경의 한 점으로 스러질 풍경의 하나이거늘. 나 하나가 풍경이라면 이 비 오는 밤 우리 역시 풍경 속의 풍경이다. (5.17)

쪽잠의 달콤함

지방 가는 길. 비가 내렸다. 이슬비였다. 어찌나 가볍게 날리는지 비라기보다는 차라리 대기 중에 떠다니는 부유물 같았다. 날리는 움직임마저 훤히 보일 정도였다. 가지를 흔들면서 방금 날아오른 새처럼 포롱, 포롱 혹은 먼지처럼 풀석, 풀석, 그렇게 가볍게 이슬비가 날렸다.

고속버스를 타고 오산을 지날 무렵부터 비가 그쳤다. 흰 백로 한 마리가 이제 막 모내기를 시작한 질퍽한 논 위를 수면에 닿을 듯 아주 낮게 날아가고 있었다. 잘 구획된 모눈종이 위를, 그래서 경직된 넓은 논과 논 사이를 백로 한 마리만이 살아서 날아다녔다. 바람에 흔들리는 나뭇가지의 유연함으로 날개를 퍼덕이며 그렇게 가볍게. 그러다 설핏 잠이 들었다.

따스한 햇살에 두 눈이 사르르 감기는 봄날의 안온함, 서늘한 그늘 아래 매혹적인 아이스티 한 잔으로 불볕더위를 말끔하게 씻어내는 여름날의 여유, 누추한 삶의 때를 벗고 변신을 꿈꾸며, 화려하게 성장하는 가을날의 윤택함, 온기 가득한 실내, 부드러운 카펫 위에서 도란거리는 겨울날의 자족. 몸이 이슬비 날리듯 허공으로 잠시 붕~ 뜨는가 싶더니 곤두박질치려는 순간 언뜻 깼다. 오랜만에 평온하게 누렸던 쪽잠. 붙잡을 수만 있다면, 날아가버리기 전에 얼른 붙잡아 두 손으로 꼭 감싸 안고 싶을 만큼 달콤했던 쪽잠이 아쉽다. (5.17)

불투명한 삶

비는 그쳤는데 하늘은 여전히 불투명한 유리컵이다. 안이 들여다보이지 않는다. 삶의 불투명함이여! (5.17)

마술사의 재능

지금도 마술은 참 매혹적이다. 몇 해 전까지만 해도 난 마술을 배우고 싶었다. 이유는 간단하다. 누군가를 깜짝 놀라게 하거나 즐겁게 해주고 싶었기 때문이다. 마술이 누군가의 문제를 해결하는 방법이 된다거나 커다란 위안이 되리라고는 생각지 않는다. 잠시간의 진통제라고나 할까. 그런데 마술은 배워서만 되는 것이 아니라 무던한 노력과 연습이 필요하다는 것을 알고는 배우기를 포기했다. 그럴 만한 노력과 연습을 해낼 자신이 없었기 때문이다.

난 어렸을 때 마술사의 손가락이 도대체 몇 개인가 궁금했다. 세상 이치를 조금씩 알아버린 몇몇 친구들은 우리 앞에서 현란하게 시현되는 마술이 눈속임이고, 지금 구부러진 저 왼쪽 새끼손가락 뒤에 뭐가 있다고 나름대로 투시하기도 했다. 하지만 그래도 난 마술사의 손가락이 열 개가 아니라 그보다 훨씬 많은, 그래서 그 나머지 손가락을 숨기고 있다고 생각했다. 내가 좀 모자란 아이였던 걸까.

내가 믿을 수 없었던 것은 오히려 그 놀라운 능력이 눈속임이라는 사실이다. 마술사들을 예술로 치장한 야바위꾼이라고는 도저히 믿을 수 없었다. 어찌 눈속임만으로 비둘기가 날고, 지팡이가 생겨나며, 복잡하게 섞어놓은 카드의 뒷면을 읽어내고, 색색의 꽃들을 피워내는지. '속임'이 가져다주는 그 의도적 위악(僞惡)을 인정할 수 없었는지도 모른다. 내가 덜떨어진 아이였던 걸까. 나는 꿈이 있는 한 마술은 속임수가 아니라 불가사의한 능력이라고 믿는다. (5.18)

사랑의 확신

고도의 지적 능력과 사고력을 겸비한 인간이라도 사물, 상황, 사건을 판단하는 가장 중요한 기준은 그 무엇보다도 '본 대로, 느낀 대로'이다. 참 단순하면서도 당연하다. 내가 '보고' 네가 '보았는데' 어찌

믿지 않을 수 있겠는가. 물론 관념적인 사유에는 인식론적인 추론이 훨씬 유용하겠지만 그래도 '본 대로, 느낀 대로'야말로 인간이 판단하는 가장 보편적인 '지상의 척도'이다. 단순하지만 사실이다. 다만 내가 보고, 느끼고, 받아들여진 것을 절대적으로 확신하지는 않는다. 나의 믿음과 판단은 과연 무엇으로 보증하겠는가.

사랑도 그렇다. 그 누가 확신할 수 있겠는가. '사랑은 어떠해야 한다'는 자기 나름의 규정이나 바람은 그 사람에게 중요한 가치 기준이다. 그런데 그런 생각은 혹시 사랑하기 전까지만 유효한 것은 아닐까. 사랑의 실제는, 그 개별성과 특수성으로 인하여 그 '어떠함'이 일률적으로 적용되기 어렵다. 게다가 사랑에 빠진 그 순간에는 논리적 판단보다 감정이 앞서기 마련이다. 그러므로 사랑의 그 '어떠함'은 실은 선험적인 '틀'에 불과하다. 그래서 사랑을 마주하기 전과 사랑에 빠지고 난 후의 일은 아무도 알 수 없다. 누가 감히 그 사랑을 보증하고 판단하고 확신할 수 있겠는가. 다만 마음 흐르는 대로 맡겨둘 뿐이다. (5.18)

햇볕 따가운 날

햇볕이 따갑다. 그래서인지 바람이 한결 시원하게 느껴진다. 커피를 뽑아 들고 백화점 앞 간이 의자에 앉았다. 백화점 1층. 실내만으론 부족해서 밖에까지 차양막을 두른 햄버거 가게 앞은 일찍부터 사람들로 붐빈다.

브라우닝의 파라셀수스가 말했던 것, "나는 내 영혼을 입증하기 떠난다." 이런 날, 머묾과 떠남과 돌아봄 없이 머리를 텅 비워두고 앉아 있으니, 몸이 아래로 한없이 낮아지는 것 같다. 덩달아 내 시선도 한 없이 낮춰진다. "사랑은 시선을 상대보다 낮춰야 한다"고 했던가. 음악을 듣는 것이 아니라 음악 속에 들어가 있는 듯 세상과 몸과 정신과 마음이 하나로 착 감긴다. (5.18)

꽃내(花川)

비가 오던 지난 금요일, 청주로 내려가는 길. 조금은 다급한 마음에 속도를 올리려는데 거세게 내려붓는 빗줄기와 앞 차에서 튕겨져 나오는 빗물이 섞여 시야가 아주 두텁게 가려졌다. 그런데도 집중하는 대신 마음은 마치 구름 위를 나는 듯 차분하게 가라앉았다. 그 순간 뿌연 차창 앞으로 하나의 영상이 펼쳐졌다. 이 빗속에 세상천지의 모든 꽃잎들이 후두둑! 후두둑 떨어지고, 떨어진 꽃잎들은 깊은 내(川)를 이루며, 이윽고 꽃내(花川)가 되어 흘러 흘러가는 길. 그 위에 하늘을 향해 반듯하게 누워 있으면 하늘에서 내리는 빗방울이 얼굴을 때리고, 내 몸 아래로는 빠지지 않을 꽃들이 한없이 흘러갈 것이고, 그 흐르는 꽃내를 따라 나도 역시 그리 흘러가다 보면 어디에 닿을까. 그러다 보면 어느 순간 나는 내가 아니라 하나의 풍경이 될 터이고, 저 멀리 한 점, 까마득한 점이 되어 풍경 속에 놓여 사는 일도 나쁘지는 않을 것이란 생각이 차창의 영상에 겹쳐졌다. 꽃내(花川)에 취해 몸이 젖어지려는 순간, 아차 싶어 정신을 바짝 차렸다. 전방주시의무태만! (5.19)

잊고 사는 일

꽃들이 지고 나면 저것이 벚꽃이었는지, 목련이었는지, 개나리였는지 알 수가 없다. 알고자 하면 금방 알겠지만 그냥 외면하고 산다. 내년 봄 다시 그 꽃들이 피기 전까지 그것들은 우리들에게 꽃이 아니라 무명의 나무로 서 있을 것이다. 와아— 꽃이야! 봄인가 봐! 한 시절 그토록 주목과 찬탄을 받았던 그것들이 잊히고 우리들 또한 잊고 산다. 그렇다. 그것이 꽃이었다는 사실을 우리는 잊고 산다. 우리들 삶도 그렇다. 그런 시절이 있었다는 것, 그 세월 지나고 나면 기억하지 못한다. 그러다 문득, '내 삶도 그러했는데', '그런 시절이 있었는데', '누가 말해주렴 모두 어디로 갔는지…….' 조금 있어 아까시 꽃들이 뭉터기로 피어나면 아까시 꽃 향이 천지에 진동하고, 그 향에 젖어 정신 아득하게 살다 어느 사이 또 잊으며 한 세월 보내게 되겠지. 언제 다시 기억해주려나, 꽃이든 우리들 삶이든……. (5.20)

기억과 망각

참으로 허망하고 잔인한 것은 '잊히는' 일이다. 살수록 그렇게 잊고 사는 일이 점점 많아진다. 우리는 참 많고 많은 것, 많고 많은 시간, 많고 많은 사람들을 잊고 산다. 우리들 또한 그렇게 잊히는 것이겠지. 단지 기억된다는 것만으로 잊히지 않았다고 말해질 수는 없다. 어떤 일, 장면, 만남, 대화, 분위기, 촉감, 가슴 떨림이라도 그때의 그 감각이 생생하게 되살아나지 않는다면 그것은 이미 잊힌 것이다. 나 역시 그동안 만났던 많은 사람들과 그에 대한 기억들을 잊고 살며 나 또한 그들에게 잊혔으리라. 잊고 잊힌다는 사실은 아주 흔한 일이다.

우리들은 지난겨울의 폐허를 기억하지 못하고 흥성했던 지난 계절의 화사함을 기억하지 못한다. 겨울이면 겨울마다, 봄이면 봄마다 저것이 어디에 있다가 저리 피어나는가 싶지만 그것이 여전히 그 자리에 있었음을 우리는 기억하지 못한다. 허나 다른 한편으로 되살리지 말아야 할 것들도 있다. 차라리 묻혔으면 했는데 되살아나는 그것은 또한 잔인하다. '망각'의 잔인함이 둔탁한 망치의 충격이라면, '상기'의 잔인함은 손톱 밑 예리한 바늘만큼의 아픔이다. 그래서인지 요즘 손톱 밑이 바늘로 찌르듯 아리는 일이 많다. (5.24)

박명의 적막

집으로 돌아오는 하늘에 달이 떠 있었다. 오랜만의 새까만 밤이었다. 달은 밝았다. 약간 기울어져 있었는데 아직 보름은 아닌 모양이다. 확인해보았더니 내일이 보름이다. 보름이라. 마음은 가득한데 빈 곳 없는 가득함이 때론 조마조마하다. 빛과 바람과 시간이 스며들 여지가 없다. 아! 그래서 적막한 시간이었나 보다. 박명(薄命)의 적막. 어떤 적막 속에 박명의 시간이 찾아온다면 보름달을 생각해봐야겠다. (5.24)

있고 없고

붕어빵에 붕어 없다. 국화빵에 국화 없고, 칼국수에 칼 없고, 수제비에 제비 없고, 곰탕에 곰 없고, 수정과에 수정 없고, 바나나빵에 바나나 없고, 빈대떡에 빈대 없고, 「풍금이 있던 자리」인데 풍금이 없다. 그래서인지 오히려 이상한 일이다. 집 앞의 벚나무에는 버찌가 열렸다 떨어지고, 은행나무는 은행을 달고 있고, 살구나무는 살구를 떨어뜨리고 있다. (5.25)

유연하게

바람이 많이 분다. 굵고 높은 나무들이 커다란 진자(振子)처럼 허리가 휘청 휘도록 바람을 맞아들이고 있다. 아니다. 나무들은 참으로 집요하게 투쟁하고 있는지도 모른다. 녀석들은 아주 유연하게 싸우고 있는지도 모를 일이다. 우리의 삶 역시 바람을 맞는 나무처럼 그렇게 유연하게 싸워야 할지 모르겠다. 우린 너무 각박하게 싸운다. (5.25)

안개 낀 아침에

아침 고속도로 위에 안개가 자욱했다. 아름다웠다. 아니 그렇기에는 조금은 부족했다. 안개가 조금만 더 짙었다면 그래서 한치 앞도 보이지 않을 zero 시계(視界)였다면 정말 아름다웠을 것이다. 아름다움은 미적이기도 하지만 때론 처절하기도 해서 죽음을 연상시키기도 한다. 대체로 호수에 머무는 시간은 안개가 자욱하다. 숲이 우거지고 눅눅한 기운이 숲을 휘덮고 있다. 자욱한 안개를 더듬고 한 사람이 호수 가까이 다가온다. 말없이 오랫동안 호수를 응시하다 미련 없이 몸을 던진다. 파문이 인다. 조만간 파문이 사라진다. 그 사람이 머물렀던 곳엔 아무런 흔적이 없다. 벗어놓았음직한 신발도 보이지 않는다. 호수 위로 새 한 마리 낮게 난다. 오늘 아침이 그랬는지 모른다. 가속, 돌진, 죽음. (5.25)

아무도 모르게

나를 놔두고, 나의 기억들도 놔두고, 나를 감싸고 있던 모든 것들을 그 자리에 벗어두고, 몸과 영혼만 살짝 빠져나와 어디론가 다녀오고 싶다. 그렇더라도 너무 멀리는 말고, 다시 돌아오지 못할 만큼 그리 멀리는 말고, 마실 가듯 홀연 다녀오고 싶다. (5.25)

몽상

머물 수 없는 집에 숨결을 불어넣는다. 풍선처럼 부풀어 오르면 두 손으로 받쳐 들고 요모조모 다듬는다. 둥글게 둥글게. 꿈이 채워진다. 삶이 살아난다. 지울 수 없는 노래들이 울려 나온다. 낯설었던 가재도 구들이 덩달아 일어난다. 삶의 손때가 묻어 익숙해지고 다감해진다. 아직 내 것이 아니었던 것들도 다가와 조용히 응석을 부린다. 집이 살아 숨 쉬기 시작한다. 온기 가득한 그곳을 내내 지켜보고 있다. 나는 너에게 그런 집이고 싶다. (5.25)

보름에

오늘이 보름입니다. 어쩌면 보름달을 볼 수도 있겠습니다. 밤 9시에 밖이든 발코니에서든 보름달을 바라보십시오. 그 시간에 당신의 시선이 머무는 예각의 저쪽 편, 달을 바라보는 누군가의 시선과 마주할 수 있을 겁니다. 그의 눈길과 마주하면 숲 속에서 잠자던 공주가 자신을 깨운 왕자에게 하듯 이렇게 말해보십시오. "당신이 제가 기다리던 왕자님이십니까? 저는 너무 오랫동안 기다렸답니다." 그사이에 성 안의 모든 사람들과 짐승들이 잠에서 깨어나듯 세상은 새롭게 깨어날 겁니다. 하긴 저도 사랑과 세상에 눈을 감고 잠자고 있는 그러면서도 자신이 잠들어 있는 줄 모르는 미녀를 깨우고 싶습니다. 구름이 보름달에 미끄러져 흘러내리고 있습니다. (5.25)

보리밭의 바람

석가의 탄생이 하루의 안식을 주었다. 석가의 존재에 삶의 의미와 가치를 부여하며 사는 사람들도 많은데 나는 석가 때문에 쉰다. 점심을 먹다가 TV에서 방영되는 화면을 무심코 응시했다. 아이들이 전화를 받느라 TV 소리를 줄여서인지 TV를 전혀 의식하지 못했다. 그러다 우연히 고개를 돌리다 보게 된 화면은 보리밭이었다. 언젠가 사진에서 보았던 보리밭과 흡사했다. 같은 장소가 아니었음에도 그랬다. 어느 보리밭인들 그렇지 않을까마는, 이종동형.

다큐멘터리의 제목은 〈보리밭에는 바람이 산다〉였다. '─에는 ─이 산다'는 형식은 참으로 진부한 제목이다. 담장 너머엔 키다리 아저씨가 살고, 저쪽 마을엔 혹부리 영감이 살고, 무덤가엔 귀신이 살고, 산 너머 남촌에는 누가 살고, 상엿집엔 도깨비가 살며, 귀두산에는 낙타가 살고, 춘천에는 이외수가 사는……. 그렇게 아주 서투르고 상투적인 제목이다. 그럼에도 전혀 진부하지 않은 것은 '보리밭'에 '바람'이 살기 때문이었다.

어디 바람만일까. 바람으로 통칭되는 그 많은 것들. 햇빛과 이슬과 푸른 하늘과 구름의 뒤끝과 하굣길 아이들의 웃음소리와 남녀의 숨겨진 사랑과 건강한 삶의 기력과 종달새 울음과 노동의 진정성이 바람의 이름으로 그곳에 살고 있다. 아니 산다기보다는 보리밭이 담아내고 있는 것이지. 아름다워라 그곳. 실제로 어릴 적에 보리피리를 만들어 불었던 그곳. 이때는 시간마저 공간화된다. (5.26)

아, 벌써

집 앞 등나무 정자 아래 벤치에 앉아 있었다. 게으른 고양이 한 마리 주위를 어슬렁거리다 내 앞에서 배를 뒤집고 누워버렸다. 발길로 가만히 배를 만져주려 하자 놀라서 황급히 몸을 일으켜 세우고는 저쪽으로 사라졌다. 민첩한 움직임과 달리 발걸음은 스펀지처럼 가벼웠다. 문득 고개를 들었다. 이미 몇 줄기 매달린 등나무 꽃들은 시들었다. 처음엔 이제야 꽃이 핀다고 생각했다. 그러나 가까이 다가선 다음에야 그것이 이미 시들었다는 것을 알았다.

아! 보지 못했구나. 이맘때쯤이면 언제나 등나무 꽃을 볼 수 있었는데, 그 엷은 보라의 도도함과 입체성에 탄성을 내쉬면서 손에 들고 유심히 바라보곤 했는데, 올해는 보지 못했구나. 어쩌면 간발의 차로 놓쳤는지 모르겠다. 그렇게 살고 있다. 그리고 보면 등나무 꽃만은 아니다. 이번 봄엔 꽃 대신 푸른 잎들의 기억이 더 생생하다. 문득 고개를 들어보니 지나가고 없다. 그래선지 꽃 대신 푸른 잎들의 기억만이 더 생생하다. 꽃 없는 푸르름은 신체의 일부가 잘려나간 것처럼 섬뜩한 기억이다. 차가운 바람이 아침저녁으로 선뜻하니 창밖엔 벌써 나뭇잎들이 지려 하고, 성급하게도 이미 기운 계절과 덩그런 나무들만 보인다. 벌써, 빨라도 너무 빠르다. (5.26)

우연

mp3 폴더에 담아두었던 노래를 우연히 들었다. 얼마나 오래된 일이었을까. 큰아이가 어렸을 적에 듣고 있던 음악을 무심코 들었던 적이 있다. 베이비복스의 〈우연〉이라는 노래였다. 지금 이 노래를 얼마나 기억할지 모르겠지만 아주 '우울한 우연'에 관한 노래였다. 예전에 사랑하는 사이였지만 이제는 헤어진 두 남녀가 우연히 극장에서, 그리고 건널목에서 각기 새로운 사람과 함께 있는 장면을 마주한 상황. 그러나 서로 모른 체해야만 하는 상황. 그럼에도 서로의 눈길이 마주치면서 의식하지 않을 수 없는 우울한 우연의 어색함. 긴 침묵이 흘렀겠지.

한번 헤어지고 나면 다시는 볼 일이 없을 거라 생각하기 쉽다. 헤어진 순간에는 그런 저런 뒷일을 염두에 두지 않겠지만 살다 보면 우연히 마주할 날이 있다. 그런 어색한 상황과 맞닥뜨리고 싶은 사람이 누가 있을까. 그럼에도 그런 일은 일어나곤 한다. 그렇게 마주한 다음에는 설혹 감정의 정리가 이미 끝났다 해도 적지 않은 시간 동안 강렬한 잔상으로 남아 마음을 헤집어 놓을 것이다. 〈우연〉은 아마 그런 심정을 노래했겠지. 울림이 컸다. 그런데 그렇게라도 만나고픈 사람이 있다. (5.27)

사랑의 딜레마

욕망이난망(欲忘而難忘)이요, 불사이자사(不思而自思)로다. "잊으려 해도 잊을 길이 없고, 생각지 않으려 해도 자꾸만 생각난다"는 뜻이다. 누군가를 사랑한다. 그래서 책을 보거나 길을 걷거나 밥을 먹거나 무슨 일을 해도 잊어지지 않고 자꾸만 생각이 난다. 그 간절하고 애타는 욕망을 견딜 수 없어 결혼을 한다. 그런데 결혼해서 살다 보면 그렇게 가슴을 애태우던 사람이었는데도 아주 무감해진다. 사랑의 딜레마이다. 헤어지면 안타깝고 함께 살면 무감해지는. (5.27)

내가 알아내는 것

어둠을 뚫고 어느 사이 달이 떠 있다. 하늘엔 달만 있다. 서재 한쪽 벽면에는 제주도의 사진작가가 찍었다는 한라산의 겨울이 액자에 갇혀 걸려 있다. 사진은 밤이다. 달의 표면처럼 황량하다. 서리 같은 눈꽃이 맺혀 있다. 가만히 보니 봉우리 저 멀리에 희미한 달이 없는 듯 떠 있다. 달이라고 하기엔 너무 아득하여 존재감이 없다. 저 달도 이제 방금 생겨 난 모양이다. 좀 전까지 보지 못했다. 방금 생겨난 창밖의 달과 방 안의 달이 이리 다르고 내가 알기 전까진 존재하지 않았다니. 그러므로 나의 무관심은 모든 존재에 대한 무례이다.

내가 눈 감아 보지 않고, 귀 막아 듣지 않고, 입 막아 말하지 않는다 해도, 그것들은 원래부터 있었다. 지구가 평평하다고 생각했을 때도 지구는 둥글었으며, 태양이 돈다고 생각했을 때도 지구는 돌고 있었다. 이제야 내가 보고, 들었으며, 말했을 뿐이다. 진리란 내가 알기 이

115

전부터 여전히 그 자리에 있었던 것. 그런데 내가 보지 못하고 진실을 가렸으니 없었다고 말할 수밖에. 프로크루스테스의 침대가 따로 없다. 이 용의주도한 자기기만의 매혹이여! (5.27)

아름다운 풍경

저물녘 해변에 파도가 밀려옵니다. 낮 동안 내내 지었던 성곽과 공들였던 조각들이 파도에 쓸려 흔적 없이 사라집니다. 거품으로 휩쓸려간 그 순간 하루의 시간이 허물어지고 하루해의 즐거움도 허망하게 허물어집니다. 안타까운 눈으로 바라보다 손에 묻은 모래를 털며 뒤돌아섭니다. 그 등 너머로 진한 오렌지빛 노을이 붉게 타오릅니다. 순간 세상은 고요 속에 빠집니다. 해변을 거니는 발자국 소리도, 누군가를 부르는 소란스런 외침도, 파도의 일렁임도 정적 속에 잠깁니다. 그리고 어린 날의 한 시절이 닫히는 소리가 침묵 중에 육중하게 들립니다. 이제 떠나는 자의 등 뒤에는 황혼만이 남아 있습니다. 왜 모든 것을 등 뒤에 남겨둔 채 헤어져야 하는 시간과 아름다운 풍경은 우리를 눈물 나게 하는지. (5.27)

감꽃

아침에 나가는데 계단 아래에 좀 크게 튀겨진 팝콘만 한 꽃들이 꽤나 적지 않게 떨어져 있었다. 저게 뭔가 싶어 올려다보았더니 감나무 위에 얹혀 있었다. 감꽃이었다. 가을에 감이 잘 익으면 우리 동의 부지런한 누군가가 까치밥으로 몇 개만 놔두고는 모두 따서 같은 동에 사는 사람들끼리 골고루 나눠 먹곤 했다. 그랬는데 정작 꽃은 처음 보았다. 앙증맞은 폼이 꼭 액세서리 같았다. 색이며 품새며 도드라진 입체감이며⋯⋯. 그 모양 그대로 긴 핀을 만들어 머리에 떨잠으로 꽂으면 참 예쁘겠다. 감꽃의 재발견이다. (5.29)

저녁 무렵에

Poem 님! 깊어가는 저녁입니다. 8시 반인데도 날은 아직 깊지 않습니다. 이것저것 하루를 정리하고 앉아 창문을 여니 관악산 너머 하늘에 구름인지, 구름을 뚫고 나온 햇살인지, 꼭 부메랑의 형상으로 찬란히 빛나는 게 보입니다.

어릴 적부터 해질 무렵이나 저녁 무렵에 집으로 돌아오는 것을 참 싫어했습니다. 많이 둔감해지긴 했으나 지금도 여전합니다. 그렇다고 무슨 뼈아픈 기억이 있다거나 어떤 불유쾌한 심상이 지배하고 있지도 않습니다. 아마 그 시간 무렵의 분위기가 제 감성을 우울하게 건드렸나 봅니다. 어릴 적에 즐겨 들었던 노래 중에 이런 구절이 있습니다.

> 하늘엔 한 점에 구름이 떠가고
> 철둑길 건너 산을 넘는 들길엔
> 먼 기적 소리만 홀로 외로워도
>
> ― 이수만, 〈모든 것 끝난 뒤〉

고등학교 시절, 친구들과 대구광역시 평리동 뒤편 언덕에 오른 적이 있었습니다. 과외 선생님 댁이 그쪽이었기 때문입니다. 해 질 무렵이었습니다. 오래전이니 두류공원이나 광장타운이 아직 형성되지 않앞던 시절이었습니다. 언덕은 온통 밟으면 마른 낙엽 밟히듯 바스락 부서지는 청석으로 가득했습니다. 언덕에 앉아 무슨 이야기를 나누었는지는 기억할 수 없으나 그곳에서 이현동이나 칠곡 쪽을 바라보면 넓은 논과 밭이 펼쳐 보였습니다.

그 중간을 가로질러 경부선 철도가 있었습니다. 그때 기차가 기적 소리 없이 무연(無煙)한 벌판을 달리고 있었습니다. 기차는 멀리서 보기에 아주 느렸습니다. 그 행진을 눈으로 따라가다 보면 조용히 눈이 감기는, 하여, 마냥 저 철길을 향해 달리고픈 충동에 사로잡히곤 했습니다.

어인 일이지 관악산 너머 하늘에서 빛나는, 햇살 아닌 구름, 구름 아닌 햇살을 바라보고 있자니 한 가락의 노래처럼 그때의 생각이 아련합니다. 하늘엔 한 점에♬~ 구름이 떠가고~~ 철둑길 건너~♪ 산을 넘는 들길엔♬~♩ 머언 기적 소리만~홀로 외로워도╱♬~ (5.29)

유년의 무지개

비가 그친 사이 잠시 무지개가 떴다가 거짓말처럼 사라졌다. 어릴 적 까마득하게 사라지는 연을 보면서 오직 일념으로 가뭇없이 사라지는 연을 따라 한겨울 언 논길을 달려갔다. 잡지 못하고 사라져버린 그것을 두고 신발에 부토만 잔뜩 묻혀 돌아서던 때가 있었다. 연이 사라진 그 산 너머를 아직 가보지 못했다. 산 너머에는 무지개가 있겠지. 잡히지 않은 아련한……. 하지만 새삼 찾아가보고 싶진 않다. 산 너머를 아는 까닭에, 무지개를 아는 까닭에, 끊임없이 우리를 배반하는 희망임을 아는 까닭에, 희망이 끊을 수 없는 마약임을 아는 까닭에. (5.31)

바람의 울음소리

이 깊어가는 밤에 하얀 안개비를 진 저 세상은 어찌하여 저리 슬프게 울고 있는지, 지난 시간 동안 그렇게 일렁이던 바람이 어찌하여 또 이 밤에 제 집에 돌아가지 않고 세상을 흔들어놓는지, 풍문으로 떠다니는 말이런가, 어찌하여 이 깊어가는 밤에 소리 없이 목 놓아 울고 있는지, 아마 바람은 필경 서러운 짐승이리라. 저 울음은 어찌하여 평생을 가슴에 묻고 살아야 하나. (5.31)

나대로

누군가를 규정하는 꼬리표는 억압이다. 살면서 버려야 할 것은 꼬리표인데 또 살면서 달게 되는 것이 꼬리표이다. 때로 그것은 외관은 화려하되 삶의 경직을 가져온다. 그게 싫어 얼굴을 숨길 때가 있다. 그러나 결코 쉽지 않다. 꼬리표를 떼어내고 '나대로' 살고 싶은 소망은 살면 살수록 절망만큼 힘들다. (5.31)

제2부

여름의 잔상

아침 이슬

6월 첫날, 아침 이슬을 보았다. 햇살에 사라지기 전에 얼른 받아 마셨다. 이슬 속의 우주를. (6.1)

언젠가의 여행길에

떠다니다 보면 얻어지는 것도 있겠지만 버리고 싶은 것도 있다. 이젠 비워야지 했는데 정말로 비워질까 두려워질 때도 있다. 매번 채워지는 것이 아니니 더욱더 그렇다. 우연한 하루, 지나가버린 또 하루, 세상의 유일한 낭만주의자나 회의주의자가 되어 쉬거나 걷거나 생각할 때가 있다.

그냥 떠난 어느 하루, 외길 지방도를 지나가다 차를 멈췄다. 산기슭에 자리한 집과 숲으로 둘러싸인 집들. 어떤 마을인지, 어떤 정일감(精一感)과 아름다움을 간직하고 있는지 알 수 없지만 차에서 내려 둘러보고 싶은 마을이 있었다. 마을 곳곳이 울창한 수목으로 가려져 있고, 동네 어귀에는 아름드리 느릅나무가 서 있고, 드높이 자란 가지가지엔 전설의 샘터처럼 세월의 풍상과 얘깃거리를 매달고 있을 것이다. 박명(薄明)의 시간, 주인이 떠나 이미 허물어지기 시작한 폐농의 한쪽 구석에 차를 세우고 잠시 멈칫하다 내린다.

그로부터 10여 걸음, 잔광(殘光)이 스며드는 집으로 낯선 나그네가 되어 들어선다. 담장 없는 여러 집들에서 몇 마리의 개들이 낯선 방문객을 경계의 눈빛으로 지켜보다 짖는다. 개 짖는 소리에 젖은 손을 옷소매에 닦으며 초로의 여자가 얼굴을 내민다. 삶에 찌들었을 주름이 깊게 팬 그러나 따뜻한 얼굴을 한 그 촌로는 처음 본 방문객에 의아해하면서도 물 한 잔의 요청을 기꺼이 거두어들인다. 그때 올려다본 산 너머 하늘에는 황혼의 그늘이 붉게 물들어 있다. 방문객은 노을을 바라보다 가볍게 숨을 내쉬며 이제 이 마을에 머물지 아니면 총총히 발길을 돌릴지 생각을 가다듬었을 것이다.

어떻게 했던가. 아마도 숲이나 강가 혹은 산문의 기슭에 막영을 치고 여장을 풀었을 수도 있다. 그리고 도시에서는 쉽게 맛볼 수 없는 그곳의 토속 음식이나 산나물 혹은 강가에서나 먹을 수 있는 음식을 먹으면서 무연히 주변을 둘러보았을 것이다. 숲길을 걸을 때 바스락거리는 나뭇잎들, 천지에 깔린 초록, 걸을 때마다 존재를 알리는 발밑 작은 돌들의 외침, 어디에선가 고요의 적막을 뚫고 들리는 풀벌레와 새소리, 여정의 행로에 조용히 내려와서 마음의 앙금으로 잦아드는 잔영과 바람과 비와 슬픔과 두려움과 전율과 아름다움 사이로 알 수 없는 무언가가 고개를 빼꼼히 들여다보기도 했으리라.

그동안 떠다니다가 무얼 보고 무슨 소리를 들었던가. 내가 보고 들었던 것이 혹 외계의 풍물이 아닌 나 자신의 모습은 아니었으며, 혹 나에게 말을 거는 나의 목소리는 아니었던가. 아무것도 보지 못하고 아무 소리도 듣지 못했다 한들 시간을 버리고 시간 속으로, 공간을 떠나 다른 공간 속으로 떠다닌다는 것만으로도 좋은 일이다. 그래서 여

행은 대부분 '좋은' 여행일 수밖에 없다. 나는 늘 짐을 꾸린다. (6.2)

절기의 미학

버스에서 내려 집으로 들어오는데 비릿한 밤꽃 냄새가 실려 왔다. 이제 여기도 시작인가 보다. 계절이나 절기에 관한 한 여긴 아래쪽보다 한 박자 느리다. 그것도 괜찮은 일이다. 저 아랫동네 소식을 먼저 전해 듣고 좀 있으면 이곳에서도 시작하는데 그건 일종의 풍류이기도 하다. 옛사람들은 바람 가는 편에 소식을 전하기도 했다 하며, 시간을 '눈 깜빡할 사이'라 부르기도 하고, '박꽃이 필 때' 혹은 '보름달이 뜨면 그때' 또는 '제비 돌아올 무렵'으로 약조하는 것 등등. 그러니까 절기에 따라 삶을 영위했던 셈이다. '입춘'에서 '대한'까지 24절기에 맞춰 살았으니 '느림의 미학'이 있다면 '절기의 미학'도 있겠지. 그 절기를 한 걸음 앞서 전해 듣고 있는 것 아니겠는가. 지금도 열어놓은 창문으로 밤꽃의 강렬한 냄새가 풍기고 있다. (6.3)

한강에서

비가 내렸다. 우연찮게 한강 잠실 쪽 강변에 갔다. 강바람이 상쾌했다. 억세게 비가 내렸다면 그리고 바람이 좀 더 세게 불었다면 한가함 속을 파고들어 온몸을 뒤흔들며 더욱 시원했을 텐데. 흘러가는 강물을 바라보면서, 물도 흐르다 고단하면 제 몸을 쉴까? 하는 의문이 들었다.

강바람을 쐰 뒤 잠시 차 속에 앉아 있었다. 점차 날이 지고 비가 차를 두들겼다. 그렇지 않아도 어둑해진 하늘이 더욱 낮게 떨어지고 있었다. 조만간 스러질 것 같은 흐릿한 불빛 사이로 유람선 매표소 위에 위태롭게 걸린 아크릴 간판 '유람선'은 참으로 초라했다. 강 건너의 고층 아파트는 허공을 향해 솟아 있었다. 그것은 사람이 살아가는 공간이 아니라 보여주기 위해 만들어놓은 미니어처와 다름없었다. 내리는 빗속에 혹은 부유하는 불빛 속에 비쳐졌기 때문인지도 모른다. 비오는 저녁의 강변 풍경을 마음에 담아두고 차의 시동을 걸었다. 언제까지 머물 수는 없다. 고단한 몸을 잠시 멈춰 세웠으니 그만 일어서야 했다. (6.4)

살구 한 알에도

커피를 타려고 포트의 물이 끓어오르기를 기다리는 동안 밖을 내다보았다. 아직 떨어지지 않은 살구들이 갓난아이 주먹만 한 크기로 탐스럽게 열려 있었다. 전에 떨어진 살구들은 누군가 주워 갔거나 아니면 발에 짓밟혀 뭉개졌는데, 저것들은 저리 싱싱하고 탐스럽게 살아남았다. 해든, 바람이든, 비든, 욕망이든, 비애든, 아픔이든, 사랑이든 언제나 살아남는 자들의 몫인가 보다. 저 속엔 얼마만 한 것들이 들어 있을까. 세상의 모든 것들이 들어 있겠지. 하나를 따 와 그 속을 열어보고 싶었으나 그냥 두고 보았다. 저 살구의 살아남은 몫을 내가 감히 해(害)해서야 되겠는가.

오늘 우리에게 보이는, 한 치의 결함도 없는 완벽한 자연의 사물들 안에 스며 있는 길고 깊은 인연과 그 인과관계를 어떻게 감히 알아낼 수 있겠는가. 그 때문에 발레리는, 자연 속에 존재하는 완벽한 사물들, 예컨대 일체의 하자가 없는 진주, 완전히 무르익은 포도주, 진정으로 성숙한 창조물들을 '서로 엇비슷한 일련의 수많은 인과관계에 의해 만들어진 값비싼 작품'이라고 불렀을 것이다(발터 벤야민, 「얘기꾼과 소설가」). 자못 경탄할 일이다. (6.5)

허전함과 헤맴

허전할 때가 있다. 삶의 근원적인 그 무엇 때문이기도 하겠지. 하지만 그게 아닌데도 허전할 때가 있다. 밖으로 나가기에 앞서 혹 잊은 게 없나 꼼꼼하게 챙겼는데도 뭔가를 빠트린 것 같은 느낌이 들 때가 있다. 머물렀던 자리를 분명 다시 한 번 둘러보고 나왔는데도 미처 가져오지 못한 무언가를 놔두고 온 것 같은 허전함이 들 때가 있다. 그리운 사랑을 만나러 가는 길인데 그 사랑을 위해 마음속에 애써 담아두었던 무언가를 놔두고 왔다는 생각이 들 때가 있다. 가던 길은 이미 반을 넘어섰기에 내처 갈 수도 없고 그렇다고 돌아가 다시 챙겨 올 수도 없는 불편하고 허전한 마음. 정말 두고 왔는지 아닌지도 모르는 길을 우린 바람처럼 찾아 헤맨다. 혹 가다가 떠도는 누구 하나 우연히 만나고 싶은 심정으로 그렇게 떠돌고 헤매며 살아간다. "저 세상에 가서도 다시 이 세상에 버리고 간 것을 찾겠다고 헤매고 다닐는지" 모른다는 신경림의 시 「떠도는 자의 노래」처럼. 그러고 보니 불편한 마음은 허전함의 소리로 들리기도 한다. (6.6)

슬픔의 거름, 기쁨의 위안

삶은 누구에게나 조만간 사라지는 풍문과도 같은 것이다. 생활의 모진 각도 좀 깎고, 구질구질한 일상의 넝마도 좀 빨고, 찔러오는 통증도 누그러뜨리고, 던지려던 바늘침도 다시 어깨춤으로 집어넣고, 마음으로 깊이 좋아할 사람은 한결같이 좋아하며 그렇게 살아야지. 허수경의 시집이었지. 『슬픔만한 거름이 어디 있으랴』. 옳은 말이다. 피할 수 없다면 그리 생각하며 위안을 받으면 되겠다. 하지만 기쁨만한 위안이 또 어디 있겠는가도 싶다. (6.8)

사랑 가득

가느다란 비가 종일 내리고 있습니다. 멈췄다 내리고, 다시 멈췄다 내리기가 하루 종일입니다. 지금도 스멀스멀 내리고 있습니다. 열어 놓은 창문으로 냉기가 스밉니다. 냉기도 스멀스멀 기어들어 옵니다. 냉기도 손길이 있어 바글대는 벌레를 몸에 달고 있는 듯 온몸이 곤추섭니다.

누가 내게 말했습니다. 자기의 영혼은 너무 작아 많은 사랑을 담을 수 없을 것 같고 그래서 슬프다고. 내가 말했습니다. 원래 영혼은 순수하기에 상처받기 쉬우며 그래서 영혼은 항상 슬프다고. 그러나 조그만 영혼이란 없다고. 영혼이나 마음은 경계가 없어 무한히 확장되는 허블의 법칙처럼 마냥 늘어날 수 있으며, 비우면 비울수록 커지는 게 영혼이나 마음이 아닌가 하고. 아니고서야 마음이 가난한 사람이 행복할 수 없지 않겠냐고. 끊임없이 비우고 비워서 가진 것 없어졌을 때, 더 이상 볼품없이 작아지고 누추해졌을 때야말로 진실로 큰 영혼과 마음을 가지게 되는 게 아니냐고. 자신의 영혼이 작다고 느끼는 것 자체가 아직 비우지 못한 욕심이 있기 때문은 아닌가 한번 되돌아보라고.

다시 덧붙였습니다. 인간을 DNA의 염기 서열 구조로 파악하든, 사회문화적 유전과 학습으로 파악하든, 신경계의 뉴런과 호르몬의 작용으로 이해하든, 철학이나 윤리적 범주에서 파악하든, 사랑이나 영혼은 그것으로는 설명할 수 없는 불가해한 것이라고. 이유는 아주 간단한데 어떤 수단과 방법으로 쪼개고 분석해도 영혼이나 사랑은 그 안에 담겨 있지 않기에 드러낼 수 없는 것이라고. 굳이 말하자면 그것들은 '전부'이거나 아니면 '아무것도 아닌 것'이라고.

그러고는 다시 말했습니다. 영혼이나 마음의 신비를 쉽게 가늠하려 들지 말라고. 또한 영혼이나 마음은 사랑처럼 형체가 없는 무형의 대상이니 경계를 지을 수 없고 따라서 작고 큼 또한 없다고. 그러하니 언젠가 사랑 가득 담을 수 있을 거라고. 혹 사랑 가득한 영혼이 느껴지면 그때 말해달라고. 진정 그리 되기를 바랍니다. (6.9)

비의 소생

비가 왔다. 바람이 불면 너울거리며 사선(斜線)으로 내려앉다가, 바람이 없으면 대지를 향해 곧장 수직으로 텅! 하고 바닥에 부딪쳐 산산이 깨어진다. 높은 곳에 올라서면 뛰어내려서는 안 된다는 것을 알면서도 뛰어내리고 싶은 충동에 휩싸이곤 한다. 그래서 높은 곳이 두려운 고소공포증을 가진 나로서는 그들의 아낌없는 투신이 아찔하다.

부서진 그것들은 다시 생명으로 유유히 살아난다. 때론 스며들고, 때론 흘러가고, 때론 뭉치고, 때론 흩어지면서 살아난다. 형체를 바꾸어 다른 삶을 살면서도 새롭게 태어나 유기체의 삶을 영속할 수 있다는 것은 자연만의 특권이다. 들어가는 길에 정부청사 넓은 주차장에 차를 세우고 투, 둑~ 투, 둑~ 떨어지는 빗소리에 몰두했다. (6.10)

생각의 잠김

생각이 그리고 시간이 그리고 일상이 트이지 않습니다. 그냥 저대로 자맥질만 하다 꼬르륵 잠기고 맙니다. 생각의 정지. 아무 일 없이 잘 살아갑니다. 남이 보거나 제 스스로도 달라진 것은 아무것도 없습니다. 그렇게 잘 살아가는데, 아주 활발하게 바쁘도록 살아 움직이고 있는데 막히고 닫혀 있어 스스로 가늠하는 것조차 여의치 않습니다. 무슨 일이 있는 것도, 삶의 미궁을 헤매는 것도 아닌데 그렇습니다.

가끔 그런 때가 있습니다. 어떤 한 생각이나 일에 몰두하다 그만 닫혀버립니다. 중요한 일도, 매달려야 할 일이 아닌데도 그렇습니다. 때론 답답하지만 때론 편안합니다. 풀려고 할 땐 답답하고 그냥 내버려두면 참으로 마음 편합니다. 답답함과 편안함 사이에서 곡예하는 것도 아니어서 위태롭지도 않습니다. 예전에는 무슨 큰일이라도 난 것처럼 나름대로 돌파구를 찾으려고 노력하곤 했습니다.

그러나 이젠 스스로 채워지도록, 혈맥이 뚫려 다시 돌도록, 마음 가득 차도록 그냥 내버려둡니다. 그래서 가능한 몸을 낮추고, 호흡을 최소화하며, 동선을 짧게 줄이고, 예민한 촉수를 거둬들이면서 그 자리에 그냥 붙박여 있습니다. 언제나 한자리에 머물러 있기를 바라는 편이기도 하지만 뭔가를 찾아 떠난들 그것 역시 결국은 제자리임을 압니다. 살다가 혹 그러신 적 없었는지요? (6.11)

사는 일

캡슐처럼 자신의 삶의 조건에 잘 맞도록 갖추어진 알 속의 세상을 벗어나기는 쉽지 않다. 그것이 어려운 이유는 알을 감싸고 있는 껍데기가 두터워서도, 알 밖의 세상이 무서워서도 아니다. 자신이 만든 자신의 영토에서 자신의 욕망, 자신의 안락에 길들여진 탓이 크다. 그 영토에 머물 때만큼의 편안함은 세상의 어디에도 없다. 정주(定住)하는 자, 그 안에서 자신은 자기 영토의 왕이며, 자기에게 맞도록 길들여진 사물과 공간과 질서와 집기들의 영주이며, 자신의 호령에 자신을 편안하게 위무해주는 욕망의 전령들이 아니겠는가. 어떤 누구의 무례한 침입을 허락하지 않아도 될 권한을 가진, 깊은 물속의 평안함이 담보된 안락한 공간. 하지만 언제까지나 자신의 영지에만 머물 수는 없다. 세상 속으로 나아가야 한다. 그것은 자신과 다른 세계의 수락이며 연대이자 유대이다. 때론 불편하고, 때론 귀찮고, 때론 억울하고, 때론 답답하고, 때론 화나고, 때론 서운해도, 그래, 그게 사는 일이다. (6.12)

향수(鄕愁)

비가 오니 밖에서 들리는 경적 소리가 멀리 떠나는 기차의 기적 소리로 들리면서 형언할 수 없는 향수와 그리움을 망령처럼 불러낸다. (6.12)

자기 합리화

자기 자신을 드러내다 보면 자기 합리화에 빠지는 경우가 있다. 별다르게 보지 않아도 될 것에 의미를 부여하다 보면 또 자기 합리화에 빠지는 경우가 있다. 그 합리화가 때론 전혀 합리적이지 않은 기만이거나 억지스러움의 탈을 쓰고 있을 수도 있다. 그냥 우연히 선택했던 일에 의미를 부여하다 보면 '우연'이 아닌 '합리적 선택'으로 변색되기 마련이다. 자신이 하는 모든 일들이 어떤 분명한 이유와 합리적인 판단에서 선택된 것은 아니다. 때론 생리적이고, 때론 습관적이고, 때론 기질적이고, 때론 우연과 무의식에 지배받는 경우도 많다. 그럼에도 합리적인 양 애써 의미를 부여할 필요는 없다. 인간은 너무 합리적인 척할 뿐만 아니라 이기적이다. (6.13)

희망과 절망 2

오직 그것만이 유일한 희망일 때 그것은 단연코 희망이 아니라 절망이다. 희망도 버릴 여지가 있을 때에야 희망이다. 그것 외에 매달리지 않으면 안 되는 희망은 절체절명의 절망에 불과하다. 문학비평가 김현이 그랬지. "불가능한 꿈이 아름다우면 아름다울수록, 삶은 비참하고 추하다"고. (6.13)

보고 느끼는 것의 실체

바람은 보는 것이 아니라 느끼는 것인지도 모른다. 바람은 손길과 호흡을 통해 자신의 존재를 드러낸다. 아니 바람이 자신의 존재를 드러내는 것이 아니라 우리가 바람의 존재를 드러낸다. 예민한 감각의 촉수를 촘촘한 그물망처럼 세상을 향해 드리우고 있노라면 바람이 지나가거나 뒤채거나 또는 한자리에 머물고 있음을 우리는 알아챈다. 그렇게 바람은 우리 앞에 모습을 드러낸다.

어디 바람뿐이겠는가. 이슬 머금는 소리, 비가 출렁대며 울먹이는 소리, 바람들의 속살 소리, 나무들이 아침마다 기지개를 켜는 소리, 꽃잎들이 바스러지는 소리, 건물들이 안으로 부서지며 균열을 일으키는 소리, 달이 차고 기우는 소리, 햇살이 몸 안으로 드나드는 소리, 사랑이 차오르고 빠져나가는 소리, 믿음이 쟁여지다 와르르 허물어지는 소리, 내 안의 울음과 웃음소리, 꽃가루의 교접 소리, 뿌리가 흔들리고 새순이 돋는 소리, 시간이 쌓여가고 또 흔적 없이 사라지는 소리, 바람이 시위를 당기는 소리, 하물며 눈가의 주름살이 오므라들고 펴지는 소리에 이르기까지. 그 소리는 소리이자 빛깔이고 향기이며 움직임이자 감촉이다. 그것은 존재의 틀이다. 우리가 가진 모든 감각의 문을 열어놓으면 이러한 존재의 은밀한 몸짓과 소리와 향기를 보고 듣고 느낄 수 있으리라. (6.13)

들국화

김동리는 참으로 문학적이자 정치적이었다. 해방기의 그는 더욱 그러했다. 그것은 그에게 악령이기도 했다. 그 악령으로부터 오랫동안 시달렸다. 김동리의 문학은 '생멸(生滅)의 인과율'이고 '사사무애(事事無碍) 사사유관(事事有關)'으로서 구경적 삶이었다. 해방기의 김동리 비평과 문학이 정치적 담론으로 뒤덮여 있으면서도 정치성을 배제한 '순수'를 당당하게 강조할 수 있었던 것도 그의 문학적 이상이 '본령정계의 문학정신'으로서 구경적인 삶의 자리에 이미 가 있었기 때문이었다.

김동리는 이승에 살면서 저승을 향해 있었다. 기실 그에게 이승과 저승은 다른 곳이 아니었다. 그의 시집 『패랭이꽃』에 「이승 속의 저승」이란 시가 있다. 저승에 장가가려고 이승의 모든 것을 건성으로 대해 왔다고 말한다. 그가 장가가려는 저승의 색시는 달이었다. 그러니 조각달이란 하늘에 파란 얼굴 살짝 내민 한 조각의 저승색시였던 것.

시집 『패랭이꽃』 1부에 실린 것들은 대체로 꽃에 관한 시들이다. 그의 꽃들을 주르륵 읽다가 그 중에 나와 식성이 아주 닮은 꽃, "날이면 날마다 이슬 받아먹고 피어난 들국화"(「들국화」)를 만났다. 나도 관악산 기슭의 이슬을 가장 좋아한다. (6.13)

아버지

지금은 돌아가시고 안 계신 나의 아버지는 1922년생이다. 고향은 함경남도 풍산군(지금은 양강도 김형권군이다). 어린 시절부터 도회로 유학을 갔으며, 나는 믿기지 않지만, 아버지의 동창들은 아버지의 모교인 '갑산농고(甲山農高)'를 두고 언제나 엄지손가락을 치켜세우곤 하셨다. 그 연세로 따지면 인텔리였다. 그런데 아버지는 고향에 관해 이야기하시기를 달가워하지 않으셨다.

언젠가 신용카드 회사에서 고객 서비스로 북한 흙을 추첨하여 제공한 일이 있었다. 나는 아버지의 흔적 혹은 혈족의 끈을 잇기 위해 아버지가 떠나온 고향의 흙을 생각하고 추첨에 응모했다. 응모를 위해 신상정보를 꼼꼼하게 기록해서 보내는 끔찍한 번거로움도 마다하지 않았다.

그런 수고 덕분인지 얼마 후 한 장의 통지가 전달되었다. 그 통지에는 당첨을 축하한다는 의례적인 인사와 함께 흙을 받을 수 있는 카드회사의 지점과 약도가 적혀 있었다. 내가 살고 있는 곳으로부터 그다지 멀지 않은 인접한 도시의 한 지점이었다. 무언가를 찾아 나선다는 수고로움 역시 마다하지 않고 찾아 나섰다.

우습게 들리겠지만 그때의 나의 심정은 자못 비장하기까지 했다. 과연 그 흙을 통해 아버지의, 아버지의 그 오랜 혈족의 흔적을 발이 아닌 냄새를 통해 밟을 수 있을까. 그런 기대로 투명한 플라스틱 용기의 뚜껑을 뒤틀어 코가 잠길 만큼 얼굴을 들이밀고 길게 숨을 들이마셨다. 그 순간 머리가 핑 돌았다. 그 어지러움을 나는 지금도 설명할 수가 없다. 다만 어디서나 맡을 수 있는, 습기가 완전히 제거된 가문 날의 흙처럼 메마른 흙이었는데 어쩌면 그 메마름이 나를 현기증 나게 했는지는 모르겠다.

메마름! 그 메마름은 혹 아버지의 옆얼굴에서 알게 모르게 느꼈던 삶의 지친 표정을 엿보았을 때의 그 설명하기 힘든 심정과 일치해서일까. 아래쪽의 도시에 계신 아버지께 가지고 내려갔다. 그러나 함경남도의 흙이 담긴 용기를 받아든 아버지의 표정은 언제나 그렇듯 아무런 동요가 없었다. 혹여 아버지에게 작은 위안이나 감흥을 가져다줄 수도 있지 않을까 했던 나의 생각은 여지없이 빗나갔다.

"쓸데없는 짓을. 춧! 춧! 춧!"

그랬다. 분명 아버지는 쓸데없는 짓을 했다면서 춧! 춧! 춧! 정확히

혀를 세 번 차셨다. 우리 식구는 그 이유를 어렴풋이 알고 있다. 역사에 묻혀 속수무책으로 당할 수밖에 없었던 한 개인의 불행과 우울한 운명을. 그리고 아버지의 첫 번째 부인과 우리들의 배다른 형제자매들을 애타게 그리워하고 있었음을. (6.14)

어디선가의 기억

어디선가 '우수수' 하는 쏠림을 들었습니다. 무엇인가 싶어 고개를 돌려 창밖을 보았습니다. 바람은 없고 나뭇잎 또한 고요합니다. 무엇이 그리고 어디에서 그런 가을날의 낙엽 쏠리는 소리를 들었던 것일까. 지나치는 존재의 한 자락을 엿보았음이 틀림없을 그런 허망한 빛과 소리들. 이미 지나가버린 시간의 흐름을 되돌려보았던 것인지. 지탱하기 어려울 만큼 허약한 삶이기도 하지만 그 생에 지속력을 부여하는 것은 순결한 기억의 지속력이 아닐까? 끊임없이 되살려오는 순수 기억. (6.17)

어둠 속에서만 보이는 소중한 것

푸른 어스름의 길을 등불도 없이 홀로 걸어갈 때, 걸음을 재촉하는 어둠 속에서 가장 반가운 것은 반짝이는 별빛이거나 희미한 등불이다. 길 낯선 어둠과 두려움 속에서 별빛과 등불은 안도이고 희망이며 세계의 전부이다. 그러나 그토록 밝게 빛나던 등불도 아침 햇살이 비치면 없는 듯 사라지고 만다. 그처럼 이성의 빛이나 합리성이 비춰지는 순간 소멸하고 잊히고 말지만, 그래도 우리가 잊어서는 안 되는 소

중한 것들이 있다. 어둠 속에서만 보이는 것들이 있다. (6.18)

옷장 안의 영혼

언제, 어디를 나가든 집을 나갈 땐 영혼의 반쪽을 옷장에 곱게 접어 두고 나갑니다. 남겨둔 영혼 속엔 존재의 본질적인 혹은 관념적인 성곽이 있습니다. 주인이 없는 동안 그것은 영주이며, 그가 거느린 영지는 견고한 성곽으로 둘러싸여 있습니다. 그 안엔 아름드리나무들로 울창하고, 잘 손질된 정원수와 잔디, 품위 있게 정렬된 돌계단, 밟으면 자글거리는 작은 자갈길, 그 옆으로 철마다 꽃들이 길게 뻗어 있으며, 그 길이 맞닿은 곳엔 화강암으로 만들어진 창틀이 있고, 앞으로 돌출된 창턱엔 제라늄이 붉은 손톱을 다듬습니다. 인적은 없으나 허술하지 않고, 가느다란 종소리가 충일감 있게 퍼져 나오는 곳, 집에 돌아와서는 옷을 갈아입은 다음에 곱게 접어두었던 영혼을 다시 챙깁니다. 그러므로 제 영혼의 거의 모든 것은 언제나 집 안에 머물고 있습니다. 밖이 불편한 까닭입니다. (6.19)

초록 물감

힘을 잃어가는 화분 하나에 물을 주었다. 밖을 내다보았다. 낮에 잠시 주춤하던 비는 여전히 내리고 하늘은 어두웠다. 싸늘한 한기도 스며들었다. 관악산 중턱에 가로로 걸쳐진 돛대처럼 검은 구름이 걸려 있다. 비가 오니 관악산이 훨씬 가깝다. 빗물에 흘러내린 초록이 더욱 선명하여 가깝게 보인다. 그래서인지 흘러내린 그 초록이 방금 내 발

밑에 와 있다. 발끝에 묻어나는지 가만히 문질러보니, 그래, 묻어난다. 놀랍다! (6.20)

그 몇 년이 벌써

몇 년 전에, 딱 몇 년만 살고 죽었으면 좋겠다고 생각한 적이 있다. 그땐 참 절실했다. 그런데 그 몇 년이 벌써 지나갔다. (6.22)

신묘함

산에 가면 늘 신묘했고, 늘 궁금했고, 늘 표현에 궁했다. 산과 산이 높고 낮게, 멀고 가깝게, 밝고 어둡게, 진하고 연하게, 빛과 그늘로 겹과 겹을 이루며, 뒤서고 앞선 그 아름다움에 대해서. (6.24)

섬 혹은 산

아! 새만금을 가로지르다 든 생각. 바다가 메워지고 나니 섬이 산이 되더라. 물을 막고 나면 산이 섬이 되겠지. (6.27)

지쳐가는 계절에

꽃 피던 시절엔 현란한 움직임이 사람 지치게 하더니,

돌아보니 어느 새 다 져버린 허망함으로 또 지치게 하고,

다 졌는가 싶었는데 어느 사이 취하도록 다가오는 아까시며 찔레 꽃 향기에 마음 지쳤는데,

한낮에 얼굴이 화끈거리는 이즈음엔 또 몸이 무거워 지쳐간다. (6.29)

어떤 날의 방심

비가 내리다 만 어느 날 아침에 학교 화단 옆을 지나다가 달팽이를 보았다. 이쪽 화단에서 저쪽으로 이동 중인 몇 마리. 비는 그쳐가는데 길은 멀다. 말라 죽을 그들의 운명은 뻔하다. 운명을 알고 있는 자의 자만심에서 손으로 들어 건네주고 싶었으나 개입해서는 안 되는 일이다. 하여 지켜만 보다가 조심조심 뒤로 물러나는 순간, 틱! 아뿔싸! 내 뒷걸음에 밟힌 게 무엇인지 알았다. 그렇다.

우리들이 머리를 하늘에 두고
우리들 눈이 먼 곳을 향할 때
항상 네 발 밑을 조심하라. (6.30)

매미 소리

이젠 확실히 덥다. 집 앞에서 매미가 운다. 어디서나 철 이르게 나타나는 일이 있다. 아마 녀석도 성질 하나는 못 견디게 급한 모양이다. 어차피 정해진 1~2주일의 생애일 바에야 일찍 나와 일찍 죽고 말겠다는 당찬 의지이려나. 하지만 성질 급한 그 몇 마리 때문에 나는 벌써 여름을 실감하여 마음이 노곤해진다. 이제 곧 밀려올 것이다. 전

투기 수십 편대가 일제히 날아오르듯 귀가 멍멍해질 소음으로 울어댈 것이다. 공해로 느낄 만큼 얼마나 심한지. 어떤 것들의 생명이 누군가에게는 공해라니. 거, 참! 따지고 보면 언제나 자기 입장의 우선인 셈이다. 죽고 죽이는 모기와 사람의 끝없는 투쟁도 종족 보존의 관점에서 거창한 이론이 필요하지 않을까. 참으로 희화다. (7.1)

움직임과 멈춤

살아 움직이는 한편에 또 어떤 것들은 멈춰 서 있다. 나는 그 두 지점에서 기웃거리고 있다. 어느 쪽에 낄까를 결정하기 위해서가 아니다. 어느 한쪽도 끼지 않고 살 수 있는 방법이 없나 살펴보는 중이다. 그런데 방법이 없다. 살거나 죽거나, 움직이거나 멈추거나 하나뿐인 것 같다. 선택의 여지가 없다. 세상을 '움직임'과 '멈춤'으로 단순화하고 보니 참 명쾌하다. 그런데 단순함으로 경계의 여지가 지워지고 나니 선택의 넓은 공터마저 지워져버렸다. 섬세한 차이의 무화 혹은 단순함에는 또 그런 함정이 있다. (7.1)

아주 오래된 그 곳

박모의 시간이다. 하루 내내 묵중한 하늘 아래 놓여 있었다. 하루가 시간 속에 얇게 벗겨지고 있다. 이제 조만간 비가 내릴 것이다. 투둑! 투두둑! 어쩔 때는 슈퍼컴퓨터보다 사람의 감각이 먼저 알아채기도 한다. 그러나 오래도록 많이 올 것 같지는 않다. 하지만 그건 자신할 수 없다.

오래된 아주 오래된 그곳으로 돌아가고 싶다. 옛날 옛적 호랑이가 담배 피우던 시절, 호랑이가 담배를 입에 물고 여우를 앞세우며 돌아다니던 시절, 인간의 겨드랑이에 날개가 달려 있던 시절, 폭풍우가 몰아치던 날 용이 여의주를 물고 승천하던 때, 크기가 몇천 리나 되는지 알 수 없는 '곤'이라는 물고기가 화해서 하늘로 날아오르면 그 날개가 하늘을 뒤덮는다는 '붕'이 날아다니는 곳, 닭 같은 생김새에 오색 무늬가 있는데 머리의 무늬는 '덕'을, 날개의 무늬는 '의'를, 등의 무늬는 '예'를, 가슴의 무늬는 '인'을, 배의 무늬는 '신'을 나타내고, 먹고 마심이 자연의 절도에 맞아 이 새가 나타나면 천하가 평안해진다는 단혈산의 새, 이름하여 봉황이 절로 노래하고 절로 춤추던 때, 올빼미 같은 형상에 사람의 얼굴에 외다리로 겨울에만 나타났다가 여름에는 숨어사는 '탁비'가 살던 곳(정재서 역주, 『산해경』).

아! 과연 비가 온다. 갑자기 무섭게 퍼붓는다. 사람의 감각도 무시하지 못할 예지력의 하나임이 분명하다. (7.2)

ZZZZ

비가 점점 굵어진다. 비가 오니 그나마 사람답게 물기가 머금어진다. 이제 좀 뇌수가 흐르는 듯도 싶다. !!!!! 내리던 비가 바람이 불 때마다 ZZZZZ로 내린다. (7.2)

비 갠 후

말간 하늘에 흰 구름이 흐벅지게 피어 있었다. 어릴 적 보았던 잘 익은 하얀 목화송이가 피어난 형상으로 둥실둥실 유영하고 있었다.

너무 느려 이국의 엽서에 옮겨진 그림처럼 정지해 있다. 문득 바닐라 스카이는 어떤 하늘을 두고 그린 걸까 궁금했다. 그제야 비 갠 하늘이 봄날 같다는 걸 알았다. 때때로 시대를 뛰어넘어 시대를 보고, 세대를 뛰어넘어 세대를 보듯, 계절을 뛰어넘어 계절을 본다. 이제 봄이 시작된다면 얼마나 좋을까! 아쉬운 한탄 한 줌, 그렇게 가볍게 내뱉고 앉아 있었다. (7.5)

어둠 속에서

겨우 내다본 창밖은 벌써 밤이다. 사위(四圍)는 아이들 노는 소리도 없이 고요하며 깊은 어둠 속에 묻혀 있다. 이 어둠은 무엇을 대신하여 밀려오는 것인지. 가슴속에 재여둔 안타까운 마음과 열망이 제 스스로 타다 지쳐 까만 어둠으로 밀려오는 것은 아닌지. 어둠이 밀려온 바로 그 시간에 언뜻 쑥스런 얼굴을 감추며 사라져가는 빛의 뒷모습을 본 듯도 하다만 그 빛의 임자는 누구인지, 어찌 소리 없이 그만 사라지고 마는지. 알 만한 게 하나도 없다. (7.6)

『사랑과 죄』

염상섭의 『사랑과 죄』를 읽었다. 잘 알려진 『삼대』에 비해 여러모로 뒤떨어지는 작품으로 평가받는다. 하지만 타락한 현실과 가치 속에 살아남은 사랑을 다루고 있을 뿐만 아니라, 염상섭의 소설을 특징짓는 기본 요소인 근대 자본주의로 이행기에서의 '돈'의 문제도 개입된 작품이다. 염상섭의 소설이야 워낙 잘 안 읽히는 소설들이고 분량도

적지 않아 지루한 감은 있지만, 읽어도 그리 무망한 작품은 아니라고 본다. 다시 읽다 보니 전에는 보지 못했던 구절들이 새삼 다가왔다. 그중의 재미있는 표현 하나. "센티멘탈리슴이란 처녀 젖통이에 떨어진 머리칼 가튼 것". 감상적인 것이란 그만큼 간지럽다는 의미겠지. 참 신선하고 감각적인 표현이다. (7.7)

사랑의 새가슴

우린 사랑하기엔 너무 작은 새가슴을 갖고 있는지 모른다. 너무 가슴 졸이며 그새 가쁜 숨결로 파닥거리는 그런 작은 가슴. (7.13)

신기루

저녁 무렵에 모임이 있어 약속 장소까지 걸어갔습니다. 잠시 신호를 기다려 완보로 아파트 내의 조그만 다리를 건너가다가 다리 아래로 흐르는 물을 잠시 보았습니다. 고개를 돌려 발걸음을 옮기려다 마치 누군가 곁눈질로 지나치는 발길을 잡아끌듯 제 시선을 잡아당기는 무언가에 멈칫했습니다. 아주 순간이었습니다. 시선에 포착된 그것이 무엇인지 몰랐습니다.

그런 경우가 있지요. 정차된 버스에서나 신호를 기다리던 차 속에서 무심결에 무언가를 바라봅니다. 그러다 무연한 시선에 잡힌 광고 문구나 숫자를 되뇝니다. 그러다 방금 본 그것이 어디에 있었는지 한참을 찾고 이곳이었는지 아니면 다른 어떤 곳이었는지 기억의 갈피를 잡지 못하는 경우가 있습니다. 바로 그러했습니다. 시선을 잡아당겨 걸음을 멈칫거리게 만든 그것이 방금 이곳에서였는지 아니면 다른 어떤 곳이었는지 스스로 자신할 수 없어 갸웃거렸습니다. 그러곤 물의 흐름을 눈이 가는 그대로 따라 흐르며 다시금 왼발을 옮기려는데 물이 흘러가는 저쪽 복개된 도로 아래쪽에 자리한 두 개의 둥근 터널과 마주했습니다.

바로 전날이었던가, 그날 오전이었던가, 낮은 비가 잠시 내린 적이 있었습니다. 먼 시간 뒤의 기억처럼 그것마저 자신할 수 없지만, 두 개의 시선이 두 개의 터널과 마주한 순간, 도로 편에서 흘러내린 잡풀들 사이로 뿌연 수연이 백태처럼 낀 그곳으로 몽롱한 의식을 조심스럽게 흔들면서, 물이 그리고 시선이 영혼의 순례가 되어 흘러가고 있었습니다. 영혼의 성채는 그렇게 아주 가까우면서도 은밀한 곳에 존재하고 있었습니다. 방금 섹스가 끝난 아랫도리마냥 축축하게 젖어들면서 다리가 후들거렸습니다.

저곳이었구나! 내 영혼을 묻어둔 곳이, 하는 얼토당토않은 생각이 들었습니다. 코끼리도 죽을 때는 제 죽을 곳을 찾아가 상아의 무덤을 만든다더니, 왕실의 탯줄을 영봉(靈峰)에 묻어두고 그곳을 태봉(胎封)이라 부른다더니 저 낯설고 낯익은 저런 곳이, 살다보니 홀연 나타나기도 하는구나. 모든 참다운 것, 이름 붙이기에도 버거운 삶의 진실은 이렇게 존재하는 모양이구나.

가까운 곳 그러나 깊은 곳, 안개에 가려 존재를 쉽게 인지하지 못하는 곳, 대명천지만큼 분명하게 다가오는 것은 오직 과장된 인식이 만들어내는 허구일 수 있는 것, 삶의 진실은 세상의 명암으로 드러나지 않는 법이 아닐까. 삶은 밝음 속에 드러나는 것이 아니라 시간 속에 드러나는 것. 박명의 시간, 우수의 시간, 몽매의 시간, 중첩의 시간,

혼미의 시간, 합리적 이성의 힘이 미치지 못하는 어둠의 시간……

그 때문에 깨달음은 명민함 속에서가 아니라 비몽사몽의 가려짐 속에 놓인 자에게만 보이고, 한쪽 시선은 이계에, 또 한쪽 시선은 시간 속에 맡기는 자에게만 찾아오는 법이 아닐까. 그 힘듦에 기진맥진한 기력으로 소진되었다 싶을 때 불현듯 찾아오는 것이 아닐까, 성배(聖杯)는 황금이 아니라 투박한 목구가 아니었던가, 분명한 좌표 위에 찾아질 수 없는 것, 깨달음에 이른 사람도 그 깨달음의 과정을 요연하게 설명할 수 없는 까닭도 그 때문이 아닐까, 한없이 다가가도 결국 한없이 멀어지기만 하는 것이 아니런가. 이윽고 몸을 돌려 총총 다리를 건넜습니다. 신기루 같은 어이없는 생각에 기진맥진하여 터덜터덜. (7.13)

단양에 가니

충북 단양에 가니 물결은 바람 따라 흐르고, 옥수수 잎새는 물결로 출렁이고, 시간 위에 얹힌 우리는 물처럼 흘러가더라. (7.14)

소설 같은 세상

두문불출 작업 중이었다. 최소한의 일상사만으로 명맥을 유지하고 있다. 긴요한 메일에도 답장 없이 책과 컴퓨터에만 집중하고 있었다. 오래된 작품이지만, 방금 전까지 환경과 성격적 요인에 의해 결국 몰락하고 마는 한 여주인공을 놓고 간교한 인물들이 벌이는 협잡과 모의의 추악함이 전편에 가득한 소설을 다시 읽고 있었다. 그런데 그것

은 소설이 아니라 바로 세상일이 아닌가! (7.14)

처음처럼

처음의 시작이 있다. 원점이다. 살다 보면 그 시작점에서 멀어지곤 한다. 알게 혹은 모르게 멀어진다. 그래도 시작의 끈을 놓지 않고 살아야 한다. 의식적으로든 혹은 무의식적으로든 잊어서는 안 된다. 그런데 시작점으로부터 나날이 긴 나선을 그으며 멀어진다. 나선의 확산은 너무 사소하여 멀어지는 순간을 알지 못한다. 하지만 어느 위태위태한 경계를 건너는 순간 다시는 원점의 구심력을 복원하지 못한다. 더 이상 원점이 힘으로 작용하지 않는 커다란 나선의 아득한 끝에 존재하게 된다. 그쯤이면 다시는 원점으로 돌아갈 수 없다. 다만 무감각한 습관만이 남는다. 그 때 원점은 실체가 아니라 기억 속의 허물일 뿐이다.

얼마 전에 책 정리를 하다가 김광규의 시집을 주르륵 훑었다. 제목이 『처음 만나던 때』였다. 시집 들머리에 이런 구절이 「시인의 말」로 적혀 있었다. "봄이 오면 꽃이 피고 세월이 가면 세상이 바뀌는 시간의 순환 속에서 나는 언제나 이 원점을 그리워하면서도 자꾸 멀어져 가는 동심원을 그려왔다. 이제 처음으로 돌아갈 수 없다 해도, 처음 만나던 때처럼 머뭇거리며 다시 경어로 말을 걸고 싶다." 공감이 갔다. 베르그송은 시간에 대한 강박관념을 제거시키는 것은 지속의 현재화라고 말한 바 있다. 그 지속의 현재화를 가능하게 하는 것은 기억일 것이다. 그 '처음'을 잊지 않고 사는 일도 참 중요한 일일 것이다. (7.15)

영안실에서

병원 영안실에 문상을 다녀왔다. 죽은 자를 만나러 갔는데 산 자만이 있었다. 나도 살아 있었다. 부재와 존재가 한자리에 있었다. 부재의 존재이다. 어느 사이 밤이었다. 돌아오는 길에 하늘을 보았더니 가득 부풀려진 달이 휘영청 밝았다. 가득 찬 달 속엔 빈 공간이 없었다. 가득 차니 빈 곳이 없다. 존재의 부재이다. (7.16)

나의 기쁨

나는 자신의 기쁨이나 행복은 자기 자신을 통해서 오는 것이 아니라 주변사람들의 기쁨과 행복을 통해 온다고 믿고 있다. 그건 믿음이자 진실로 그렇게 되기를 바라는 간절함이다. 그것은 다른 누군가의 기쁨과 행복을 통해 얻는 나의 기쁨이기도 하다. 외람되지만 나는 이제껏 나를 위해 빌어본 적이 없다. 나의 바람은 언제나 그들에게 열려 있다. (7.17)

건조한 일상

푸른 하늘에 흰 구름이 엷게 퍼져 있다. 아무런 감흥 없이 그냥 정물이다. 정물로 보이지만 해 질 녘의 하늘이라 그런지 그런대로 우아한 풍치는 있다. 어느 때보다 습기가 많은 계절이 여름인데 나는 건조하다. 마음도, 감정도, 의식도, 생활도, 일도 건조하다. 뙤약볕은 사라졌다. 그래도 하늘 아래에서 건조병(乾燥兵)들이 일사불란하게 건조!

건조! 건조! 하며 행군한다. 온몸이 바스락 바스락거리고 부서질 듯 위태위태하다. 몰려오는 이 조급함과 무거움이여! (7.18)

길 잘못 든 속인의 운명

점심을 먹고 혼자 외따로 캠퍼스 한쪽을 걸었다. 몸이 조금 끈적거릴 무렵 들어오다가 건물 외벽 아래쪽에 반투명한 작은 돌기를 보았다. 뭔가 하여 가까이 다가갔더니 달팽이였다. 그것들은 모두 이미 말라붙어 텅 비어 있었다. 몇 개가 아니라 수십 개도 넘는 그것들이 모두 위쪽을 향해, 그러나 높이를 달리한 채 화석처럼 굳어 있었다. 아마 비가 내릴 때 습지를 나와 벽을 타고 오르다 더 오르지도 못한 채, 그렇다고 내려갈 수도 없이 그 자리에서 생을 마감했겠지. 형해로 남겨진 그것들이 낯익지는 않으나 그럼에도 어디선가 자주 본 듯한 느낌이었다. 그것이 무얼까? 그러나 이내 생각을 접고 한참을 바라보았다.

따가운 햇볕을 벗어나 계단의 서늘함을 등에 지고 오르다 생각이 났다. 벽에 말라 죽은 달팽이와 아주 흡사한 장면이 갑자기 포개졌다. 비가 그치고 햇볕이 내리쬐는 길 위에서 흔히 보았던 말라 죽은 지렁이들, 거대한 기둥을 이루었던 『꽃들에게 희망을』의 애벌레, 킬리만자로 산 중턱에 얼어 죽은 표범, 어디로 가는지 모르고 평생을 헤매던 '비닐장판 위의 딱정벌레'……. 그랬구나. 자기 살 곳을 떠나서는 살 수 없다는 것을 알지 못한 채 무작정 길을 떠났던 그들. 그들 앞에는 언제나 죽음이 있었다. 무언가를 찾다가 그 어딘가에 이르지도 못하고 멈춰버린 운명은 또한 우리들 삶은 아닐는지. 인간인들 별수 있을까.

가다가 도중에 그냥 멈춰서버린 그곳이 바로 삶과 죽음의 경계. 말라 죽은 달팽이들은 길 잘못 든 속인의 운명에 대한 메타포가 아닐런가. (7.18)

상쾌한 기운

새벽, 아직 잠결이었다. 그런데 알 수 없는 상쾌함이 발끝에서부터 싸~아~하게 밀려와 온몸을 감싸 안으면서 몸이 두둥실 떠올랐다. 그리곤 다시 물결 속으로 부드럽게 내려앉았다가 신혼 첫날 가벼운 흥분을 안고 포근한 이불 속으로 미끄러져 들어가듯 몸에 착 감기는 나긋함이 밀려왔다. 흡사 귀엣말로 속삭이는 듯한 가벼운 짜릿함과 함께. 무언가 궁금했다. 하지만 차마 깰세라 눈을 크게 뜨지는 못하고 아주 작은 실눈으로 가만히 치어다보았다. 역시 푸른 벽지로 장식된 방 안의 침대 위였는데, 한 뼘 정도 열린 창문으로 새어 들어오는 새벽 비의 상쾌한 기운이 발끝에 적셔지고 있었다. 순간, 아! 오늘 하루는 살 수 있겠구나 하는 비릿한 떨림이 음— 하는 신음과 함께 터져 나왔다.

그래 비가 온다. 초록 항아리에 빠진 것 같다. 사방 어디를 둘러보아도 보이는 건 짙푸른 초록이다. 뿌연 관악산 중턱에 비를 안은 구름이 땋아놓은 머리카락처럼 흩뿌려진다. 구름이라기엔, 안개라기엔, 연기라기엔, 수연이라기엔 그 어느 것도 부적당한, 그저 명주실이 올올이 흩뿌려진 듯하다. 〈기차는 8시에 떠나네〉와 지울리오 카치니의 〈Ave Maria〉를 조수미의 목소리로 연이어 듣고 있다. 높다란 은행나무 꼭지에 새 한 마리가 휘청이도록 앉아 노래를 부른다. 생전 처음 본 새이다. 오늘 비 속에서 처음 보았으니 녀석은 어딘가에 숨어 있다가 비 올 때만 나타나 노래를 부르는 새임이 틀림없을 것이다. 비 오는 아침에 살아 있음을 자축하며 흐뭇하게 세 번째 커피를 마신다. (7.19)

세 개의 부재

대천에 다녀왔다. 그곳에서 세 개의 부재를 보았다. 서해대교에 들어서면 바다가 보이지 않고 하늘만 보인다. 이상한 일이다. 서해대교에는 바다가 없다. 여름날의 바다에는 사람만이 있다. 이상한 일이다. 바다에 갔는데 바다는 없고, 사람만이 있다. 뙤약볕 아래에서 해변을 향해 걸어가는 사람들의 표정은 지쳐 있었다. 이상한 일이다. 바다를 찾은 그들의 걸음과 표정에 활기가 없었다. 이마와 눈가에 깊은 주름살을 남기는 대신 활기를 버렸나 보다. 활기(活氣)가 없다! 그럼 살기(殺氣)인가? (7.20)

다른 삶

나는 지금까지 살아온 것과 다른 삶에 대한 바람이 있다. 예컨대 틈틈이 공부해서 요리사 자격증을 취득하고, 지방의 작은 도시 아니면 멀고 먼 길로 통하는 한적한 길가 어느 곳에 카페를 마련해서 카페 벽면을 책으로 가득 채우고, 느긋한 시선으로 책들을 둘러보다가 그중의 하나를 꺼내 읽고, 혹은 마음이 동하면 세상과 풍경과 인생과 사랑과 그리움과 관련된 글을 느릿하게 쓰면서, 손님이 적거나 많거나 상관없이, 나의 음식점을 찾는 누군가에게 정성을 다해 맛깔난 음식을 대접하는 것, 그리고 그들이 여유로운 마음으로 맛나게 먹는 모습을 옆눈으로 바라보다가, 떠날 때는 어쩌면 다시 오지 않을 그들에게 잘 가시라고 문밖까지 나가 인사하고 들어와, 아내의 손을 이끌어 푹신한 소파에 앉아, 그녀가 내게 혹은 내가 그녀의 몸에 살짝 기댄 채로 출입문에 매달린 요령 소리를 아득하게 듣는 일, 가끔 세상 아름다운 곳, 맛으로 이름난 곳, 아무도 찾지 않은 길을 떠났다 돌아오고, 내 집을 다시 찾은 그들에게 음식을 대접하고, 아침이 벌써 저녁이 되고, 저녁이 벌써 아침이 되어 살다가 아내의 몸에 기댄 채 조용히 눈을 감는 일, 마지막이 되어 아주 작게 열린 내 귀에 이슬처럼 가는 목소리로 숨결처럼 스며드는 아내의 속삭임을 세상의 마지막 빛과 소리로 알고 그렇게 삶의 마지막을 닫는 일……. 인생에서 전환이란 꿈과 바람의 또 다른 이름일 테지. 근데 참 슬프다. (7.22)

사랑이 뭔지

삶은 얼마나 비속하고 사랑은 또한 얼마나 허망한지. 바로 좀 전에 무슨 얘기 끝에 아내에게 말했다.

"첫사랑은 허망한 거야. 가슴속에 얼마나 절절히 그리고 오래도록 담아두고 있다 하더라도……."

아내가 물었다.

"당신 첫사랑은 누구?"

내가 대답했다.

"몰라! 기억나긴 하지만, 그 사람이 과연……."

말이 끝나기도 전에 아내가 말했다.

"그냥, 너! 하면 되지 뭘 그리 설명하고 토를 달려고 그래요!"

그냥 웃었다.

아내에게 "그 사람이 과연……." 다음에 하고자 했던 말은 무엇이었을까. 아마도 사랑은 믿을 수 없는 것이라는 유보적인 말은 아니었을까. 사랑은 워낙 실체가 없고 개별적이라 누구도, 자신마저도 확인할 수 없는, 표현하든 안 하든, 그것이 정말 사랑인지 아닌지 알 수 없는 일이고, 그래서 짝사랑과는 다른 의미에서 사랑은 결국 혼자만의 사랑이기에.

자신의 사랑 역시 스스로 믿을 수 없고, 어떤 색다른 느낌, 기분, 감정, 그리움, 충동을 사랑이라고 별칭하고 있는 것은 아닌지. 방금 돌아섰지만 이내 뛰어가보고 싶다 해도, 자신이 가진 것 다 내어주고 싶다 해도, 그로 하여 마냥 들뜨고, 목숨보다 더 귀하다고 해도, 그건 그것이지, 그것이 과연 사랑인지. 그래서 다만 사랑이라는 환각 속에서 사랑한다고 믿고 있는 것은 아닌지. 그 환각의 믿음이 깨지지 않는 한 사랑의 확신 또한 지속되겠지만, 그러나 결국 허망한 것은 아닌지, 하는 별스런 생각들에서 생겨나는 유보적인 설명들.

그새 아내는 잠이 들었다. 팽팽하게 부풀어 오르는 아내의 가슴팍을 내려다보았다. 그러다가 저 부푼 몸엔 욕망이 아니라 피곤이 쌓여 있을 거라는 생각에 안쓰러운 마음을 데리고 기척 없이 조용히 문을 닫고 나왔다. (7.22)

장맛비

물을 보러 나갔다 들어왔다. 비가 많이 오는 날 흘러가는 물은 참 보기 좋다. 어릴 적에 큰물이 지면, 위험하다는 엄마의 만류를 뿌리치고 냇가로 나가 거대한 탁류가 되어 흐르는 물을 오랫동안 보곤 했다. 그 무렵의 또래들은 모두 그러했다. 그러노라면 현기증이 일곤 했다. 헌데 그동안 잊고 살았다. 이곳은 관악산 계곡의 물이 직접 흘러가기 때문에 물이 맑다.

가까운 다리 위에 서서 흘러가는 물을 내려다보았다. 비가 오는 중이었는데도 맑은 물이 흘러가고 있었다. 깊지는 않았다. 맑은 물은 자갈과 수초를 바닥에 놔둔 채로 인사할 틈도 없이 저 혼자만 바삐 떠나고 있었다. 아마 깊었거나 맑지 않았다면 아주 고압적인 인상으로 자기의 위용만 보여주었을 것이다. 하지만 그렇지 않았기에 물결의 곡선과 굴곡은 부드러웠고, 굵게 패지 않아 위압적이지도 않았다. 흘러가는 물을 오랫동안 보고 있으면 두 가지 착각을 불러일으킨다. 거꾸로 올라가고 있다거나 아니면 덩달아 흘러가고 있다는 느낌. 난 덩달아 흘러가고 있었다.

어릴 땐 큰비로 물이 불은 냇가에서 자주 헤엄을 치곤 했다. 당시엔 위험한 줄 몰랐다. 이내 넘쳐날 것처럼 으르릉대며 출렁이는 물속에 뛰어들면 힘들이지 않고 두둥실 떠서 한없이 떠내려간다. 귀를 기울이지 않더라도 들리는 것은 물소리뿐이다. 코끼리나 말 위에 올라앉은 듯 그렇게 물을 타고 떠내려가면서 조금씩 조금씩 건너편으로 이동한다. 큰물은 흐름을 타야 한다. 만일 거스르려 했다간 제풀에 지쳐 익사하고 만다. 건너편에 도착할 무렵엔 얼마나 멀리 떠내려왔는지,

한참을 걸어 올라와야 했다. 머리만 내놓고 물을 타는 일이 좋았을 뿐 건너가려는 목적이 없었기에 애쓸 필요도 없었다. 그렇게 두세 번 정도 왕복하고 나면 하루해가 꼬박 넘어갈 정도로 멀리 갔다가 돌아오곤 하였다. 리프트가 있었다면 몇 번은 더 다녀올 수 있었을 것이고 하루해는 그만큼 더 길었을 텐데.

간혹 한참을 떠내려왔다 싶은데도 아직 건너편이 까마득할 땐 너무 멀리 와서 다시는 돌아갈 수 없을지 모른다는 두려움이 일기도 했다. 그땐 돌연 물소리가 사라지고 세상은 조용해진다. 하지만 그것은 동시에 쾌감이기도 했다. 물을 타는 즐거움과 영영 떠내려가버릴지도 모른다는 두려움이 맞짝을 이뤄내는 한여름 장마의 유혹과 스릴이었다. (7.23)

가을의 몽환

빨리 가을이 왔으면 좋겠다. 빛나는 얼굴 뒤로 보았으나 미처 깨닫지 못한 얼굴. 그 눈부신 회랑을 따라 지금까지 한 번도 들여다본 적이 없는 비밀스런 밀실의 문을 열고 들어가면, 인적이 끊어진 폐허의 표정을 짓다 수줍은 얼굴로 이내 깨어날 계절의 빛깔, 향기, 적막, 바람들이 낯선 길손을 위해 등불을 켜줄 것이다. 그곳이 어디인지, 어느 시간 혹은 어느 공간 속에 존재하는지조차 알 수 없는 그 계절 속으로.

바람에 유혹되어 행장을 꾸릴 사이도 없이 집을 뛰쳐나온 적이 있는 사람만이, 지옥의 철문 같은 어둠이 실은 빛과 쌍생아라는 사실을 아는 사람만이, 일생을 바람처럼 유전하다 너무 낯익은 풍경에 발길을 멈추고 둘러보니, 아, 그곳은 자신이 떠났던 시초의 그곳이었음을 비로소 깨달은 사람만이, 하여 결국 비장한 눈물을 머금으며 떠나온 바로 그 느티나무 아래에 묻혔던 사람만이, 온갖 퇴락과 소멸과 풍상을 겪으며 이제 그만 안식을 취하고 싶다는 간절한 열망에 휩싸인 적이 있었던 사람만이, 광활한 들판, 강렬하게 내리쬐는 태양, 구름 한점 없는 텅 빈 하늘 아래, 홀로 감당할 수 없는 엄청난 정적에 갇혀 지냈던 사람만이, 가고 없는 연인에 대한 그리움으로 아픈 가슴의 상처를 어루만지며 살아가는 사람만이, 절대적 침묵의 시간 앞에 절망스런 고통을 절규하던 사람만이, 방탕의 나락에 굴러떨어져 이제 그만 모든 것의 종지부를 찍으려 누추한 몸을 이끌며 돌아오는 사람만이, 사랑했던 사람의 주검 앞에 엎드려 회한의 눈물을 흘렸던 사람만이, 병든 가슴을 안고 가난한 영혼을 찾아 어딘가로 떠돌던 사람만이, 음모와 배신과 허물어진 진실에 분노하던 사람만이, 미지의 눈길로 밤하늘의 찬란한 별을 찾아 헤매는 사람만이 저 굳게 닫힌 철문을 열고들어갈 수 있는 가을이 빨리 왔으면 한다. 빨리 가을이 왔으면 했지만, 그땐 또 얼마나 절절한 외로움에 몸을 떨다 이 살풍경한 여름마저다시금 그리워할는지는 알 수 없다. (7.27)

에세이적 글쓰기 혹은 내면의 소리

자기 안에서 울려 나오고 그려지는 소리와 풍경이 있습니다. 적막의 소리도 그것 중의 하나입니다. 적막의 소리는 대체로 내면이 만들어내는 소리이자 풍경입니다. 내면으로 듣거나 보지 않으면 듣지 못하고 보지 못합니다. 그러니까 내면의 풍경이자 내면의 소리입니다. 어떤 말로도 이름 지을 수 없는 것도 그 때문일 겁니다. 그 소리와 풍경은 하도 은밀하여 자신도 쉽게 분별이 서지 않습니다. 삶의 내면에서 울려 나오는 본질에 대한 열망 곧 arche에 대한 열망의 소리를 듣거나 보고 있다고 할 수 있습니다. 그것을 형식화할 때 우리는 이를 에세이적 글쓰기라고 부릅니다(게오르그 루카치, 「에세이의 본질과 형식」). 말하자면 표현과 영혼을 동시에 느낄 수 있는 강인한 불과 같은 것이라 할 수 있습니다.

그 내면의 소리에 귀를 기울이면 그 속에서 우리는 미의식의 생성 조건에 대한 원초적 탐색의 음성과 그리고 명명(命名)을 기다리는 수많은 존재들의 아우성을 들을 수 있습니다. 그 형식적 발현을 에세이적 글쓰기라고 부릅니다. 동시에 그 지점은 존재의 불확정성 속에서 다만 하나의 출발점에 있는 상태입니다. 아직 아무것도 시작되지 않았기에 그 자신도 아직 무어라 명명할지, 어떻게 전달할지 몰라 당황하면서, 다만 꽃이여! 불이여! 돌이여! 산이여! 사랑이여! 만을 읊조릴 수밖에 없는. 마치 죽은 자가 산 자의 육체를 빌려 자신을 드러내는 빙의(憑依)처럼 어떤 것의 형상을 빌려야만 나타나는 것, 숨겨진 무엇이란 바로 그런 모습과 소리겠지요. 실은 스스로도 명확히 드러낼 수 없는 그 무엇이기에 어떤 상관물로 드러낼 수밖에 없는 그런 것.

이런 형식은 내면세계이면서도 동시에 외부세계인 그런 정신적 내면성의 공간이 형식화된 것이라 할 수 있겠지요. 이러한 형식은 삶의 근원적이고도 직접적인 문제에 대한 물음이고 좀처럼 붙잡기 힘든 인간 영혼의 가장 은밀한 곳에 자리 잡고 있는 마음 상태와 동경을 표현하려는 욕구입니다. 문학의 이미지(Blid)나 철학의 의미(Bedeutung) 부여에 의해서도 포착될 수 없는 아주 섬세한 글쓰기입니다. 때론 비약적인 진술이나 논리적 결락이 생겨나고 그 당연한 결과로 타자와의 단절은 피하기 어렵습니다. 그 강렬한 내면성이 너무 뜨거워 전달되기 어려운, 하나의 독백으로 남기 쉬운, 그래서 아무나 쓸 수 없는 글쓰기이기도 합니다. 그런 글 한 편 남기고 싶습니다. 그런데 그게 아예 써낼 수 없는 글이거나 내가 다가가기엔 너무 높은 곳에 있다면……(7.28)

일어날 수 없는 일은 없다

요즘 나는, 살면서 앞으로는 다시는 없을 그래서 더없이 힘든 마음을 안고 살아가고 있다. 알고 보면 누군가는 겪었던 일이기도 하다. 하지만 그것이 나에게 일어나리라고는 결코 생각해본 적이 없었다. 헌데 확실히 삶이란 알 수 없다. 내게 그런 일이 일어나 이토록 힘들게 하다니. 이번 일로 깨달은 것이 있다. 이 세상에 일어나서는 안 되는 일은 아주 많지만 일어날 수 없는 일은 없다는 것, 그래서 누구에게나 무슨 일이든지 일어날 수 있다는 것. (7.28)

망각의 술

영화 〈금의위〉(이인항 감독, 견자단 주연)에서 술은 "어혈을 푸는 게 아니라 가장 아름다운 기억을 떠올리게 하는 것"이란다. 그럼 나에게 술은 무엇일까. '가장 아픈 기억을 잊게 하는 것'이다. (7.28)

길 위에서

새벽 5시 반부터 하루 내내 길 위에서만 머물러 있었다. 가야 할 길이 있었으니 길 위에 올랐음이 분명하다. 하지만 그럼에도 갈 길 몰라 서성이는 시간 속에 있었던 듯하다. 하긴 삶의 길에 명확한 좌표가 어디 있겠는가. 삶의 노정에서 드문드문 보았던 이정표야 지나고 보면 허상인 것을. 인생에 몇 킬로미터 남았다는 팻말도 없을뿐더러, 어디로 가야 한다는 도로명도, 방향 표시도 없다. 설혹 또렷하게 보았다 한들 스치고 지나는 순간 사라지고 마는 허상인 것이지. 그렇다한들 나그네는 길에서도 쉬지 않는 법이다. 그러고 보니 소설 제목이군. 노독(路毒)이 깊다. (7.29)

인체의 신비

사람의 신비란 무엇일까. 10여 년 훨씬 전에 〈인체의 신비—한국순회전〉에 다녀온 적이 있다. 인체의 신비? 왜 '신비'라는 이름을 붙였는지 알 수가 없었다. 개인적인 입장으로는 원래의 기획자이자 작업을 했던 사람들의 과장된 의미 부여이거나 상업적 전략이 아니었을까 하는 정도. 그것도 아니라면 여러 매체들의 진지한 엄숙주의가 개입되지 않았나 하는 의혹을 품었다. 많은 이들은 설명서를 열심히 옮겨 적고 있었고, 또 누군가는 아주 긴 시간 동안 전시물들을 바라보곤 했다. 하지만 난 아주 짧은 시간에 〈인체의 신비—한국순회전〉을 성큼성큼 '순회'하고 끝냈다.

원래 그런 것에 관심도 없었던 터이다. 하지만 막상 들어가서 전시

물을 보고는 도대체 전시된 그것들의 무엇이 그리고 왜 '신비'인지 이해할 수 없었다. 잘 건조된 육포 이상의 별 의미를 남겨주지 못한 인간의 내부와 장기들. 이미 잘 알고 있었던 것도 아니고, 대단한 기대를 가졌던 것이 아님에도 전혀 경이롭지 않았다. 그나마 다행인 것은 서둘러 나갔던 까닭에 줄을 서서 기다리는 고생은 면했다는 안도와 위안 정도가 있을까. 나올 때 보니 얼마나 길게 줄을 서서 기다리고 있던지.

전혀 신비하지 않았음은 이런 이유 때문이다. 전시된 인간의 장기와 내부는 우리 모두의 것과 같을 것이기에 표본으로 전시되고 있었을 것이다. 그런데 전시물을 들여다보다 막상 고개를 들었을 때 보이는 관람객의 어느 누구와도 전시물과 같은 사람은 없었다. 모두 다 다른 얼굴, 다른 체형, 다른 이미지, 다른 생각, 다른 이념, 다른 목적, 다른 생활, 다른 옷, 다른 도덕성, 다른 수준, 다른 취향, 다른 만족, 다른 꿈, 다른 행위 그리고 또 다르고 다른……. 신비는 바로 그 다름 속에 있는 것이 아닐까.

모두가 같은 내부 구조와 장기와 생리와 뼈로 지탱되고 있으면서도 모두를 각기 다르게 만드는 그것이 오히려 신비는 아닐는지. 그래서 신비라는 이름으로 전시되어야 할 것은 표본화된 물질이 아니다. 살아 있어야 하고, 꿈틀대는 생기와 분위기여야 하고, 같은 물질이 벌이는 각기 다른 작용의 기묘한 메커니즘이어야 할 것이고, 더 나아가 그것들만으로는 설명하거나 보여줄 수 없는 추상과 관념적인 그 무엇이었어야 하지 않을까? 그러나 그것은 전시될 수 없다. 그래서 결국 잘 건조된 육포 혹은 정육점의 부위별 도록(圖錄)과도 같은 '인체'를 두고 '신비'를 운위하는 것 자체가 유물론은 아닐는지. 전시된 인체의 장기들과 우리가 흔히 접하는 소나 개와 종의 다름을 제외하고는 무엇이 다른지. 신비란 '살아 있음' 속에 깃들어 있어야 한다. 그동안 경험한 바로는 사람은 살아 있을 때만 사람이다. 다만 인체를 해부하여 표본화한 Plastination(설명서에 그리 나와 있었다) 기술의 정교함과 공들인 노력만은 인정할 만했다. (7.31)

어느 해 봄의 짧은 이야기

겨울이 시작될 무렵, 처음으로 그 사람이 내 눈에 들어왔다. 폭설이 내리던 무렵부터 기다려지기 시작했다. 그늘진 곳에 아직 잔설이 남아 있었으니 겨울의 끝이었을까. 아니면 봄이 새로 시작되고 있었던 것일까. 설레는 마음을 헤집고 개나리, 목련, 벚꽃, 배꽃, 라일락, 감꽃이 피어났다. 밤낮없이 등불을 켠 듯 온 세상이 환했다. 환한 불빛이 어지러웠다. 몸을 가누기 힘들어 한동안 비틀대며 견디어야 했다. 바람에 날린 벚꽃이 하늘을 가르며 화사한 내(川)를 이루었다. 그때까지 온통 한 가지, 그 사람 생각뿐이었다. 그해 봄 내내 나는 그리움과 설렘으로 살았다. 가슴이 아리고 두근거려 숨조차 쉬기 어려웠다.

그사이에 꽃이 졌다. 꽃이 지고, 새 잎이 자라면서 봄은 눈부시도록 다채로웠던 화사함을 벗고 은은한 단색으로 갈아입었다. 그 무렵 봄은 온통 두텁고 얇은 연둣빛으로 가득했다. 꽃 피고 꽃 지는 그해 봄. 참 허망한 한 시절이 아닐런가. 그해 봄날의 꽃은 내게 아픔이자 아련함이었다. 돌이켜보면 참으로 행복했던 시간이었다. 어쩌면 그것은 내 인생의 마지막 꽃이었는지 모른다. 깜깜한 밤에 켜 든 등불처럼 차마 놓을 수 없어 안간힘으로 붙잡고 있었던 내 인생의 마지막 춘화(春

제3의 그리움과 묵상

話). 그 봄의 짧은 일화, 그 불꽃으로 하여 나는 지금도 가슴을 가벼이 누르며 살아간다. 다시 맞이할 수 있을는지, 간직할 수 있을는지 모르는 등불을 품고. (7.31)

사는 재미

"요즘 무슨 재미로 사느냐?"라고 가끔 묻곤 한다. 누구나 하는 참 진부하고 오래된 안부이다. 생각 나름이겠지만 사는 재미야 많이 있지 않을까. 거창한 것은 그만두고 사소한 재미 몇 가지만으로도 족하다.

이를테면 깨끗하게 삶아 널어놓은 빨래가 햇빛에 뽀송뽀송하게 잘 말랐거나, 그것을 갤 때의 기분, 사고 싶었던 것을 드디어 샀다거나, 정성과 기교를 들여 만든 음식을 맛있게 먹어줄 때, 거실 바닥에 누워 말끔하게 치워진 실내를 바라볼 때, 수화기를 통해 들려오는 상대의 기쁜 소식, 앓아 누워 있던 사람의 밝은 목소리, 반가운 사람과의 만남과 인사, 맘에 드는 사람과 술잔을 나누며 주고받는 그윽한 얘기, 오랜만에 접한 재미있는 영화, 듣고 싶었던 음악과의 조우, 작은 것들의 성취, 까르륵 넘어가는 아이들이 웃음소리, 예상치 못한 좋은 일, 바쁜 일상 속에 자리하는 커피 한잔의 여유, 온몸을 스쳐 가는 상쾌한 바람, 때마다 내리는 비와 눈, 식탁 위의 맛깔난 안주, 닦은 차의 번쩍임, 만족스런 섹스, 계절의 변화와 진미, 노력과 결실, 계절마다의 빛깔, 그중의 봄빛, 어려운 일이 해결된 다음 날의 안도의 한숨, 복잡하리라 생각했던 일의 의외의 단순함, 내게 보내주는 누군가의 진실한 위안, 그들의 신뢰와 응원들.

어쭙은 생각일지 모르나 작고 사소한 즐거움과 재미가 보다 큰 고행이나 어려움을 능히 상쇄하고 있는 것은 아닌지. 아니 어쩌면 일상에서 느끼는 즐거움과 재미가 사소하다기보다는 우리를 힘들게 만드는 것들에 대해 우리가 실제 이상으로 아프고 힘들게 느끼는 것은 아닌지. 아니면 그런 힘듦과 어려움이 길게 늘어진 그림자처럼 실제보다 더 큰 모습으로 받아들이는 것은 아닌지.

나 역시 재미로 살고 있지는 않다. 분명한 것은 태어났기에 살고 있으며, 그 삶은 때론 타성에 젖어 있을지 모른다. 사는 재미가 뭘까, 라고 생각하기도 한다. 하지만 그런 생각에 길고 깊게 매여 있지도 않다. 이 경우 선택은 극단을 요구할 수도 있으니까. 때론 나와 연관된 많은 책임과 인연의 끈들이 있고, 그 책임과 인연의 끈을 차마 놓지 못해 삶이라는 생존의 끈을 붙잡고 있는지도 모른다. 나 역시 때때로 생각한다. 도대체 우리는 무슨 재미로 사나? (8.2)

대구, 그 낯선 기억의 행로

몇 년 전, 대구에 내려갔다가 추억을 더듬으며 몸을 움직였다. 먼저 동성로로 나갔다. 도청에서 통일로를 타고 오다 대구역에서 좌회전, 시청 방향으로 우회전, 계속 직진하다가 대구백화점 쪽으로 다시 우회전, 대구백화점 주차장 바로 맞은편 공영주차장에 차를 맡기고 동성로 이곳저곳을 걸어 다녔다. 후미진 골목만 예전 그대로였을 뿐 나머지는 상호도 업종도 모두 바뀌었다.

대구백화점 정문 건너편 따로 국밥집이며, 막걸리 한 주전자에 열두 가지 이상의 기본 안주가 나오던 백화점 옆 골목길, 진미분식 옆 골목길에 당시로서는 운치 있고 파전이 유명했던 술집 '치술령', 중앙

초등학교 바로 앞 건물 지하에 있었던 커피숍 '갈밭', seattle 뭐라 하는 커피 전문점과 그 앞의 pizza mall에 있던, 로얄이었던가, 그 뭐였더라 3개 층을 다 사용했던 그곳이? 가물하다. 공평동의 그곳들, 아, 희미하게 떠오를 듯하다가 다시 사라지는 기억들……

어디 그뿐인가. 대구백화점에서 중앙파출소 방향으로 갈라진 두 길. 언제나 일방통행이었던 두 길을 따라 늘어선 가게들, 그리고 두 길을 연결하는 골목마다의 갖가지 공간들, 이제는 옷가게만으로 채워져버린 그곳. 주차했던 바로 그 입구에 작고 어두웠으나 나름대로 품격이 있었던 경양식 집 '미네르바'가 해장국과 감자탕집으로 바뀌었고, 2·28 청소년 공원과 국채보상운동 공원, 화랑과 고급 레스토랑이 있던 곳, 동인호텔 옆길과 성바오로서원 길, 짜장면을 시켜 먹으며 시간 가는 줄 모르고 당구를 치던 봉산동의 학원가, 반월당의 후진 상점들, 그리고 아카데미 극장 근처였으리라, 대로변에 당시의 불온 서적을 팔고 은밀하게 이야기를 나누던 '심지서적'……

더위에 밀려 순례를 잠시 멈추었다. 허나 가볼 곳이 어디 그뿐이었던가. 이미 물 따라 흘러가버린 것들, 인식의 고정과 관념의 울타리와 기억의 심저를 떠나지 않고는 도저히 납득하기 어려운 변화의 흔적들을 어찌 따라잡을 수 있겠는가 생각하며. 걷기만 해도 땀이 뒷목을 따라 줄줄 흘러내렸다. 그래 대구지! 역시 대구야! 하며. 커다란 버거킹 매장을 지나 중국집으로 향했다. 이 집의 명물 아끼우동을 시켰다. 그사이 중국집은 새로 단장되어 있었다. 실내에서 금방 보이던 2층 계단이 눈에 띄지 않았고, 예전의 여유로웠던 실내는 단정하게 개량되어 잔뜩 경직된 표정이었다. 우동은 조금 짠맛이 강했으나 맛은 그대로인 것 같았다. 식사를 마치고 다시 예전 중앙초교 근처로 돌아

163

왔다. 대략 감을 잡았던 곳을 눈여겨보았으나 예전의 카페 'Biz'는 없었다. 잘못 알았나 보다.

차를 빼내 유신학원 앞에서 우회전하여 반월당을 지나 성서로 향했다. 계산성당 못 미쳐 있던 고려예식장도 없어졌고, 신호등 앞에 서면 바로 보이는 동산맨션에 친한 동창 녀석이 살고 있었으며, 길 건너 서현빌딩에 다른 동창 녀석이 사무실을 개업했다는 소식을 오래전에 곁다리로 들은 적도 있었는데……. 기억을 더듬어 직진했다. 그런데 기억을 혼란스럽게 만드는 놀라운 변모. 반고개며 광장타운, 감산못, 50사단 옛터, 성서IC 근처의 야산, 감탄하고 경악하지 않으면 안 될 거대한 아파트 단지들……. 대구는 그 자체가 거대한 공사장이었다. 나의 행로를 계속 따라다니던 지하철 공사가 그렇고 아파트가 그러했다. 가히 대구'광역'시였다.

성서 계명대의 정문이 멋졌다. 건물들도 대명동의 그것처럼 보기 좋았고 본관은 대명동 본관을 그대로 옮겨온 듯했다. 마지막으로 방문했던 때가 1980년대 후반이었으니, 5번 버스가 회차하던 자리에 정문이 들어서고, 겨우 몇 개의 건물만으로 호젓했던 그곳에 새 건물들이 빽빽하게 들어설 시간으로는 충분하리라. '영암관'이라는 인문대를 들어갔다. 학생들도 없이 아주 한적했다. 수위실 옆에 지난 학기 강의 시간표가 출력되어 붙어 있다. 아직 이런 학교가 있다니 하며 훑어보는데 몇 년 전에 임용된 손아래 처남의 이름과 동문의 동정, 또 출몰하는 낯익은 이름들. 아직 옮기지 않고 여전히 있네! 아, 그래 이곳 전임으로 왔다더니…….

갔던 길을 되돌아오다 내당동에서 우회전하여 대명동 계대를 거쳐 앞산 쪽으로 향했다. 이미 흉물화된 '경일멘손', 왼쪽의 영남전문대학, 오른쪽의 삼중탕, 쭉 직진하다가 보훈청으로 좌회전, 대명천주교

회 그리고 그 앞쪽의 귀빈장, 아, 반가워라. 아직 남아 있다니. 영남전
문대학에서 좌회전, 바로 돌면 마주 보이는 곳에 있던 당구장도 아련
하고, 명덕로터리를 지나 반월당에서 우회전, 봉산 6거리를 지나 경
북대학교 병원을 거쳐 돌아왔다.

상전벽해라더니, 학교가 공원으로, 야산이 집터로, 연꽃 가득한 연
못이 알통 같은 건물로, 시립도서관 별관이 상가로, 논과 밭과 산으로
둘러싸인 벌판에 구축된 인간의 놀라운 자기 생멸, 그러면서도 여전
히 방치된 누추한 삶의 뒷길들.

언급한 곳곳마다 얽힌 이야기며, 가보지 못했지만 바로 그렇기에
되감아야 할 공간마저 더한다면 사실 지금으로서는 감당하기 어렵
다. 지금도 눈앞에 휙휙 스쳐가고 있다. 경대와 영대, 중앙공원, 가톨
릭문화회관, 사보이호텔, 수성교, 남산동 헌책방, SM과 효고, 경북
여고와 대구여고, 만경관, 외국어학원, 캠프헨리…… 어찌나 빠른지
고개를 돌리기만도 숨이 차다. 아, 과거의 대구와 현재의 대구, 과거
와 현재의 접점, 마치 time-gate와 흡사한 시간과 추억의 접점, 시간
적 상거만큼의 이질감과 공감, 삶의 노작과 허망함, 그 낯선 기억의
행로. (8.4)

그날의 행적

오전 6 : 00 # 침대

눈을 떴다. 사방에 가득한 물. 파란 벽지에 둘러싸인 방 안도, 며칠
째 계속 내리고 있는 밖도, 내 마음도 흥건히 젖어 있었다. 새삼스럽
게, "비가 오는군!" 가볍게 되뇌고는 다시 잠수하기 위해 몇 번이나 자

165

맥질을 해보지만, 의식은 여전히 수면 위의 부표처럼 떠오른다.

오전 7 : 00 # 거실

낡은 영화의 화면 속으로 비가 내린다. 오래된 영화의 화면을 가르며 내리는 빗속으로 추억이 흘러내리고 있었다. 먼 산 위에서 맞는 듯 아닌 듯 해미가 연기처럼 피어오르고, 아니, 저 먼 곳에 불이 났나? 아마 비에 젖은 나무가 타는 모양이군. 그러기에 불꽃은 없이 연기만 저리 뿜어대지. 이 시간, 이 빗속에 저기에도 누가 있나! 오늘 일정이 많다. 하루가 짧겠군. 그사이에 다 해내려나.

오전 7 : 40 # 2층 테라스

담배를 빨아들이듯 숨을 들이켜 세게 내뿜었다. 바람이 안쪽으로 밀려온다. 힘껏 밖을 향해 내뿜지만 다시 안으로 밀려오는 담배 연기. 에잉, 다시 한 번, 후욱—. 지금은 피우지 않지만 악령처럼 여전히 담배의 이미지에 갇혀 산다.

오전 7 : 50 # 책상 앞

컴퓨터를 켰다. 사이트 접속, 메일박스 오픈, 밤새 와 있을 메일 확인. 「데레사—감잎의 비명」, 섬뜩하여라! 이 여름날의 감잎이라면 아직 새파랄 때인데, 새파란 감잎의 비명이라니. 겁에 잔뜩 질려 주루룩 흘러버린 새파란 배설물. 음, 뭐라고 썼나? 「그림 없는 그림책—새벽」, 새벽이라. 그래, 아마도 이 사람의 내밀한 시간은 밤과 새벽이겠지.

계절의 그리움과 무수

오전 8 : 40 # 2층 테라스

식사 후. 산속의 운무가 여전히 연기처럼 피어오른다. 비가 그쳤다. 건너편 하늘 위로 검은 구름들이 두터운 층을 이루며 재빨리 흘러가고 있다. 구름들이 저리 빨리 흘러가다니. 내가 모르는 사이 필경 하늘에서 무슨 일이 벌어지고 있는 게야. 아님, 내 눈이 지금 고속으로 촬영되고 있는 카메라 뷰파인더인가. 아, 아름다워라.

오전 9 : 30 # 책상

백낙청의 초기 글들을 읽다가 고개를 들었다. 고개 숙였을 때의 현실은 암담하다. 백낙청은 초기에 비평을 통해 문학의 '조건 만들기'에 힘을 쏟고 있는데, 고개를 들고 보니 세상은 또 이와 얼마나 다른지. 이 비현실감. 문학의 '현실'이든 삶의 '현실'이든, 언제나 예민한 촉수를 들이대면서 현실에 민감하게 반응하는 비평마저, 그 짧은 사이 현실과 비현실 사이를 오가다니! 문학은 장르 여하를 불문하고 환상에 기반하고 있기는 있는 모양이다.

오전 10 : 30 # 내과

간 검사 결과를 알아보러 갔다. 전화 문의도 가능하다는데 머리도 식힐 겸 병원으로 향했다. 휴가철이라 그런가. 언제나 내원객들로 가득 차 있던 대기실이 한적했다. 대기실 벽면을 가득 메운 진료 광고들. 인간은 없고 장기들만 있는 곳. 간염도 없고, 지방간도 없으며 모두 깨끗하다는 결과. 아주 깨끗하니 예방주사나 맞으라고 권유한다. 시간 나면 다시 오겠다고 대답하고는 나왔다. 다시 비는 내리고.

오전 11 : 20 # 욕실

강아지를 샤워시켰다. 귀를 가리고 샤워기로 조심해서 물을 뿌린 후 샴푸로 골고루 씻어낸다. 헹궈내고 털을 훑은 다음 수건으로 닦는다. 매번 싫다는 표정과 몸부림. 샤워하자! 소리만 하면 귀를 딱 붙이고 식탁 밑에 숨어 눈치만 살피는 녀석. 그리 싫다는 걸 억지로 안고 들어와 씻어대니 누구를 위한 청결이고 샤워인지.

오후 2 : 30 # 정부청사 뒤

차를 타고 빗속을 잠시 달렸다. 그러나 아주 조심스럽게. 비싼 돈 들인 파나소닉 오디오가 장착되어 있으면서도 CD라곤 단 한 장도 놔두지 않는 어리석음. 뭐가 있을까 뒤져보니 파리나무십자가 소년합창단 테이프. 평소보다 조금 더 볼륨을 높이고, 과천-의왕 고속도로를 달려 평촌을 돌아 다시 과천에 입성, 정부청사 뒷길로 들어섰다. 산과 냇가가 맞붙어 있고 나무들이 많아 정갈하며, 사이사이 정부 공공기관들이 자리한 곳.

시동을 켠 채로 차를 멈췄다. 얼마 전 하릴없는 부랑자처럼 네 잎 클로버를 찾아 잡풀들을 뒤적이던 풀밭을 눈짐작으로 찾았다. 한동안 흘러내리는 빗물 사이로 보았다. 참! 나무들도 생식(生殖)을 하던가? 생의 길고 짧음을 떠나 살아 있는 모든 생물들에게 최대의 목적은 종족 보존이다. 그것이야말로 존재의 이유이다. 그리고 그것을 위해 생의 마지막을 투여한다.

헌데 인간은 예외이다. 종족 보존을 위해 모든 것을 내걸지 않는 동물은 인간뿐이다. 인간은 생식만을 위해 섹스하지는 않는다. 그래서 인간이다. 그런데 그 때문에 인간은 동물이 아닌 척하는, 아니 동물이 아니기 위해 노력하는 자연의 특수한 이방 지대가 되어가는 것 같다. 의식의 과잉이 아닐까. 하긴 사전에 '동물'은 사람을 제외한 길짐승, 날짐승, 물짐승 따위를 통틀어 이르는 말이란다. 그러니 인간은 동물이 아니다.

오후 5 : 30 # 침대

작업. 피곤하여 자리에 잠시 누웠다. 몸이 무겁다. 여전히 비는 내리고 빗소리 역시 들린다. 불현듯 맷국물로 지저분한 싸구려 여인숙에 홀로 누워 창밖으로 들려오는 빗소리가 듣고 싶어졌다. 싸, 구, 려, 여, 인, 숙. 언제 가보기나 했던가. 「무진기행」의 하인숙이 떠오르는 건 무슨 이유일까. 햇빛이 식칼처럼 퍼렇게 선 날 대학로 인적 드문 호젓한 곳을 걷는 것도 나쁘지 않겠지만, 홀로 우산을 들고 비 오는 거리를 바라보는 감회도 괜찮을 듯하다. 시간은 총 총 총 비가 되어 떠나간다.

저녁 7 : 30 # 거실

작은 아이의 부탁으로 팥빙수를 만들기 시작했다. 신문지를 깔고 빙수기에 얼음을 넣어 슬슬 돌렸다. 바스슥 부서지는 얼음. 자동빙수기보다는 수동이 잘 갈린다. 팥을 넣고 우유를 넣고 미숫가루도 조금. 그래―햇살 아래 얼음 녹듯 부드럽고 달콤하게 팥빙수를 먹어라. 네가 지금 누릴 수 있는 최대의 만족이자 행복이리라. 그 행복 또한 네 입속에서 금세 녹아 없어질지 모른다. 지금은 네 입속에서만 없어지지만 언젠가 알게 되리라. 시간 속에 녹아 없어지는 소중한 것들이 얼마나 많은지를.

밤 8 : 30 # 컴퓨터

책장을 넘기고, 형광펜을 긋고, 포스트잇을 붙여가며 자료를 읽는다. 별 진척이 없다.

밤 11 : 10 # 찌르르륵, 툭!

자리에 눕는다. 그래, 아침에 생각한 대로 오늘 참 많은 일을 했다. 아내는 회식이 있다더니 아직도 귀가 전이다. 헌데 지금도 비가 오나? 그러는 사이, 툭! 하고 의식이 현실 밖으로 굴러떨어진다. 암전(暗轉). (8.6)

죽음의 수용

자연에 묻혀 자연과 함께 살았다던 스콧 니어링이 스스로 식음을 물리쳐 죽음에 이르렀다는 것은 몰랐다. 하긴 책을 읽은 것이 아니라 광고에서만 몇 번 보았으니 자세히 알 턱이 없다. 하지만 스스로 음식을 물리치고 죽음을 받아들였다니, 그건 죽음의 수락이 아니라 삶의 인위적 거절이라고 할 수 있다. 그렇다면 자연스러운 죽음이라고는 말할 수 없지 않을까. 언제인지 모를 그때, 나는 죽음을 어떻게 받아들일까? 누구에게나 '죽음'은 반드시 다가온다. 그런데도 '죽음'은 누구나 분명하게 알고 있으면서도 언제나 한쪽에 밀어놓은 과제물 같다. (8.7)

사람의 빈 곳

주인이 자리를 비우고 없다는 것을 자연이 먼저 알아챈다. 거미줄도 그렇고 먼지도 그렇다. 단순하게 생각하면 치우는 사람이 없어서겠지, 라고 말할 수도 있겠으나 꼭 그런 것만은 아닌 것 같다. 바람도 주인 없음을 알고 미리 휘저어놓는다. 생각이나 마음이 자리를 뜨고 나면 사람도 빈집이다. 그러고 나면 그 텅 빈집엔 무엇이 먼저 알고 휘저어놓을지. (8.7)

다가오는 저녁, 당신에게는?

낮게 깔린 구름, 낮음, 그러나 더 이상 낮아지지 않는 하늘, 괴기스런 바람, 음산한 소리. 똬리를 틀고 웅크리고 있다가 어디 쥐구멍이라도 없나 하여 튀어 오르지만 하늘은 첩첩의 구름. 그리고 저녁. 저녁은 누군가에게 비틀거리며 다가오고, 누군가에겐 부스스 깨어나 말간 얼굴로 다가오고, 누군가에겐 기진한 몸으로 다가오고, 누군가에게 밥 익는 냄새와 분주한 일상으로 다가오고, 누군가에겐 참담함으로 다가오고, 누군가에겐 의식의 명민함으로 다가오고, 또 누군가에겐 추억으로 다가오고, 누군가에겐 노을로 다가오고, 누군가에겐 새로운 시간으로 다가오고, 누군가에겐 이별로 다가오고, 누군가에겐 아름다움으로 다가오고, 누군가에겐 귀소(歸巢)로 다가오고, 누군가에겐 불안으로 다가오고, 누군가에겐 죽음으로 다가오고, 누군가에겐 찬양으로 다가오고, 누군가에겐 별로 다가오고, 누군가에겐 찬란한 빛으로 다가오고, 누군가에겐 소멸로 다가오고, 누군가에겐 절망으로 다가오고, 누군가에겐 여로로 다가오고, 누군가에겐 하염없음으로 다가오고, 누군가에겐 음영으로 다가오고, 누군가에겐 시적 순간으로 다가오고, 누군가에겐 황촉(黃燭)불로 다가오고, 누군가에겐 간절한 합장으로 다가오고, 누군가에겐 연모로 다가오고, 누군가에게 가을 저녁의 슬픈 눈동자로 다가오고, 누군가에겐 서신으로 다가오고, 누군가에겐 그리움으로 다가오고, 누군가에겐 열락으로 다가오고, 누군가에겐 여수(旅愁)의 노독으로 다가오고, 누군가에겐 안식으로 다가오고, 누군가에겐 강촌의 반달로 다가오고, 누군가에겐 물결로 다가오고, 누군가에겐 반짝이는 빛으로 다가오고, 누군가에겐 옛이야기로 다가오고, 누군가에겐 기약으로 다가오고, 누군가에겐 처절한 불귀로 다가오고, 누군가에겐 돌아오는 순이로 다가오고, 누군가에겐 새끼줄에 매단 간고등어로 다가오고, 누군가에겐 미몽(迷夢)으로 다가오고, 누군가에겐 근심으로 다가오고, 누군가에겐 단상(斷想)으로 다가오고, 누군가에겐 고적으로 다가오고, 누군가에겐 당신으로 다가오고, 누군가에겐 염원으로 다가온다. 내겐 환멸과 나른함과 충만과 바람으로 다가온다. 그렇다면 당신에게는? (8.9)

사랑의 단상

사랑은 바람과 같다. 머무는 동안만 느낄 수 있다. 그 열정은 발정기나 모닥불 같아서 참으로 뜨겁다. 그러나 한번 시들면 다시 되살리기 어렵다. 사랑의 감정을 오래 간직하려면 견뎌내야 한다. 알고 싶은 갈증을, 보고 싶은 갈망을 외면해야 하는 때도 있다. 영원히 미지의 세계로 남겨두는 일도 좋은 방법이다. 하지만 인간의 욕망은 항용 남김없이 가지려는 잘못을 범한다. 하긴 가지지 못한 사랑이 무슨 의미가 있겠는가. 사랑을 가졌기에 무감하게라도 살지만, 이루지 못했다면 생목숨 끊었을지도 모를 일이다. (8.9)

바람의 울음

해 질 녘에 선선히 불어오는 바람은 한없이 부드럽게 우리들을 위무한다. 그러나 그 마음에 옹이가 맺히는 날이면 바람은 서럽게 울어댄다. 하지만 바람의 육성이나 울음소리를 들어본 적이 없다. 바람은 결코 저 스스로 말하지 않고 울지도 않는다. 다른 누군가의 몸을 빌려, 누군가의 몸을 발길질하고, 할퀴고, 두들기면서 대신 울게 한다. 얼마나 두들겨 팼으면 나뭇잎들도 몸살이 나고, 한 해가 다 갈 때쯤이면 몸살에 겨워 그리 노랗고 빨갛게 멍이 드는지. 그 고통이 얼마나 감당하기 어려웠으면 스스로 생목숨을 뚝 끊어버려 황천 나락으로 떨어지는 낙엽이 되고 마는지. 오죽했으면 내 차라리 죽고 말리라는 모진 마음을 먹게 했을까만. 그러기에 바람이 불 때면 내 속의 바람도 먼저 불고 내 안의 소리도 횡하니 울려나오는 것일 게다. 형! 형! 울어대는 내 안의 소리가 들릴 때면 그 서러움과 황량함을 감히 어디에 견주겠는가. (8.10)

누가 하늘을 보았다 하는가

"난 바보인가 봐! 배부른데도 자꾸 먹고 있네"를 연발하며 밥이며, 닭조림이며, 부침개며, 잼 바른 식빵을 배가 두둑하도록 먹었다. 식사 후에 불쾌함을 동반한 포만감과 강아지를 동시에 안고 밖으로 나왔다. 그리고 하늘을 올려보았다. '누가 하늘을 보았다 하는가?' 9시 무렵이었는데도 밤하늘은 백태마냥 하얀 구름으로 가득하여 별도 달도 보이지 않았다.

신동엽의 시집『누가 하늘을 보았다 하는가』에는 추억이 담겨 있다. 학보사에 있었고, 운동권과 관련 있었던 후배, 앞서 가던 내가 같이 가자고 손짓했는데, 그 손짓에 마음이 끌려 공부냐 멋있는 사랑이냐의 택일 중에서 나와 멋있는 사랑을 하기로 마음먹었다는 후배, 같은 종씨여서 서로 삼촌과 조카로 부르면서 가까이 지냈던 후배, 이유는 알 수 없으나 결국 학교를 그만두고 다음해 결혼했다던 꽤나 영민했던 후배, 어느 날 내게 시집을 선물했는데 시집의 안표지에 다음과 같은 메모가 적혀 있었다.

〈보다 긴말을 하고 싶으면 침묵해다오〉

격동하고 싶음. 잘 정제된 울음 끝에 맺히는
웃음 하나 필요함.
7월. 그 암담한 7이란 숫자 속에서
변태를 꿈꾸어야겠음.

살아 숨쉬는 삼촌의 날들을 위해 조카 드림.
7.9.

그게 마지막이었는지 그 후로 한 학기를 더 다녔는지는 솔직히 기억나지 않는다. 그러나 신동엽의 그 시집은 내가 이미 1979년 출간된 초판본을 가지고 있었는데, 어느 사이 내가 산 시집은 사라지고 후배가 준 시집만이 책장에 살아남아 있다. 갑자기 보고 싶다. 어떻게 변했는지, 잘 살아왔고, 곡절 없이 잘 살고 있는지……. 영민했지만 지금 돌이켜보니 순탄하지는 않았을 것이라는 생각도 스친다. 그런 생각의 실마리 중 하나가 바로 그 다음 해, 때 이른 결혼을 했다는 점도

왠지 석연치 않다.

이런 여름밤에 그녀 생각이 나다니. 내 얼굴 대신 커피 잔을 물끄러미 바라보다 "저 이제 휴학해요"라고 커피 마시듯 훌쩍 말하던, 그리고 "저 결혼해요"라고 짤막한 서신을 보냈던 후배가 새삼 생각난 것은 이 여름밤엔 전혀 어울리지 않는다. 그런 기억이나 추억은 가을로 가득 찬 하늘을 바라보다 가을 속의 별들을 하나하나 헤며, 별 하나의 추억과 별 하나의 사랑과 별 하나의 쓸쓸함과 별 하나의 동경과……. 벌써 애기 어머니가 된 계집애들의 이름을 불러보던 윤동주의 가을밤에나 어울리는 일인데. 하긴 팔목이 선뜩한 것이 오늘 밤만큼은 가을 같다. 어디선가 가을 풀벌레 소리도 들리는 듯도 하고. (8.11)

마음의 무거움

비 오는 날의 질퍽이는 흙탕물이나 겨울의 눈 녹은 질퍽한 길은 악몽처럼 싫다. 어릴 적 겨울에 연날리기를 많이 했다. 연줄이 끊어지면 저 멀리 날아가는 연을 잡으려 논바닥을 뛰어갔다. 오직 날아가는 연만 바라보고 뛰어가다 보면, 어느 순간엔 발이 무거워 움직이기 어려워진다. 얼어 있던 논바닥이 녹으면서 신발에 끈적한 부토가 두껍게 달라붙어 더 이상 따라갈 수가 없었던 것이다. 그러면 그 자리에 붙박여 가뭇하게 사라지는 연을 쳐다볼 뿐이었다. 한참을 그러고 나서 돌아서는 길의 무거움이란. 헌데 살다 보니 마음의 무거움이 더 싫다. (8.13)

마음의 타종

비가 투두둑, 하고 떨어진다. 마음의 고동이 데뎅뎅, 소리친다. 이제 종이 쳤으니 장막을 거두라고. (8.14)

견딜 수 없는 사랑도 있는 걸까

언제부터였던가? 그래 그때부터였다. '사랑'을 떠올리면 아쉽고, 안타깝고, 눈물이 났다. 내가 꿈꿨던 '사랑'은 어떤 모습이었을까. 잊지 못해 견딜 수 없는 사랑도 있는 걸까? 그리 믿었지만 돌이켜보면 시간 속에 다 묻히기 마련이더라. (8.14)

사라져버리는 것들

마음속에 채워 넣지도 못했는데 혹은 다 불러보지도 못했는데 사라져버리는 것들이 있다. 미처 알아채지 못한 것들이 있는가 하면, 돌아보니 사라져버리는 것들이 있다. 가지 끝에서 나비가 방금까지 위태롭게 펄럭였는데 고개를 돌리고 나니 홀연 사라져버린 것처럼 그렇게 홀연히. 새겨둘 만한 풍경, 의미 있는 만남의 시작, 아쉬운 헤어짐, 쟁여두고 싶은 기억, 먼저 떠난 그리운 사람, 손에서 놓아버린 것들, 함께한 시간의 파편들…… 나에게 사라져버린 그것들과 같이 나 또한 누군가에겐 그렇게 홀연 사라지는 존재일 수도 있는 일이다. 누군가에게 아쉬움 혹은 원망 혹은 회한을 남기고. (8.16)

노을과 그리움

관악산 쪽으로 노을이 선명하게 걸려 있다. 선명한 탓인지 하늘이 온통 피멍으로 검붉다. 마음에 질긴 그리움을 다 채우지 못한 사람들의 간절한 외로움이지 않을까. 그걸 바라보는 누군가의 가슴을 또한 피멍으로 아리게 하겠지. 매미들도 또한 그렇게 울고 있다. 생의 끝을 바로 앞에 두고 마지막으로 울어대는 절규가 절묘한 공명을 일으켜 울려 퍼진 피멍이려니. 학이 높은 언덕에서 우니 그 소리가 하늘에 퍼진다더니(鶴鳴于九皐 聲聞于天), 매미가 나무 위에서 우니 그 소리가 하늘에 피멍을 들인다. 한동안 그리움 없이 아주 덤덤하게 살고 싶다. 매미 우는 소리가 싫어지는 까닭이다. (8.17)

좌절된 꿈

딱히 똑 부러진 이유를 댈 수는 없다. 그러나 돈을 벌어 자신의 가게를 차리는 것이 꿈이라는 사람들의 이야기를 들을 때마다 나는 그렇게 부러울 수가 없다. 나도 그런 꿈을 안고 살고 싶다는 바람이 아주 간절하다. 하지만 각기 자기 입장에서 꿈꾸기 마련이다. 아무리 부럽다 한들 그건 내 꿈이 아니기에 그저 부러울 따름이다. 삶은 모른 체 지나치면 아무것도 아니다. 그런데 알고자 하면 확실히 난해하다. 알면서 외면하는 것과 정말 아무것도 모르는 것, 그 차이는 아주 클 것이다. 차라리 꿈이 없다면 모를까, 꿈을 외면하거나 포기한다는 것은 큰 아픔을 감수해야 한다.

이름난 대학에서 석사까지 마친 친구가 있었다. 마음을 터놓고 밤새워 함께 술잔을 기울이며 문학과 인생을 논하던 친한 친구였으며, 내가 마음을 준 몇 안 되는 친구였다. 하지만 만나지 못한 지 오래되었다. 석사 학위 취득 후 교직에 있다가 퇴직하여 학원가로 나갔다. 그쪽 일은 잘 모르지만 아마 꽤 유명한 강사의 경력을 쌓고 거창한 학원을 운영하고 있지 않을까. 친구 녀석은 계속 공부하고 싶어 했지만 경제적인 이유로 박사 과정은 포기해야만 했다.

녀석이 교직을 막 그만두었던 무렵이었다. 영등포역에서였던가 낙성대역에서였던가 만나 근처 술집에서 날이 새도록 술을 마셨다. 겨울이었다. 헤어지면서 친구 녀석이 내게 말했다. 이제 연락하지 말라고, 너를 만나지 않아도 네 소식은 알고 있고, 너를 만나면 잊혀진 악몽을 되살리듯 괴로울 것 같다고, 그러니 이제 연락하지 말라고. 그 후로 적지 않은 시간이 지난 후, 딱 한 번 전화 통화를 했다. 그것도 이미 연락처가 바뀌어 시골에 계시는 녀석의 아버지와 통화하여 알아낸 전화번호였다. 간단한 안부만 나누었을 뿐 서로의 근황조차 말하지 않았다. 전화를 끊으면서 친구 녀석이 말했다. 제발 다시 연락하지 말아달라고.

나는 알고 있었다. 가난한 농촌에서 자란 친구는 학문으로 부를 획득하고 신분 상승을 꿈꾸었다. 그러나 녀석은 학문이 부를 가져다주는 것도 아니고 신분을 상승시켜줄 수도 없다는 것을 알았고, 녀석의 그 좌절된 욕망과 꿈을 나 역시 알고 있었다. 그 좌절이야 오죽 했을까. 그럼에도 버릴 수 없는 문학과 학문을 향한 잠재된 욕망. 녀석이 두려워했던 것은 나를 만남으로써 그 억압된 욕망이 일깨워지기 때문이었다. 자신의 꿈과 대면하지 않는 일, 자신의 좌절된 꿈을 아직 간직하고 있었던 나를 아예 만나거나 보지 않는 일, 그것만이 자신이 선택한 삶을 만족스럽게 영위할 수 있는 일이었을 것이다. 충분히 이해한다. 하여 나는 아직까지 차마 연락을 하지 못하고 있다. 부디 경제적 부를 얻었기를 바란다. 아마 그러했을 것이다. 마지막 만남에서도 벌써 아주 노회한 사람이 되어 있었으니 지금은 더욱 많이 변했겠지. 이젠 만난다 한들 그를 감당할 수 있을지는 나도 자신할 수 없다.

그렇다. 돈을 벌어 자신의 가게를 차리는 것이 꿈이라는 사람들의 이야기를 들을 때마다 나는 그렇게 부러울 수가 없다. 하지만 각기 자기 입장에서 꿈꾸기 마련이고, 내 꿈이 아니기에 그저 부러울 따름이다. (8.18)

이른 가을비

이른 아침부터 비가 내린다. 장맛비는 아니고 가을비 같다. 누군가가 가을을 재촉하고 그런 바람들이 모여 구름을 이루다가 비가 되어 내리는 모양이다. 거기엔 분명 내 바람도 한몫 단단히 했을 것이다. 이제 가을도 얼마 남지 않았다. 선득한 아침 기운도 그렇고, 마음이 조급해지는 것을 보아도 그렇고, 계절의 빛깔도 그리 닮아가고 있다.

언뜻 둘러본 집은 그래도 여전히 초록으로 가득하다. 하얗고 파란 나팔꽃들이 오늘은 꽃을 아직 아니 피우고, 행여 날아갈세라 초록 항아리를 넝쿨로 묶어두고 있다. 여기에 꽃을 피우면 수줍고 아름다운 여자애들의 머리를 예쁘게 꾸며놓은 장식보다 더 예쁠 것 같다. 여전했던 초록도 이젠 지쳐가겠지. 집 앞 감나무도 벌써 노랗게 떨어지고 있다. 이른 아침부터 가을비가 내린다. 그것들이 계절을 재촉하고 있다. 준비해라, 상처 깊어지기 전에 마음에 갑옷을 두르고 가을을 맞아라. (8.19)

그 남자의 어느 하루

얼마 남지 않은 방학의 마지막 기간. 오랜만에 집에서 느긋하게 쉬려던 참이었다. 아내가 출근하던 몸을 돌려 그 남자를 바라보고는 눈을 찡긋거린다. 밀린 빨래를 부탁한다는 애교 섞인 부탁임을 그 남자는 알아챈다. 다소간 난감하다. 그것은 아내의 찡긋거린 눈길 속엔 빨래만이 담겨 있지 않다는 것을 알기 때문이다. 그날 하루 모든 집안일에 대한 전권이 내재되어 있다.

현관문을 잠그고 돌아서자마자 식탁 위의 반찬통을 냉장고에 집어넣고 그릇들을 물에 담가둔다. 냉장고를 열어 저지방 우유를 기다란 빨대통에 250밀리리터 붓고 미숫가루 두 큰술과 얼음 조각을 넣고는 바텐더의 현란한 몸짓으로 흔든다. 이것으로 집에 있는 작은아이의 오전 간식거리는 장만한 셈이다. 결석으로 수술한 강아지의 먹거리를 준비하기 위해 냉장고 속의 통조림을 꺼낸다. 비릿한 냄새가 조금은 역겹다. 스푼으로 통조림의 내용물을 꺼내, 먹기에 적당한 크기로 정성 들여 잘라 강아지를 불러 먹인다.

그리고 남자는 2층으로 올라와 컴퓨터를 켠다. 로딩되는 동안 창가로 가서 밖을 바라본다. 언제나 계절을 불러들이는 밖을 바라보다 책상 앞에 앉는다. 그러다 다시 아래층으로 내려와 벌꿀에 약을 개어 강아지에게 먹인다. 체내에 미세하게 남은 결석 제거용 약이다. 그는 다시 2층으로 올라와 인터넷 뱅킹을 통해 몇 군데 송금하고 작업을 시작하려다 시계를 보고는 거실로 내려와 큰아이의 치과 예약을 위해 주변 상가 정보 책자를 넣어둔 서랍을 연다.

발치한 치아의 인공치 이식과 치아 교정의 선후 관계를 알아보기 위해 교정 전문 치과에 문의해야 한다. 무언가에 걸려 열리지 않는 서랍에 힘을 준다. 가족들 전화번호부, 상가 전화번호부, 광고전단, 가전제품 사용설명서 등이 가득하다. 그중에 가장 최근의 정보인 하반기 안내 책자에서 치과를 찾아 예약일과 시간을 정하고 몸을 돌린다. 그러다 열린 서랍에 시선이 머문다. 책자들이 어지럽게 널려 있다. 그 남자는 서랍 앞에 앉았다. 그리고는 매 분기마다 여러 광고사에서 임의로 현관 문 앞에 걸어두었던 수년간의 안내 책자들과 음식점 광고지들을 정리한다. 뷔페, 피자, 분식, 한식, 중식, 퓨전, 한우, 치킨, 보쌈, 족발, 야식들의 메뉴와 가격표가 일목요연하다. 나중을 생각해서 유용할 몇몇 음식점과 메뉴 그리고 최신판 안내 책자만을 남기고 나머지는 모두 재활용 박스에 담는다.

다시 2층으로 올라와 작업에 몰두한다. 시간이 쪼개진다. 어느 사이 11시가 넘었다. 그 남자는 옷을 갈아입었다. 우체국에 들러 등기우편을 보내야 하고 할인마트에서 매운 비빔면을 사 와야 한다. 비빔면은 매운 음식을 좋아하는 작은아이가 아침부터 졸라대던 점심거리이다. 그 남자 역시 작은아이의 졸림이 없었더라도 아이에게 점심을 해결해줄 좋은 방안이라 생각했다.

신발을 신으려던 그 남자는 쿰쿰한 냄새에 얼굴을 찌푸리고는 고개를 돌려 냄새의 근원을 찾았다. 폐쇄된 신발장에서 배어 나온 냄새려니 했다. 그런데 탐색한 결과 청소기에서 나는 불쾌한 냄새였다. 며칠 전 청소하던 아내가 진공청소기의 흡입구 부분을 깨뜨렸고, 이제 바꿀 때가 되었다며 은근한 미소를 띠며 현관 입구에 세워두었던 것인데, 강아지 털과 집먼지 진드기들이 부패되면서 생겨났을 냄새이리라. 돌아오는 길에 관리소에 들러 폐기물 비용을 치르고 밖에 놔둬야겠다고 고개를 주억거린다.

밖에서 돌아와 책상에 앉는다. 점심을 챙기기엔 약간의 여유가 있다. 이 책 저 책을 뒤적이다 빨래를 하지 않았다는 데 생각이 미친다. 책상과 방 안 가득히 널린 자료들을 뒤적이면서 작업을 하다가 바쁘게 내려와서는 세탁기를 돌린다. 빨래가 돌아가는 사이 다시 올라가 작업을 한다. 잠시 뒤 다시 내려와 삶을 물을 데우면서 설거지를 한다. 설거지가 끝나자 여기저기 찔끔찔끔 흩어져 있는 강아지의 배설물을 치우고 걸레를 빨아 닦고는 세탁기로 가서 빨래를 삶는다.

가스레인지 옆 타일에 묵은 때가 눈에 거슬린다. 음식을 조리하면서 엉겨 붙은 찌꺼기들일 것이다. 본능적으로 고개를 휙 돌려보니 가스레인지와 세탁기 사이의 작은 바닥도 기름때로 얼룩져 있다. 아마 음식 조각들도 떨어진 지 오래되었나 보다. 푸르고 흰 곰팡이들이 조밀한 유성처럼 어울려져 있다. 그 남자는 좁은 공간에 놓인 락스, 세제, 표백제 등을 꺼내 옆에 치워두고는 스펀지에 물을 적셔 바닥에 뿌리고는 2층으로 올라와 작은 서랍을 열고 도루코 면도날 하나를 꺼내 포장지를 벗겨 내려온다.

휴지를 두툼하게 말아 왼손에 쥐고는 레인지 옆 타일에 붙은 기름때를 비스듬하게 밀어낸다. 면도날이 지나온 자국마다 타일이 제 색을 찾는다. 간간이 면도날에 붙은 두툼한 기름때를 왼손의 휴지에 닦아내면서 때를 벗겨낸다. 빛나는 타일들을 보니 때를 벗겨내는 것이 아니라 제 색을 입혀나가는 것처럼 보인다. 두 번에 걸쳐 면도날이 왕복하자 타일이 선명하게 빛이 난다. 면도날을 휴지에 꼼꼼하게 말아서 휴지통에 버리고 거친 수세미에 세제를 묻혀 레인지 앞에 앉는다. 손을 길게 빼서는 작은 공간의 묵은 기름때와 곰팡이들을 닦아낸다. 묵은 것은 생명이 긴 탓인지, 아니면 생명이 길어 오래 묵을 수 있었던 것인지 수세미로 몇 번이나 닦아내도 여간해서 깨끗해지지 않는다. 앉은 채로 잠시 허리를 편 다음 다시 몇 번을 문지르자 바닥이 매끄럽게 드러난다. 락스를 적셔 가볍게 한 번 더 문지르고는 휴지로 물기를 닦아낸다. 옆에 치워두었던 락스, 세제, 표백제, 섬유유연제 통을 들고 욕실로 가서 세제를 풀어 씻어낸 다음, 레인지 옆 제자리에 세워두고는 다시 올라온다.

잠시 작업을 하다가 마른 빨래들을 걷어 아래층으로 가져간다. 삶는 빨랫물을 뒤적이고는 낮잠을 자는 아이를 깨운다. 그러고는 점심 준비를 한다. 물을 끓이고, 계란을 삶고, 면을 넣고, 다 끓자 체에 걸러 헹군 다음 달걀 껍데기를 벗긴다. 검붉은 비빔면 위에 채소와 함께 계란을 올린 다음 식탁에 내어놓고는 거실에 앉아 빨래를 갠다. 상당히 매운 비빔면을 먹는 아이의 거친 호흡을 들으며 삶은 빨래를 세탁기에 부어넣고는 다시 빨고, 세탁기가 돌아가는 동안 냄비며 그릇들을 치우고, 가득 찬 쓰레기를 꼭꼭 눌러 묶은 다음 현관 앞에 가져다놓는다. 그리고 아까 남겨놓은 빨래를 마저 개어 주인별로 챙겨놓고는 얼른 작업실로 올라온다.

그 남자는 잊은 것을 생각해낸 듯 아버지께 전화를 건다. "오늘따라 유달리 니 어머니 생각이 간절하구나……." "그래도 마음 굳게 잡으셔야지요!" 수화기를 내려놓고 한층 높고 푸르게 얹힌 하늘을 바라보다가 화분에 눈길을 준다. 봄에서 여름까지 외로웠으리라. 외로움에 지쳐 시들어간다. 사람도 외로우면 마르지 않던가. 거실 창가에 놓인 화분들을 하나씩 욕실에 옮겨 번갈아 물을 주고는 소파에 앉는다. 강박증 환자처럼 손바닥으로 소파 바닥을 문지르다가 벌떡 일어나 가죽용 세제를 찾아 소파를 닦는다. 생각보다 오래 걸려 힘들게 닦아내고는 삐—삐—삐— 거리는 소리에 세탁기로 가서는 빨래들을 거둬 2층으로 올라온다. 건조대를 세우고 수건과 속옷으로 나눈 다음 수건을 털털 털어, 수건은 수건대로, 속옷은 속옷대로 널어놓는다. 속옷과

겉옷, 색깔 있는 옷과 그렇지 않은 옷은 따로 빨아야 된다고 아내가 일러주었다.

그 남자는 다시 책상에 앉아 작품을 읽는다. 공동체의 기명성과 현대사회의 익명성에 대해 자판기로 토닥거리다 커피도 끓일 겸 아래층으로 내려와 화장실 변기 앞에 선다. 지퍼를 올리고 돌아서다 보니 수건걸이에 걸린 큰아이의 물에 젖은 스커트가 흉흉하다. 비 맞은 탓이리라. 아내에게 전화를 걸어 자문한다. 일러준 대로 울 샴푸에 담그고 손으로 조물조물 빨고는 다시 수건걸이에 건다. 욕실 문을 닫고 나오다 삐거덕거리는 소리가 귀에 거슬린 그 남자는 2층 창고로 터벅 올라가 가늘고 긴 빨대를 꽂아 쓸 수 있는 윤활제로 욕실의 경첩에 분사한다. 내친김에 집 안의 모든 문에도 윤활제를 뿌린 다음 흘러내린 녹물과 윤활제를 닦아낸다. 한결 부드러워진 소리에 만족하고는 다시 책상에 앉아 작업을 시작한다.

점심 먹는 것을 잊었다. 먹느냐 마느냐를 잠시 고민하다가 청빈한 배가 몸과 정신을 가볍게 하리라는 생각으로 점심식사를 거르기로 결정하고는 작업에 열중한다. 그사이 마신 커피가 벌써 넉 잔이다. 창밖 너머 먼 산을 바라본다. 돌아가신 어머니 생각이 간절해진다. '채워지지 않은 그리움은 슬픔의 다른 이름이다'라고 되뇌고는 자리로 돌아와 메일을 확인하고, 내일 저녁 모임에 소구되는 몇몇 자료들을 뒤적인다. 이제 조만간 공동 작업의 결과가 나오리라.

형광등이 깜빡인다. 두 개 중 하나가 문제이다. 전기 자극에 의한 스펙트럼으로 형광등이 깜빡이는 것은 당연하지만 깜빡이는 속도가 느린 게 탈이다. 눈이 피곤하고 집중력이 흐트러지자 일어난다. 창고로 가서는 박스째 사다 놓은 형광등 중 이미 썼다는 표시로 X자를 해둔 것 사이에서 새 형광등을 꺼내 방으로 들어와 의자 위에 올라

서서 교환한다. 그러고 보니 엔진 오일 교환 시기가 되었다는 단골 카센터의 문자 메시지를 어제 받았다는 데 생각이 미치자 키를 들고 서재를 나선다. 집으로 돌아오니 작은아이가 외국어 학원을 가려고 집을 나서는 중이었다. 혹시 비가 올지 모르니 우산을 챙기라는 말을 작은아이의 인사에 대한 답변으로 대신하고 2층으로 올라와 책상 앞에 앉는다.

시간 속에 적막이 틈입한다. 은밀한 적막 끝에 어둠이 찾아오고 있었다. 고개를 뒤로 한 번 젖힌다. 짧은 원을 그리며 목을 돌리고는 다시 책을 향해 고개를 숙인다. 투, 닥, 투, 닥, 밖이 소란스럽다. 이내 굵은 비가 떨어진다. 아래층으로 내려와 거실의 불을 켠다. 자던 강아지가 고개만 들고 쳐다본다. 언제 내려왔나? 아까 전까지 서재 발판 앞에서 길게 누워 자던 녀석이었는데. 녀석의 표정에 늙음과 게으름이 완연하다. 햄스터가 철장을 가는 소리를 듣고 오이를 썰어 사료와 함께 넣어주고는 전화기 버튼을 누른다. 피자헛, 4~5인용, 현금 결제.

그사이에 TV를 켜고 소파에 앉는다. 소파가 불빛 아래 깔끔하다. 땀 흘린 대가가 완연하다. 식탁 의자 위에 있던 강아지가 얼른 소파 위로 올라와 그 남자 곁에 배를 뒤집고 눕는다. 그 남자에 대한 녀석의 무한한 신뢰와 복종에 오히려 감동한다. 녀석의 배를 쓰다듬으며 리모컨으로 채널을 돌린다. 시선을 붙잡을 만한 프로그램이 없다. 갑자기 경련을 일으키듯 개가 짖는다. 누군가 계단을 오르는 소리에 녀석은 저리 민감하다. 벨이 울리고 문을 열자 배달 온 아르바이트 학생이 피자를 들이댄다. 식탁에서 혼자 피자를 먹는다. 강아지가 뚫어지게 바라본다. 눈에 욕망이 강렬하다. 결석 재발을 방지하기 위해 치료용 사료 외에 어떤 음식도 주지 말라는 수의사의 당부가 있어 갈등하는 마음을 억누르며 애타게 바라보는 녀석을 애써 외면한다. 세 조각을 먹

185

었다. 점심을 굶은 탓이다. 기름으로 번뜩이는 손을 들고 부엌으로 가서는 작은아이가 점심 때 사용했던 그릇과 미숫가루 통을 씻는다.

소파에 길게 눕는다. 강아지가 금세 달려와 옆에 눕는다. 녀석의 배를 부드럽게 쓰다듬다 벌떡 일어나 다림판과 다리미를 가져온다. 다리미에 물을 부어 넣고는 드레스셔츠와 블라우스를 다린다. 다림질이 쉽지 않다. 특히 블라우스는 더욱 어렵다. 손바닥만 한 천들을 붙여 잘록한 허리와 주름을 집어넣은 탓이다. 이쪽을 다리면 저쪽이 울고 저쪽을 다리면 이쪽이 운다. 재봉선을 피해 조심스럽게 다려놓고 다림판과 다리미를 치우고는 다시 소파에 눕는다. 벨 소리에 눈을 뜬다. 잠시 졸았던 모양이다. 작은아이다. 입술을 쫑긋 내미는 녀석의 입에 볼을 내밀면서 그 남자는 말한다. "씻고, 피자 먹어라."

다시 강아지가 짖는다. 아내가 오는 모양이다. 차 문 여닫는 소리만으로도 녀석은 그것이 아내의 차 소리임을 금방 알아챈다. 옷을 갈아입고 내려온 아내가 식탁에 앉는다. 이런저런 얘기들을 주고받는다. 이야기를 꺼내는 쪽은 아내이다. 그 남자는 고개를 끄덕이면서, 이해되지 않은 점을 다시 묻거나, 엇나가는 이야기의 줄기를 잡아주면서, 부정의 고갯짓 혹은 공감의 미소로 아내의 이야기에 집중한다. 아직 씻기 전, 아침에 상쾌한 향과 함께 얼굴의 윤곽을 바꾸었던 화장이 지워지기 시작하는 아내의 얼굴에 피로와 나이듦이 배어 있다. 시간의 흐름이 스며들어 윤택한 피부를 마모시켰으리라. 아, 사라지고 사그라진다.

그 남자는 일어나 걸음을 옮기다가 멈칫, 2층으로 올라가 작업을 시작할까 잠시 고민하다 욕실로 가서 샤워를 하고 나온다. 조금 뒤에 큰아이가 들어온다. "어서 씻어라, 오늘은 일찍 자야지ー, 내일 아침에 허둥대지 말고." "네!" 간결한 대답을 뒤통수에 달고 계단을 올라

침실로 들어간다. 침대에 눕자 아내가 올라온다. 켜놓은 TV 화면의 푸른빛이 등 쪽에서 현란하게 번져온다. 그 남자는 깊은 심해와도 같은 푸르스름한 물빛에 갇힌다. 그 순간 긴 하루의 마지막 시간이, 어쩌면 삶의 마지막 순간일지도 모르는 잠에 빠져든다. (8.20)

이 여름 다 가기 전에

서울로 올라오는 길. 중부내륙고속국도. 7번 국도가 바다에 치받친다면 중부내륙은 준령에 넋을 잃는다. 명산 많은 고장 문경, 연풍, 괴산 지역을 관통하니 왜 안 그렇겠는가. 첩첩이 가린, 높이와 깊이를 알 수 없는 계곡의 한복판을 달린다. 그곳의 산은 언제나 깊어서 비가 오건 화창하건 어둑해진다. 그래서 마음도 생각도 잠겨들게 한다.

산이 높으면 계곡이 깊다고, 산들이 저리 첩첩이니 계곡은 얼마나 험할까. 겹겹의 산들을 지나치다 보면 박복한 여인의 삶이 절로 떠오른다. 박복한 여인의 곡절 많은 삶이 아니고서야 어찌 그 속을 다 알 수 있을까. 길 어디쯤 차를 세우고 높이와 깊이를 재보고 싶었으나 머뭇거리는 사이에 충주휴게소에 다다르고 말았다.

커피 한 잔 뽑아들고 역시 무심하게 휴게소 뒤편 돌 의자에 앉았다. 생각을 비운 무념(無念)과 마음을 비운 무심(無心)의 상태로 풍경과 사람을 바라보는 것이 좋다. 그렇게 앉아 커피를 한 모금 마시려는데, 무심히 돌린 옆자리에 봉숭아 꽃잎이 시들어 있었다. 그렇다. 서울 가는 길, 충주휴게소, 흰 구름 얹은 먼 산 아래, 박복한 여인의 준령을 넘으니 봉숭아 시들더이다. 붉게 물든 손톱이 겨울을 넘기면 사랑이 이루어진다는 순진한 처녀의 낭만적 사랑마저 외면당한 봉숭아가 늦

여름 하늘 아래 또한 처연하다. "이 여름 다 가기 전에"라고 되뇌면서 손톱을 바라보았다. (8.23)

여름 속의 가을

여름 사이에 가끔 가을이 끼어들곤 한다. 근데 그게 슬픔 사이에 절망이 끼어드는 것 같다. (8.23)

의식만이 살아남아

늙으면 육체는 제 몸 하나 지탱하기 어려워 비틀거리겠지! 그래도 의식이나 기억만은 생생하게 살아남아 있겠지! 그럼 그동안 욕망하거나 탐하거나 고행이었던 우리의 몸은 아무것도 아닐 것인데, 우린 그 육체에 얼마나 많은 욕망의 고리를 걸었던가. 그렇다면 누추해진 육체의 왜소함이 허망한 일일까, 아니면 그런 육체에 깃들었으나 오히려 형형하게 남은 지난 시절의 기억과 의식이 무서운 일일까? 살수록 모르는 것투성이다. (8.23)

8월의 막바지에

대구로, 청주로, 안동으로, 서산으로, 단양으로, 양평으로 이리저리 떠다녔다. 정작 해야 할 일은 하지 못했다. 이제 조금 있으면 거둬들일 계절인데 나는 여러모로 비어있다. 이제 곧 여름도 끝날 것이다. 천기가 그렇고 풍경이 그렇다. 그렇게 집으로 돌아오는 길이었다. 태풍이 지나간 뒷자락의 바람이 가볍게 살랑였다. 해질녘, 서울외곽순환도로에서 정부청사 쪽으로 접어드는데 두어 줄기 햇살이 어둑해진 하늘 끝에 매달려 있었다. 이미 풍경은 가을이었다. 한 번도 가본 적이 없는 사막의 저녁 하늘이 떠올랐다. 언젠가는 반드시 가게 되리라. 타클라마칸, 쿠부치, 칼라하리, 나미브, 모하비……. (8.28)

가을의 전조

가을비 속엔 형용할 수 없는 많은 냄새들이 배어 있다. 그 냄새였을 것이다. 너무 은밀하여 둔한 감각으로는 알 수 없으나 그럼에도 참으로 소란스럽게 피었다가 허망하게 가버렸던 지난봄이 열리고 닫히는 소리하며, 다른 한편에서는 죽은 자들의 넋 사이로 또 다른 계절이 열리는 비릿한 냄새들하며…….

요즘은 밤이면 가을이다. 머지않아 하루 종일 가을일 것이다. 눈 뜨면 가을, 걸음걸음마다 밟히는 가을, 앞만 보고 걸어도 가을, 차마 돌아볼 수 없어 외면했지만 그래도 마지못해 돌아본 시간의 뒤태 속에서도 가을, 시시각각 가을이어서 하루 종일 가을일 것이다. 그 가을 어찌 견뎌낼지. 저 깊은 속에서 이윽고 터져 나오는 속내의 통곡과 아우성들을 어찌 감당할지 벌써 가쁘다. (8.29)

여행의 뒤끝

여행이 끝난 뒤 돌아보면 시간이 순간임을 알게 된다. 좀 전에 출발했는데 언제나 이미 돌아와 있다. 그래서 짐을 풀면서 다시 여행을 꿈

꾼다. 그런데 나는 왜 여행의 뒤끝이 항상 슬픈지. 지난 시간은 또 왜 그리 눈물 나게 나는지. (8.31)

제3부   가을의 풍모

가을 초입의 플라타너스

매미 소리는 요란한데 아침저녁으로 쌀쌀하다. 벌써 마른 플라타너스 잎들이 몇 잎 뒹군다. 붙어 있기가 허약한 때문인지, 다음 생을 기약하는 조급한 마음인지, 사람과 달리 먼저 난 순서로 돌아가는 것인지 벌써 바람에 몇 잎 뒤채고 있다. 커다랗게 메마른 플라타너스 낙엽 위로 두 가지 장면이 포개진다.

하나는 청주로 들어가는 36번 국도 양옆으로 도열한 플라타너스나무들이다. 가을 이 도로를 달리면 차 속에서도 잎들이 뒤척이는 소리가 아우성으로 들렸다. 다른 하나는 아내와 연애하던 시절, 집에 데려다주고 돌아오는 길가의 플라타너스 낙엽이다. 길게 늘어선 나무들 사이로 어둠이 안식처럼 내려앉고, 바람은 거세고, 낙엽은 날리고, 도로는 한적하고, 휘황한 도시의 불빛은 퀭해지고, 내일의 기약이 분명하지 않던 귀갓길. 대학병원 후문을 지나 외곽으로 이어지는 그 길의 플라타너스는 여전한지. (9.2)

이해한다는 것

빈센트 반 고흐를 노래한 그 감미로운 선율과 음색을 기억한다. Now I understand What you tried to say to me. 이해하다니? 부럽다. 논리적 이해나 현실적 이해보다 더욱 어려운 것이 인간적 이해이다. 딜타이에 따르면, 인간적 이해는 한 사람의 정신이 다른 사람의 정신을 추체험하여 그 사람의 정신을 나의 정신 속에 전위시키는 일을 말한다. 음악이나 문학에서 감동받는 것, 그것을 논리적으로 설명하지 못한다 하더라도 어떤 정신적 감응이나 영혼의 울림이 오는 것, 그것이 정신의 추체험과 그것을 통한 체험의 전위라 일컬어지는 인간적 이해의 가장 근접한 형태일 것이다. 이런 인간적 이해는 논리적이고 현실적인 이해보다 어렵다. 하지만 때론 아주 쉽게 다가서게 될 때가 있다. 말 그대로 논리나 현실성을 벗어나 한 사람의 정신이 다른 한 사람의 정신을 만나는 일이니까. 그땐 누구나 진실로 사랑하게 되지 않을까. (9.3)

백석

백석 시를 처음부터 다시 읽었다. 백석 시 전체를 기율하는 정서와 내면성의 형질은 '이 추운 세상의 한구석에 가난하고 쓸쓸한 내가 혼자 생각한다'는 한 구절로 요약할 수 있을 것 같다. 백석 시의 미학은 상실한 자의 쓸쓸함이 빚어내는 아름다움에 있다. (9.4)

풍편의 소식

오늘 밤만큼은 분명코 가을이다. 적막강산에 홀로 잠드는 기분이다. 더욱 설레면 어쩌나 하는 마음을 다독이며 밤바람이나 쐬러 나갔다 왔다. 미당의 산문처럼 '풍편(風便)의 소식'이 있다. 바람에 소식을 전한다는 선인들의 마음이 담겨 있다. 그럴 수만 있다면, 아니 누군가 그렇게 알아들을 수만 있다면 이 바람에 마음을 실어 보내고 싶다. 하고많은 사람 중에 누가 알아듣고 다시 바람에 실어 내게 답을 보낼까. 정말 그럴 수 있다면 기대되고 설레는 일일 것이다. (9.5)

비 오는 저녁, 삶의 두려움

어둡습니다. 가로등이 제 빛을 잃은 탓인지 유달리 어두운 밤에 비가, 가을비가 내립니다. 여름을 퇴각시키는 나팔 소리 혹은 가을이 진군하는 나팔 소리처럼. 장막을 드리우며 내리는 빗속을 뚫어지게, 거기 누군가 있었음을 기억하면서 바라보았습니다. 좀 더 가까이, 좀 더 선명하게 바라보고 싶지만 그것은 다만 잔영으로만 일렁입니다. 제 힘에 겨워 몸부림을 치는 나무들의 힘겨움도 바라보면서 삶은 참 무거운 것임을 다시 확인합니다.

나이가 들수록 사는 것이 두려워집니다. 오만했던 마음이 쪼그라드는 탓인지 아니면 삶의 비경이나 구차함을 더욱 절실하게 깨달은 탓인지. 거실 너머 작은 가을 꽃잎을 물끄러미 바라보다가 돌아설 때도 두렵다는 생각에 몸이 잠시 떨렸습니다. 왜 삶은 이토록 구차하고 무거운지, 무엇이 우리들 가슴을 석화된 단단함에 갇혀버리게 하는

195

지 몰라 두렵습니다. 얼마나 더 구차하고 남루한 시간을 견뎌야 하는지, 얼마나 더 우리들의 짓눌린 감흥을 버리고 단단하게 굳어져야 하는지, 한갓 먼 길의 희미한 등불만을 바라보고 살았던 것은 아닌지, 살아보니 그게 아니라는 것을 왜 이토록 느지막에서야 알게 되었는지 아쉽습니다. 시간에 꼼짝없이 매여 살아왔다는 사실이, 앞으로도 한 치도 벗어나지 못하고 그렇게 살게 되리라는 막막함이 두렵습니다. 저 나무들이 저리 흔들리고 있는 것이 바람 때문도, 비 때문도 아닌 자기 안의 풍경이라는 사실이, 가만히 들여다본 제 속 역시 저리 소란스럽게 흔들리고 있다는 사실이 두렵습니다. (9.5)

가을 빗소리의 유영

가을비가 내립니다. 천근의 무게로 내립니다. 어둠에 갇혀 무겁게, 소리에 갇혀 더욱 무겁게 내립니다. 그 무거움 속에서 허름한 골목 창밖의 가로등이 떠오르고, 포장 안 된 도로의 흙탕물이 튕겨집니다. 삶이란 때론 갇혀 있기 때문인지도 모르겠습니다. 그런데 어둠을 가르는 빗소리가 기억 속을 유영(遊泳)합니다.

첫 사랑의 배회, 그리고 친구의 자취방으로 오르던 골목길. 예전에, 아주 오래전에 혼자 사는 친구의 자취방을 찾아갔습니다. 도서관에서 나오자마자 억수처럼 내렸던 비에 학보(學報)를 머리에 덮어쓰고 교문으로 뛰었습니다. 정문 앞에서 비닐우산을 급히 사고는 버스를 타는 대신 조금 떨어진 친구의 자취방으로 걸음을 옮겼습니다.

골목길. 1930년대 이상과 금홍이 동거하던 좁고 긴 골목을 떠올리며, 친구가 집에 있을지 없을지도 모른 채 찾아갔던 골목길을 어둑한

가로등이 비추었습니다. 골목으로 면한 친구의 창문을 두드리며 이름을 부르고, 잠시 뒤에 빼꼼히 내다보던 친구의 어리둥절한 얼굴, 녀석의 방에 널브러진 누드 잡지, 비현실적인 이물감, 겸연쩍은 녀석의 얼굴과 픽! 하는 웃음, 그리고 이제 막 따뜻해지는 방바닥에 길게 누워 무슨 이야기를 했던가. 아니면 밖으로 나가 막걸리를 마셨던가. 그런 것들이 정리정돈 없이 나긋하게 밀려옵니다, 유영하듯 그렇게. 그친구는 학원가에서 성공했나 모르겠습니다. (9.6)

희망과 절망 3

일식당을 인수하고 경제가 어려워지면서 빚에 고민하던 한 가장이 있었다. 게다가 국민연금을 미납한 탓에 그날그날의 카드 대금의 일부마저 차압당했다. 얼마 뒤 그 가장은 자신의 차에서 죽은 채로 발견되었다. 그 옆에 낙첨된 로또 복권 석 장이 유품처럼 남겨져 있었다한다. 어느 해의 TV에 나온 내용이다. 30대의 그 가장은 죽기 전에 마지막 희망으로 로또 복권을 샀을 것이고, 그마저 당첨되지 않자 죽음을 선택했을 것이다. 어디선가 당첨 여부를 확인했을 터인데 마지막 희망이었던 복권이 당첨되지 않았을 때 그의 심정은 어떠했을까. (9.6)

가을비 맞으며

아침부터 추적추적 내리던 비가 여전히 내렸다. 깊은 밤, 집 앞에 나가 우산을 쓰고 가만히 서 있었다. 가을비가 내리는 규칙적인 단조음, 가슴을 가볍게 두들기는 소리, 발아래에서 싸하게 밀려오는 한기, 주위엔 아무도 없고 계절이 소리 죽여 통곡하는 신음, 무엇이 저리 가슴이 메어지도록 울게 하는지, 소리 죽여 우는 것은 정작 무엇인지, 비인지, 계절인지, 내 안의 그리움인지.

한동안 서서 가슴 밑바닥을 훑고 지나가는 소리의 흔적을 들여다보았다. 그러나 소리의 흔적 대신 지난 시간 내내 방치해두었던 낯설고 낯익은 그리움이 어깨에 손을 얹었다. 차가운 얼음물을 단번에 들이마셨을 때의 어지럽고 찡한 아픔이 정수리에 퍼져왔다. 우산을 접고 하늘을 올려다보며 속으로 말했다. 이제 그만! 차라리 기억 저편으로 사라져주기를. 돌아오는 건 눈가로 떨어지는 빗방울뿐이다. 눈물로 응답했던 것일까. 내리는 빗속에서 우산처럼 마음을 접고 몸을 돌려 계단을 올랐다.

그제야 내 뒤를 끄는 누군가의 그림자. 묵직한 손길. 잠시 멈칫하다 내처 걸음을 내디뎠다. 서로에게 얼마나 큰 아픔을 남기고 말 생각이었던 걸까. 조금 전 하늘을 올려다볼 때 내 눈가로 떨어지던 빗방울이 정말 너의 눈물이었던 걸까. 그래 그 묵직한 손길과 소리 없는 눈물이 기억난다. 비오는 가을 저녁에 그리움을 찾아 너의 집 골목길을 올라갔다가 그예 그 묵직한 손길과 눈물을 보고 말았다. 그 때문이었을까. 미처 생각지 못했지만 조금 전 몸을 돌이켜 계단을 오를 때 아주 낯익은 언덕길을 오르고 있다는 느낌을 받았던 것이. 그러고 보니 가을비는 바람을 닮았구나. 비가 오는데 바람 소리가 들리는 걸 보니.

좁다란 골목길을 따라서 한없이 걷는 마음이여
두 손을 주머니에 넣고서 한없이 걷는 발걸음이여
호젓한 그 길을 걷네 걸었네

제3일의 그리움과 묵상

내 마음 달래는 바람만 부네 부네

– 산울림, 〈골목길〉

그렇게 가을비 내리는 밤에 홀로 밖에 나갔다 돌아왔다. 아주 먼 곳에 다녀온 것처럼. (9.10)

가을의 성장

주변을 보니 나뭇잎들이 조금씩 조금씩 변하고 있었다. 성장(盛粧)할 채비를 하고 있는 거겠지. 이제 머지않아 눈부시게 변하리라. 너무 눈부셔 길을 잃고 서성이도록 성장할 것이다. 누군가 부러움 가득 안고 화려한 성장과 변신을 꿈꾸며 허물을 하나씩 벗어던지며 걸어가다 이윽고 계절 속으로 사라진다. 우린 안다. 모두가 떠나버린 계절의 남은 자리에 홀로 앉아 계절의 마지막을 지켜볼 누군가가 있다는 것을. 그리고 어느 눈 내리는 깊은 저녁까지 그 모든 것을 기억하며 뜨거운 가슴으로 지키고 있으리라는 것을. 가을의 끝자락에 앉아 겨울까지 마지막을 함께했던 그들이 다시 봄이 오면 영차! 영차! 가쁜 숨소리를 내며 텅 빈 공터로 하나둘 모여들어 세상을 가득 채우리라는 걸. 그런데 그들이 찾아왔을 때 가을의 빈자리를 지켰던 누군가는 아마 없을 것이다. 대신 뜨겁게 흘렸던 눈물 몇 방울만 이른 봄비로 내릴 것이다. 핏물처럼 뚝! 뚝! (9.11)

계절의 안과 밖

날이 갠 때문인지 아침 하늘이 청명했던 지난주 어느 날이었던가. 탁한 구름이 없었던 것은 아니었으나 박하향 같은 바람과 더불어 청명하다고밖에 말할 수 없는 그런 날이었습니다. 그러나 얼마 지나지 않아 알았습니다. 반납할 책이 가득한 쇼핑백을 들고 도서관으로 건너가는 중이었습니다. 그동안 내리쬐는 햇볕에 정수리가 따가웠고, 이내 등 쪽에 미지근한 무엇이 스멀스멀 내려가는 낌새를 받아들이면서, 덥구나! 움직이기엔 아직, 그리고 여전히 더위를 견디기엔 벅차다는 것을. 그날 아침의 청명함이란 다가올 계절이 잠시 비춰진 시간의 선행이었음을. 그러곤 밤이 되어 이내 알게 되었습니다.

바람도, 그 바람에 쏠리는 나뭇잎 소리도 가을의 풍모를 닮아 있었습니다. 제각기 자기 안의 질병을 위무하며, 아름다움을 꿈꾸며 세상에 어둠이 내렸습니다. 내일은 건강한 하루가 시작될 거라고, 아름다운 햇살이 커튼 사이로 눈부시게 빛날 거라고 믿으며 하루의 무거운 철문을 닫으며 집으로 들어왔습니다. 올해는 가을도 짧다더군요. 이내 기온이 떨어져 겨울이 빨리 온다는 말이겠지요.

멀리서 보니 세상은 아직 푸르고 푸릅니다. 하지만 곧 푸른빛을 피해 노랗고 빨갛게 모습을 바꾸겠지요. 그렇게 계절이 바뀌고 또한 변해갑니다. 누군가의 정수를 모아 피어올랐던 꽃 한 송이 속절없이 지고 말겠지요. 벌써 시작되고 있습니다. 그런들 우리와 달리 계절은 푸르름이든 꽃이든 우리들의 시선을 피해 언제나 무심한 표정으로 세상의 한자리에 서 있습니다. 우리들의 찬사와 관심을 받느니 차라리 저희들끼리 가슴을 열고 무명의 몸짓으로 한 세월을 견디며 미동도 하지 않겠답니다. 어제처럼 혹은 그저께처럼 제자리에 붙박인 그들의 모습이 너무 견고하여 실상 한 치도 다가갈 수 없는 먼 거리에 있습니다. 지금 밖의 풍경이 그렇습니다. 그들이 융통성 없는 우리들의 상상력과 이기심을 비웃고 있습니다. 너희들이 너희들의 이기심을 알고 있느냐고. 내 안에서 누군가 말합니다. 우리가 언제 알고 살았던가! (9.12)

잔치의 뒤끝

집에 들어오는 길에 보았더니 마당극에 참여했던 팀들이 부산스럽게 짐을 챙기고 있었다. 아마 일찍부터 서둘렀나 보다. 간이음식점과 천막들은 다 치워지고, 그 자리엔 다시 실어가기 위해 묶어놓은 짐들과 각목들이 하잘것없는 것처럼 어지럽게 널려 있었다. 손님을 치르고 난 뒤의 풍경이 그러하듯 잔치 뒤끝은 언제나 부산스럽고 쓸쓸하다. 흥청대고 풍성할수록 황량함은 더욱 커지는 법이다. 삶도 그럴 것이다. 떠나는 이의 뒷모습이 그러하고, 풍성했던 삶의 뒤안길은 더욱 을씨년스럽다. 흔히 망자를 앞에 두고 주고받는 호상이라는 말도 따지고 보면 망자보다는 쓸쓸함의 여운을 지우려는 남은 자들의 감정이입이 만들어낸 자기 위안이 아닐까. 뒷정리만 남은 청사 앞, 넓은 공터가 어둡고 기괴한 풍경으로 채색되어 곁을 스쳐 가는 이방인의 눈길이 서러웠다. 날씨마저 그랬다. (9.13)

영혼의 빈집

누군가에게 아니 주인에게도 어디에 다녀온다는 말없이 자기 안의 무엇이 외출했다가 돌아오곤 한다. 잠시 비우기도 하지만 아주 오 랫동안 정말 연락도 없이 너무 오래 자리를 비우기도 한다. 자기 안 의 빈곳이기에 다른 누군가에게 말할 수도 없는 일이다. 하지만 그래 도 메모 한 장 없는 자기 안의 부재, 자기 안의 빈집이 어찌 그리 서운 한지. 자기 안의 것이지만 자신이 길들일 수 없는 무엇이 누구에게나 있다. 그러다 어느 순간 묻지도 않았는데 잘 다녀왔다며 목례를 한다. 혹은 어디에 다녀왔냐는 물음에 대꾸도 없이 외면하고 만다. 도대체 어디를 다녀오는 것일까?

어제, 비가 쏟아지는 외곽순환도로 위를 가로질러 새 한 마리 위태 롭게 날아가고 있었다. 저 새는 또 누군가로부터 조용히 빠져나와 저 리 날아가는가. 저렇게 빗속으로 풍덩 빠져들어 만일 객사하거나 혹 은 길을 잃어 돌아가지 못한다면 남은 자는 어떡하라고! 그렇게 되면 남은 자는 영혼을 비운 채 휑한 껍데기만을 덮어쓰고 빈집을 지키는 가엾은 허깨비에 불과하지 않겠는가. 누군가의 가슴에 돌이킬 수 없 는 빈집을 남기고 먼저 가버리면 어떡하나. 기형도의 시가 생각난다.

어느 대학교 교재에 예문으로 실렸고, 흰 전지 위에 매직펜으로 쓰 여 동아리 방이 몰려 있는 복도의 벽에도 붙어 있었으며, 신경숙의 소 설 「빈집」에도 인용되었던 시. "잘 있거라, 더 이상 내 것이 아닌 열망 들아(…)가엾은 내 사랑 빈집에 갇혔네." 빈집에 갇힌 것은 사랑이 아 니라 가엾은 우리들의 영혼이 아닐 것인가. 빈집이 뜨거운 열망으로 가득하여 상기(傷氣)가 아닌 상기(祥氣), 내 마음의 상기(祥氣)를 회복 한다면 좋겠다. 아! 김기덕 감독의 〈빈집〉도 있었구나. (9.13)

국도 여행

국도만을 따라 내려갔다가 국도로 돌아왔다. 집에서 출발하여 외곽순환도로를 타고 성남에서 3번 국도로, 광주, 이천, 장호원, 충주로, 다시 36번 국도로 옮겨 단양을 거쳐, 5번 국도로 영주 못 미처 부석사에 들렀다. 그사이 월악산과 소백산을 타고 넘었는데 국도는 존재 자체만으로도 장관이다. 길고 굽이진 길을, 넘고, 돌고, 내리고, 꺾었다. 늘 그렇듯 느리다는 것은 속도의 문제가 아니라 과정의 문제이다. 국도는 그 과정을 긴 꼬리처럼 남겨두었다. 아니 과정 그 자체로 존재하는 듯하다.

부석사에서 나와 안동을 거쳐 포항 시내를 관통한 뒤 호미곶에서 하루의 일정을 마쳤다. 집에서 떠난 지 열세 시간이나 걸렸다. 국도변 휴게소에서 세 번 정도 가볍게 휴식하고, 단양의 계곡에서 단일 메뉴였던 손두부로 점심을 챙겨 먹은 시간을 빼도 오랜 시간이 걸린 셈이다. 자정 무렵 호미곶의 위험하고 어두운 해안도로를 달려 다시 포항 시내로 돌아왔다.

다음 날, 이른 아침 포항역 주변에서 콩나물국밥으로 요기하고 7번 국도를 탔다. 7번 국도로 옮긴 후 영덕, 울진, 삼척, 강릉을 거쳐 속초에 도착했다. 목적지는 설악의 켄싱턴스타호텔이었는데 길이 막힐까 일찍 떠난 길이었다. 헌데 예상 외로 순조로워서 체크인하기에도 빠른 시간에 도착하여 낙산에 잠시 들렀다. 비 오는 낙산해수욕장을 잠시 걸은 다음에 점심을 먹고 호텔로 갔다. 한석규 방에 짐을 풀어놓고 오후엔 속초항, 동명항, 대청항 몇 곳을 둘러보고 설악동에서 북어찜으로 저녁을 먹었다. 그날 밤엔 술로 시간을 보내고 다음 날 일찍 일어나 호텔 주변을 아무런 감성 없이 정말 메마르게 둘러보고는 춘천으로 향했다.

국도 44번, 31번, 49번으로 한계령, 인제, 양구를 거쳐 춘천에 도착했고, 춘천에서는 닭갈비 골목을 애써 찾아가 닭갈비를 먹고, 청평과 대성리를 지나 집으로 돌아왔다. 그 어느 곳을 막론하고 국도, 그 여정의 아름다움과 호젓함과 여유로움과 살뜰한 감성과 즐거움은 가히 예찬이라 해도 무방할 것이다. 길의 아름다움은 굴곡진 삶의 여정과 닮았기 때문인지 모른다. 명주실처럼 가늘고 길게 끊어질 듯 이어지는 국도 혹은 지방도의 굴곡이야말로 우리의 인생 그 자체이다. (9.16)

가을을 데리고 오는 비

비가 온다. 가을을 데리고 비가 온다. 가을이 깊어진다. 깊어지는 가을이 빗속에 있다. 그 빗속에서 깊어지는 가을을 보고 있다. (9.17)

생활의 발견 혹은 기쁨

언제부터 그곳에 있었는지 모르겠다. 연구실 책장 뒤편에 손에 쥐어질 만한 얇고 작은 책 몇 권이 앞표지와 뒤표지가 뒤엉킨 채로 놓여 있었다. 잘 알려진 잡지『좋은 생각』이었다. 켜켜이 쌓인 먼지의 두께로 보아 아주 오래전에 방치되었을 그중의 한 권을 빼어들었다. 책을 모로 세운 다음, 중지, 약지, 새끼 세 손가락으로 제호가 찍힌 옆면을 받치고 엄지를 곧추 세워서는 책의 뒤편으로부터 먼지를 털듯 후루룩 훑다가 책갈피가 잠시 멈춰진 곳에 시선이 머물렀다. 그러다 읽었다.

류지남 시인의 「빨래를 개는 재미」.

공감이 갔다. 공감이나 감동의 근원은 여러 가지지만 그중의 하나는 '경험의 동질성'에 있다. 나도 빨래를 갠 적이 꽤나 있었고 내가 공감이 갔던 것도 그 때문이다. 예상 외로 일찍 들어온 날 아내는 퇴근 전이고, 아이들은 귀가 전이고, 강아지 배를 쓰다듬는 일에 싫증이 날 무렵, 텅 빈 집 안을 오가다가 생활의 건조함으로 잘 말려진 빨래를 발견한다. 집게를 풀고, 옷걸이의 빨랫감들을 거두어 산처럼 쌓인 빨래들을 갠다.

처음엔 듬성듬성하던 손길에 정성을 묻혀, 줄을 잡고 날을 세워가며 공들여 개다 보면 어느 사이 몰입한다. 빨래를 개는 것이 아니라 흡사 도자기를 빚듯 천천히 그리고 꼭꼭 눌러, 주인에 맞춰 차곡차곡 재어놓으며, 어느 셔츠가 큰애 것이고 작은애 것인지, 어느 속옷이 아내 것이며 큰애 것인지 고개를 갸웃하다가 나름대로 머리를 굴려 라벨을 찾아 사이즈를 확인하며 가늠해본다. 그래도 미심쩍은 것들은 '수취인 불명'의 딱지를 붙여 반송된 우편물처럼 한쪽으로 분류해놓는다. 거기에는 주인들의 보이지 않은 몸이 제각각의 크기에 담겨 있다.

작업이 끝난 뒤, 노곤하게 처진 빨래 주인의 피로가 풀리고 다시 갈기를 세워 드높게 나아가기를 갈망하면서 사열대에 도열한 빨래들을 내려다본다. 그렇게 보고 있노라면 각지게 잘 개어진 빨래들이 융숭하게 대접하는 흡족함이란 가히 말갛게 씻어놓은 아이에 비할 만하다. 정말 생활의 기쁨이다. (9.19)

스쳐 지나가는

얼마 전 결혼식에 갔을 때였다. 하객의 역할도 못 하고 내 것과 부탁받은 부조금만 전하고는 귀가를 서둘렀다. 이촌역 지하철 출구를 막 들어오는데 누군가 팔을 치며 물었다. 저 기억하세요? 고개를 돌렸다. 아주 잠시 얼굴을 훑었다. 그리고 생각해냈다. 아주 잠시였지만 참으로 빨리 기억의 저장 공간을 뒤적였을 것이다. 그래, 기억난다. 덧니가 있었고 소설창작론 시간에 담당 교수님으로부터 칭찬을 받았으며, 공강 시간에 학관 앞 잔디밭에 모여 한담을 나누면서 빵을 꼭꼭 눌러 구슬처럼 둥글게 말아 먹던 여학생. 그것이 내 기억의 전부였다. 그녀는 어찌 나를 금방 알아볼 수 있었을까. 아직 옛 태는 남아 있으나 마흔이 넘은 나이의 여자. 결혼식에 늦어 택시를 타야겠다는 그녀의 말에 출석 부르지 않으니 그리 서둘 것 없으며, 택시보다는 걷는 것이 빠를 것이라고 말하고는 서로 경계의 이쪽과 저쪽으로 넘어섰다. 다시는 마주칠 일이 없을 것이다. 이제껏 그랬던 것처럼 연락할 일도 없으리라. 인생은 그렇게 전철의 개찰구처럼 수많은 우연으로 스쳐 지나간다. (9.19)

한가한 불안

집 앞 정자 모서리에 한가하게 앉아 있었다. 어둠이 무심한 사람의 모습으로 다가왔다. 그러다 한가함이 스멀스멀 기어오는 어둠 속에서 알 수 없는 불안의 그림자로 마음에 음영을 드리웠다. 'The end' 자막과 같은 한가함의 종영이었을까, 휴일의 끝머리에 섰기 때문이었을까, 주일의 안락함을 월요일의 바쁜 일상으로 거두어들여야 하는 아쉬운 시간의 뒷모습 때문이었을까. 한가함이 불안으로 다가오기도 한다는 것을 처음 알았다. (9.20)

존재의 가치

크거나 작거나 위대하거나 사소하거나 세상을 향해 얼굴을 내민 것들은 이 세상에 존재하는, 그리고 존재해왔던 모든 것들의 전체로 존재한다. 그들 사이에 크고 작음이 어디 있고, 위대함과 사소함이 달리 있겠는가. 하고 많은 그것들의 소중함을 누가 감히 따지겠는가. (9.20)

마음의 맹목

무엇에게든 마음이 깊어지면 보이지 않던 작은 것들도 새삼 눈부시게 보이고 마음을 더욱 끌어당긴다. 어찌 그리 작은 것이 아름답게 보이고, 눈물 나게 하고, 마음을 졸이게 하고, 따뜻하게 보듬어주게 하고, 가슴 쓰리게도 하는지. 세심한 배려도 거기서 나오고 조바심도 거기서 나온다. 그런데 그러다 보니 또한 새삼 보이던 큰 것이 보이지 않고, 놓쳐서는 안 될 더 중요한 것들을 놓치고, 그래서 눈을 감은 듯 귀를 막은 듯 잊고 산다. 그리고 나중에서야, 어쩌면 너무 늦은 나중에서야 왜 머리 위에 얹힌 꽃이 보이지 않았으며, 왜 옷깃에 묻은 풀무더기를 보지 못했던가를 알게 된다. 마음이 깊어져, 너무 눈부셔 그만 보이지 않았던 탓일까, 분탕질된 마음에 너무 집착해서였을까. 그때그때 우리의 마음을 거둬가 눈을 멀게 했던 것은 그것들은 무엇이었을까. (9.20)

길에서 만나는 가을

가을은 길에서 오나 보다. 가을은 길을 따라 오고 가는 것이 맞는 모양이다. 확실히 길 위에서 가을을 느끼곤 한다. 길은 시간이고 흐름이며 행로이자 운명 아니겠는가. 계속 가는 길, 때론 가다 멈춰 서는 길, 그러다 뒤를 돌아보는 길, 내가 있고 또 다른 누군가가 있는 길, 그 길에 과거가 있지만 홀연 미래가 내다보이기도 하는 길, 그 길 사이로 가을이 요원(燎原)의 노을처럼 번져 있다. 물들어가는 나무와 한층 써늘해진 바람과 막연한 그리움과 눅눅한 어둠들. 요즘엔 오고 가는 길에서만 가을을 본다. (9.21)

삶의 허깨비

정확히 알지도 못하면서 맹목적으로 덤벼들던 시절이 있었다. 길도 없는 길을, 누구도 가지 않는 길을 가는 일이야말로 참된 길이라고 믿었던 시절이었다. 내가 껴안아주면 세상은 행복해질 거라고, 그래서 깊이도 모른 채 마냥 바다를 건너기도 하고, 이정표 없는 낯선 길을 훌쩍 떠나기도 하고, 삶이 가냘프게 보이는 누군가에게 손을 내밀기도 하고, 귀한 것마저 아낌없이 줘버리고 털털 일어서기도 하고, 험한 곳을 골라 두려움 없이 덤벙 발을 들여놓기도 하고, 세상이 부를 것이라며 시간을 낚기도 했다.

그러나 성공하거나 실패하거나, 돌아오거나 헤매거나, 새 길로 나아가거나 주저앉거나, 금의(錦衣)를 두르거나 노숙하거나, 앞만 보거나 뒤만 보거나, 그것들은 내 안의 환청이나 환시가 아니었을까. 혹은 신명에 둘러싸여 살았던 것은 아닐까. 그러나 그것이 언제나 휘황하게 빛나는 것은 아니어서 귀향을 서둘렀지만 아! 꿈같은 시절은 더 이상은 아니었다. 이제는 돌아와 조용히 쉬었으면 하는 바람을 안고 나무 밑에 앉아 있는 그에게 휴식의 그늘 대신 중년의 아픈 현실이 낮게 드리운다.

이제 와 우리는 시들하고 맥없는 삶을 그냥 시간에 얹혀 혹은 추억의 방축돌기를 뽑아내며 살아가고 있다. 신비와 아름다움도 지나고 나면 보잘것없는 것으로 변하고 마는 모양이다. 한 번 갔던 길은 새롭지 않고, 그래서 인생도 다시 가고 싶지 않은 해묵은 길이다. 그 자리마다 삶의 허깨비를 따라 세상을 등진 자들의 아픈 여운만이 꽃신마냥 곱게 놓여 있다. (9.22)

삶의 다면성

아, 오늘 다시 보았다! 삶은 간혹 끔찍스럽고 뒤틀리고 암담하며 무망하다는 것을. (9.23)

노을

하늘길이 닫히자 노을이 피어난다. 가슴속에 묻어둔 애달픈 그리움을 차마 내뱉지 못하더니 천지간을 저리도 붉게 물들일거나. (9.24)

알 수 없고 안쓰러운 일

햇살을 뚫고 지나다가 신호등 앞에서 멈춰 섰다. 바로 앞에 낡은 SUV가 있었고 가느다란 안테나 위로 잠자리 한 마리 날아오더니 몇 번이나 이착륙을 거듭하다 겨우 그 좁은 곳 위에 내려앉았다. 위태위태하게 날개를 퍼덕이며. 곧 신호가 바뀌고 차가 출발하자 다시 퍼덕이며 날아오른다. 고단한 몸 잠시 쉬려던 녀석은 무엇으로 알고 앉았던 걸까. 알 수 없었지만 안쓰러웠다. 우린들 별다르랴. (9.28)

가을 단상

어디든 낙엽이 떨어져 뒹군다. 휭한 바람이 부니 꽃잎처럼 휘날린다. 흩날리는 낙엽 몇 잎 잡으려 길게 손을 뻗어본다. 강의 시간에 맞춰 떼 지어 올라오던 학생들 중의 몇몇도 나를 따라 허공을 휘젓는다.

노천극장 맨 위에 앉아 계단 곳곳에 자리 잡은 젊은 아이들을 바라본다. 풀썩 낙엽이 떨어진다. 얼마나 둔탁하게 들리는지 지레 놀라 주위를 둘러본다. 알아보는 학생들이라도 있을까 싶어 나비를 잡다 놓친 아이마냥 홀연 부끄러워진다. 둘러보고 나니 낙엽이 떨어진 곳은 계단이 아니라 흐르는 시간 위였다. 다시 돌아오지 않을 그 시간.

오랜만의 가을 햇살이 노천극장 덮개 위로 비스듬히 기운다. 기우는 것이 어디 저 햇살뿐이랴. 경쾌하게 흘러나오는 방송국 시그널을 털어내며 자리에서 일어섰다. 그때 휘청이는 발길 너머 저 멀리 철길을 따라 번져오는 기적 소리를 들었다. (9.29)

멍청하게

손을 둥그렇게 말아 창틀에 손을 얹어 턱을 괴고는 밖을 멍청하게 바라보았다. 가는 비에 우산을 쓰거나 혹은 파일 케이스나 손으로 머리를 가리며 오가는 학생들을 역시 멍청하게 바라보았다. 워낙 멍청하게 바라보았던지라 의식이 돌아올 때는 방금 보았던 학생들의 종적은 묘연해지고 전혀 다른 풍경이 순간적으로 대체되곤 했다. 화면이 바뀐 것처럼 순간적으로. 그러느라 혼자 뒤늦게 식당에 갔고, 그곳에서도 멍청하게 식사하고 멍청하게 바라보았다. 건너편에서 식판을 들고 방금 자리에 앉았던 누군가 어느 사이 식사를 끝내고 이미 떠났다. 배식 시간이 지난 무렵이라 그런지 한적한 공간에 누군가 떠난 빈자리들만이 가득했다. 순간 먹다가 순간 사라지는 사람들. 한 편의 거대한 변극이었다. 마음은 편안했다. 긴장을 의식하지 않아도 어쩔 수 없이 긴장하며 사는 일상 속에서 의식을 풀어놓는다는 것은 참 편안한 일이다. (10.1)

생활의 틈

몸을 가누지 못하는 아내를 대신하여 하루의 살림을 맡았다. 그사이 냄비를 두 개나 태웠다. 마음이 고춧가루 먹은 듯 매워 코끝이 찡했다. 음식 타는 냄새가 메케한 것은 당연하나 바로 곁에 있었으면서 무슨 정신으로 냄비 타는 줄을 몰랐던가. 갈수록 이리 자꾸 삶에 틈이 벌어지니 머잖아 멀리멀리 영영 벌어져 경계를 넘어서지는 않을까. (10.3)

참새의 기억

참 오랜만에 참새를 보았다. 그러고 보니 아침에 본 새가 정말 참새인지조차 의아하다. 예전에 흔했던 새가 참새와 제비였다 그런데 요즘에 보기 어려운 새가 참새와 제비이다. 참새가 한참 많았던 때 술 안주로도 인기가 있었다. 고등학교 시절 친구들이 학교에 참새를 잡아 오곤 했다. 아마도 병약한 놈이었거나 어린 녀석이었을 것이다. 그 놈을 손 위에 올려놓고 가볍게 힘을 주어본 적이 있었다. 조금만 힘을 주면 뼛속까지 바스라질 것 같은 연민을 자아내곤 했다. 무척 가벼웠다. 저리 가벼우니 하늘을 나는 게로구나 싶을 정도였다. 파닥이는 심장만 살아 있다고 느낄 만큼, 그것만이 따스하게 살아 있음을 알려줄 만큼, 그 외의 어떤 존재감도 느끼지 못할 만큼 아주 가벼웠다. 헌데 예나 지금이나 새들은 어디서 죽는지 미처 생각하지 못했다. 그 많은 새 무덤들은 어디에 있을까? 하긴 새의 무덤이 따로 있을 리 없으리라. 정해진 장소에서 숨을 거두지 않을 터이니 그냥 날다 떨어진 자리에 묻히겠지. 아니 묻히는 것도 아니다. 바람이 생명을 거두어들였다가 세상 너머로 다시 내보내는 풍장이지. 간혹 산길에서 그런 새의 주검을 본 적도 있었던 것 같다. (10.4)

영원한 숙제

사람은 무엇으로 사는가. 세계의 본질에 대한 탐색과 더불어 영원한 숙제이지만 결코 충족되지 않은 것. 과연 우린 무엇으로 사나! (10.4)

소리 없이

아침부터 바쁘게 서둘렀는데도 아직 할 일이 많이 남아 있다. 오규원의 시처럼 껍데기만 나인 양 남겨두고 살짝 영혼과 몸을 빼내어 어딘가에 잠시 다녀왔다가 소리 없이 제자리로 스며들고 싶다. (10.5)

그이

자크 프레베르의 잘 알려진 시 「아침 식사」의 내용은 이렇다. 비 내리는 아침, 그이는 잔에 커피를 담고, 우유를 넣고, 설탕을 타고, 작은 숟가락으로 커피를 저어 마신 다음 잔을 내려놓았다. 그이는 아무 말 없이 담배에 불을 붙이고, 연기로 동그라미를 만들고, 재떨이에 재를 털었다. 그리고 그이는 아무 말 없이 나를 보지도 않고 일어나, 모자를 쓰고, 비옷을 입고, 빗속으로 가버렸다. 나는 두 손에 얼굴을 묻고 울어버렸다.

'그이'가 나간 뒤 얼굴을 묻고 울어버린 여자의 절망이 끔찍하다. 우리는 누군가에게 '그이'처럼 무심하고 매정하게 돌아선 적이 있었으리라. 더욱 끔찍한 것은 그럼에도 우리 모두이기도 한 '그이'는 그 사실을 모르며 상처받지도 않는다는 사실이다. 때로는 떠나는 자의 뒷모습에 새겨진 쓸쓸함이 눈을 아리게 하거나 긴 여운을 남기게도 할 것이다. 하지만 그보다 더 많은 경우는 떠난 뒤의 쓸쓸함, 아픔, 좌절은 떠난 뒤에 남은 누군가의 뼈아픈 몫이기 마련이다. 혹 떠날 일이 생기거든 마음을 다해 다독이며 떠날 일이다. 행여 돌아오거든 흔적 없이 스며들어야 할 일이다. 상처 입지 않도록. (10.6)

삭막한 가을

가을을 들여다보고 있다. 이번 가을은 삭막하다. 몰랐으면 좋았을 일을 알아버린 허탈이 삶의 윤택함을 사라지게 했다. 윤택함이 사라진 자리에서 가을이 빠드득 이를 갈며 서걱댄다. (10.6)

빈껍데기 가을

가을엔 빈껍데기만으로 살아갑니다. 영혼은 어딘가에 걸어두었습니다. 그곳이 어딘지 기억나진 않습니다. 다만 그곳 누군가에게 간곡하게 부탁하고 돌아섰다는 기억만이 아스라합니다. 돌아올 동안 잘 보관해달라고, 돌아왔을 때 곱게 접어두었던 영혼을 꺼내 먼지를 털고 그윽한 향기를 뿌려 건네주라고, 만일 돌아오지 않는다면 틈틈이 잘 있는지 들여다보면서 이제 곧 찾으러 올 것처럼 잘 간수해달라고 당부했던 기억만이.

매년 가을엔 그렇게 영혼을 비워 허접한 육체만을 짐스럽게 끌고 다녔습니다. 그러다가 돌아와서는 맡겨두었던 영혼을 안쓰러운 마음으로 찾아 오곤 했습니다. 가을이 자꾸 겹쳐지다 보니 어쩌면 언젠가는 다시 찾으러 갈 수 없을 것이라는 생각이 듭니다. 그리고 그런 날이 다가올 거라는 생각이 깊어집니다. 자연적이고 물리적인 시간을 넘어 더욱 빨리 다가오고 있다는 그런 예감마저 듭니다.

겹쳐지면 빨라집니다. 나이가 들수록 시간도 더욱 빨라집니다. 초행길에는 길고 멀게 느껴지던 길도 익숙해지면 점차 짧고 가깝게 느껴집니다. 심리학자들의 연구에 의하면 새롭고 긴장할수록 심리적 시간이 길다고 합니다. 나이가 들수록 삶이 겹쳐지다 보니 새로움과 긴장이 사라지고 그만큼 시간이 빨라지나 봅니다. 설레고 긴장할 새로운 것에 무엇이 있을까요? (10.7)

스쳐가는 풍경

계절, 노을, 바람, 시간, 하늘, 꽃잎, 구름, 이슬……. 그 스쳐 지나가는 풍경을 어찌 말로 붙잡을 수 있을까. 오래오래 머릿속에, 그것도 감각과 느낌으로만 붙잡아두었다가 익고 익고 익어야만 혹 한마디 끄집어낼 수 있을까. (10.8)

미욱한 깨달음

중부내륙고속도로를 질주하다 문경새재를 지나 가까스로 차를 세워, 저 멀리 산을 바라보고 다시 저 산 아래를 내려다본다. 한계령은 아니지만, 저 산은 내게 잊으라, 잊어버리라 하고, 저 산은 내게 내려가라, 내려가라 하며 지친 어깨를 떠미는 소리를 듣는다. 사람의 손이 거의 닿지 않았을 깊은 산골의 겹겹이 걸친 숲, 모닥불을 피워놓은 듯 하늘을 향해 스멀스멀 올라가는 수연, 바람을 타고 넘나드는 한 무리의 새 떼, 혹은 고요한 허공을 가르는 산 기운들. 생명과 삶에 대한 힘찬 표현이 반드시 역동적인 움직임 속에서만 드러나는 것이 아니라 부재와도 같은 침묵이나 몸짓 속에도 존재하고 있음을 오늘에서야 알았다. 이 미욱한 깨달음. (10.10)

토요일 오후

토요일 오후, 오랜만에 계단에 앉아 있었다. 오후의 햇살마저 기울고 있던 시간이었다. 약간의 한기에 몸을 움찔거리면서 짧은 치마를 입은 여자애의 조신한 몸가짐으로 두 다리를 모으고 오래도록 앉아 있었다. 바로 앞 주차장에서 부부가 세차하는 모습을 이미 변해가는 풍경의 한 컷에 끼워놓으면서 오래도록 가을을 들여다보고 있었다. (10.11)

그대의 환영

그대에게!

가을을 가로지르고 있습니다. 시간의 꼬리를 붙잡고 떠다닙니다. 마냥 흘러갑니다. 시간이 감속 없이 내달립니다. 낯선 곳에 머물다 눈을 감고 고개를 젖힙니다. 옛 추억을 만나고, 낯익은 얼굴들을 떠올려보기도 하고, 황량한 세상의 한 쪽 구석에 털썩 앉아, 크리스 드 버그(Chris De Burgh)의 〈Natasha Dance〉를 들으며 누구랄 것 없는 그대를 기다리기도 합니다. 나무들은 불꽃처럼 타오르고 지축은 흔들립니다. 마음엔 커다란 바닷길이 푸르디푸르게 열립니다. 끊어질 듯 이어지고, 이어지다 끊어지는 바닷길 위로 몸이 두둥실 부유합니다. 자잘한 자갈이 깔린 가슴속 인적 없는 길 위로 자전거가 자그륵거리며 달립니다.

어느 봄날 거울에 비친 햇살이 잘게 부서져 가슴에 비수처럼 꽂힙니다. 파문의 흔적이 격랑으로 흔들립니다. 내 안의 풍경이 만물에 비쳐 나무와 풀잎과 언덕과 살과 피와 간곡함으로 다시 살아나 지난 시간의 꼭지 위에 얹힙니다. 살아가는 것이 그렇거니 하면서도 알고 보면 알아낸 그만큼 또 저 멀리 물러납니다. 알 듯하면서도 정녕 알 수 없는 것인가 봅니다. 세월의 더께 위로 소복이 내려앉은 먼지처럼 그대 역시 그러합니다.

굳게 닫힌 관념의 문을 누군가 살짝 두들깁니다. 그 소리에 화들짝 놀라 네모진 창가 어둠 속에 반쯤 몸을 숨기고 가만히 커튼을 젖혀 조심스레 내다보았지요. 하지만 어느 사이 발길을 돌려버린 그대의 흔적은 사라지고 없더이다. 정녕 그대는 누구신지. 어디로 갔던 것일까요. 그렇게 왔다 간 후 때때로 섬광처럼 왔다가 종적 없이 사라지곤 합니다. 행여 볼 수 있을까 싶어 비 오는 날이면 골목이며 거리를 배회하고, 한자리에 오랫동안 앉아 오고 가는 버스 속을 유심히 살피기도 하고, 벌써 지나갔나 하여 다음 날엔 일찍 나와 기다리기도 하고, 하얗게 쌓인 새벽 눈길을 먼저 지나간 것은 아닌가 하여 임자 없는 발자국을 뒤밟아 따라가보기도 하고, 알아보지 못한 채 군중 속으로 스쳐 사라질까 염려되어 누구 하나 예사로이 보지 않았으며, 어디선가 지켜보고 있는 것 같아 말과 행동거지를 섣불리 하지 않았건만 도무지 알 수 없는 그대는 누구신지.

이리 기다리고 있음을 그대는 필경 모르고 있겠지요, 아니고서야 어찌 아예 없었던 듯 그리 감쪽같이 사라질 수는 없겠지요. 가까이 다가서려 해도 언제나 까마득한 거리에 물러나 있어 윤곽조차 흐릿합니다. 그럼에도 내 속에 살아 있는 그대의 환영에 몸이 저립니다. 때론 안팎으로 갇혀 지내는 모진 형국, 한낮이면 한낮대로 미묘한 기운 속에 그림자처럼 무언가로 아른거리고, 때론 일렁이는 가슴을 두 손으로 꼭 누르며 걸음을 멈춰 서는 일, 그러다 휙 고개 돌려 사위를 둘러보지만 일순 종적 없는 고요 속에 멍하니 하늘을 올려다보아야 하는 일, 저녁이면 저녁대로 어스름해진 하늘과 피곤을 짊어지고, 어둠을 가르며 아련하게 스며드는 한기에 몸을 부르르 떠는 일, 밀려오는 울음을 참는 것, 가슴 한쪽이 저며오는 간절한 떨림과 가슴앓이, 그런 떨림이 아픔으로 다가온다는 것.

때마다 철마다 시시각각 지울 수 없는 흔적을 멍에처럼 안고 사는 것을 알 턱이 없는, 운명처럼 다가왔으나 바람처럼 사라져버린, 턱을 들어 하늘을 보아도, 고개를 숙이고 생각에 잠겨도 사라질 줄 모르고 한 생애 내내 꼭 붙잡아 매어둔, 길을 걷다 문득 돌아본 자취마다 켜켜이 묻어나는 그대는 누구신지. 모든 것이 끝난 그곳, 그때서야 그대와의 만남이 비로소 시작되려는지. 오늘밤도 행여 그대 찾아오나 싶어 어둠에 몸을 숨기고 등피(燈皮)를 닦으며 기다립니다. 행여 오시거든 기척이나 주시지요. 그리움은 조사(弔詞)가 없어 이별마저 고할 수 없으니. 그대는 누구신지. (10.11)

오늘은

누군가는 덕수궁으로 회화전을 관람하러 간다고 한다. 누군가는 4대강 자전거 길을 따라 라이딩을 한다 하고, 누군가는 막영 산행을 떠난다 하고, 또 주변의 누군가는 실크로드를 탐사하겠다며 이틀 전에 떠났다. 실크로드라, 나도 그 황량한 사막의 끝에 가보고 싶다. 몽골의 사막을 걷다가 북서풍 따라 한 자락 먼지가 되어 돌아오고 싶다. 아니 그곳이 아니라면 덕유산 자락이라도 좋다. 대간 길 너머 남덕유산 자

제3부 그리움과 묵상

락에 작은 초막 하나 짓고 싶다. 오늘은 무엇이든 하고 싶다. (10.12)

유년의 동화 한 편

내 감성의 뿌리 한 자락을 차지하는 동화가 있다. 어릴 적의 많은 동화 중에서 「인어공주」는 내 마음속에 오래 남아 있었다. 비극적 결말이 주는 안타까움이 짙은 그림자를 드리우며 내 마음을 깊은 수렁으로 밀어 넣었으며, 한동안 제대로 먹지도 못한 채 멍하니 지내곤 했다. 오랜 시간이 지난 다음에도 그때의 안타까움을 상기하는 일만으로도 묵직한 가슴 떨림이 되살아나곤 했다.

인어공주는 사랑하는 사람을 만나기 위해 자신의 본성과 삶의 모든 조건을 도박처럼 내걸었다. 도박은 인생과 달리 지나버린 게임을 기억하지 않는다. 언제나 순간의 규칙 속에 다시금 시작하는 매정한 게임이다. 인어공주는 그 게임의 규칙에 갇혀 사랑하는 사람을 앞에 두고도 단 한마디도 자신을 표현할 수 없었다. 뿐만 아니다. 다른 여자에게 사랑을 빼앗기는 아픔마저 소리 없이 감당해야 했으며, 자신을 되살릴 마지막 기회마저 사랑하는 사람을 위해 포기하고 만다.

마지막 선택을 앞에 두었던 인어공주의 망설임과 갈등은 자신이 들고 있던 날카로운 비수만큼이나 심중을 찌르는 아픔이었을 것이다. 어쩌면 그 칼날이 겨냥하고 있었던 것은 왕자가 아니라 흉중의 갈등과 이기심이었는지도 모른다. 여기에 이르면 인간이고자 했던, 사랑하고 사랑받는 한 인간이기를 그토록 열망했던 여린 사랑의 전언에 가슴이 시리다. 급기야 인어공주는 사랑하는 사람을 위해 자신의 생을 기꺼이 버린다. 그 순간 그녀는 물거품으로 변하고 형체도 흔적도 없이 사라지고 만다.

나는 인어공주의 사랑을 숭고하다고 생각한 적이 없다. 왜, 말이 아닌 다른 방법을 적극적으로 강구하지 못했던가? 왜, 왕자의 가슴 깊이 칼을 찌르지 못했을까? 왜, 그리 허망하게 사라질 방법을 선택했던 것일까? 하는 가슴 서늘한 원망이 숭고함에 앞서곤 했다. 사랑을 저버리고 행복하게 살아갈 두 사람을 멀쩡히 두 눈을 뜨고 살아서 보느니, 그리하여 한없는 회한 속에 평생을 사느니 차라리 물거품으로 사라지는 일이 인어공주를 위해서는 더 잘된 일이라는 생각을 위안 삼아 한 적도 있었다. 그러나 정말 내가 인어공주에게 가지는 연민과 슬픔은 다른 데 있다. 인어공주의 사랑과 진심을 자신의 생을 버리면서까지 지켜준 왕자마저 알아주지 못했다는 사실이다.

그렇다. 그녀는 어느 날 아침 그렇게 사라져버렸다. 물거품처럼 허망하게, 존재했는지 조차 모르게. 한 존재의 시작과 끝이 그토록 허망한 경우를 나는 더이상 알지 못한다. 인어공주의 육신과 정신과 사랑이 화한 물거품은 그녀의 전 존재를 내건 물거품이다. 그 누군가의 기억 속에도 자리하지 못하고 의미 있는 존재로도 인식되지 못한 채 사라지고 만 그것이 인어공주에 대한 내 연민의 근원이다. 사랑의 문제도 아니고, 인어공주의 선택의 문제도 아니고, 존재조차 알리지 못한 채 형체도 없이 사라진 물거품의 허망함. (10.13)

가야산 내려와

좀 전까지 기대, 설렘, 외로움을 담아두었던 가야산을 내려와 한적한 국도를 달리다가 뒤가 끌려 돌아보았다. 얼굴 붉어진 가을 해가 더던 걸음으로 가야산 머리 위에 걸쳐 앉아 있었다. 선선한 바람이 들깻더미를 짊어지고 국도변을 걸어가는 농부의 옷자락을 흔든다. 온 천지에 가을이, 산에서 들로, 나무에서 거리로, 고추와 들깻더미로, 차창 너머로, 걸음걸음 위로 세상을 덮어가고 있었다. (10.14)

딱 맞춤 가을

바람도 거리도 햇살의 기욺도 은행잎도 딱 맞춰놓은 가을이다. 이제 비로소 가을이다. (10.15)

국도를 따라

길을 떠났다. 끊어진 듯 다가가면 또 한 굽이 아스라이 이어지고, 어느덧 거대한 병풍처럼 막아서다 주저주저 다가서면 또다시 물러난다. 다가갈수록 빨려들듯 정신이 아찔하다. 그럴 때마다 저 아래 세상은 멀리 낯설게 밀려난다. 내가 떠나온 곳, 다시 돌아가야 할 그곳은 또 얼마나 많은 곡절을 담아내고 있을 것인가.

풍경은 아름다웠다. 길 위에 홀로 선 나는 누추했다. 누구든 함께였다면 풍요로웠을까. 그렇다면 나는 나로 존재하는 것이 아니었단 말인가. 단양의 월악산을 지나 소백산 굽이굽이 고갯길을 내려와보니 멀리 겹과 겹을 쌓으며 늘어선 봉우리, 그 위에 틀어 앉은 가을 하늘의 구름은 어찌 그리 하얗고 맑은지. 부석사 가는 길의 은행나무는 아직 여름이던데, 무량수전 돌고 내려오니 마음속은 어느새 온통 가을로 물들었더라. (10.16)

221

가리왕산

진부IC에서 정선으로 이어지는 59번 국도 그리고 그 길과 나란히 흐르는 오대천의 아침은 절경이었다. 단풍, 내(川), 물안개. 이른 아침 가리왕산. 나뭇잎 하나만 떨어져도 지축이 흔들리고, 날벌레 소리에 우레처럼 깜짝 놀라는 깊은 적막. 기대, 설렘, 외로움, 두려움. 온갖 잡생각에 마음이 어지럽다가도 어느 순간 무념무상으로 텅 비는 곳. (10.19)

낙하

봄 한 철 세상을 화사하게 물들이는 꽃은 참 아름답다. 그것 못지않게 낙화와 낙엽도 장관이다. 벚꽃이나 은행잎이 떨어지는 모습은 황홀하다. 제 할 일을 다 끝내고 한 치의 미련 없이 제 몸을 바람처럼 내던지는 모습은 환상적이다. 벚꽃은 지난봄에 보았으니, 이제 조금 있으면 은행잎이 떨어지는 황홀한 장관을 볼 수 있다. 아! 그나마 남루한 시간의 위안으로 삼는다. (10.20)

자기 안의 영산(靈山)

오래도록 찾아 헤맨 그런 것들이 있다. 아주 가끔은 이제 곧 잡힐 것처럼 눈앞에 어른거리기도 하는, 그리고 그것을 붙잡았다고 생각한 적도 있을 법한, 혹은 자기 안에, 혹은 자기 밖에, 그렇게 안과 밖이 조응하면서 너울너울 현란하게 어른거리기도 하는, 만일 그렇지 않았다면 아마 오래전에 찾기를 멈추었는지도 모를, 그것은 성이고 불꽃이며 샘이고 요정이며 자기 안의 현존이자 삶의 전령이기도 하는, 그러나 과연 한 번이라도 본 적이 있었던가? 과연 그것이 존재는 하는 것일까? 하물며 자기 안에 있기나 했던 것일까? 하는……. 우리를 흔드는 마지막 그림자의 환영 혹은 절망. 기억을 더듬어 애써 찾아본들 이미 사라지고 없는 자기만의 신비로운 그것. (10.20)

큰일 났다! 가을이 가려고 한다

큰일 났다. 바람이 부니 은행잎들이 후두둑 떨어져 정말 낙엽이 되어 뒹군다. 이제 물들었는데 그렇게 다 떨어지면 어떡하나. 못내 겨워 떨어지는 녀석들의 허망한 외침이 몸부림치는 아우성으로 들린다. 집 앞의 도로나 주차장에도 낙엽이 듬뿍 쌓였다. 군데군데 쓸어서 모아놓은 무더기들도 곳곳에 있는 걸 보니 저러다 오늘 내일 다 떨어지고 남아나지 않을 정도이다. 날이 더욱 추운 이유가 그 때문인가 보다. 아직은 때가 아닌데……. 엄살을 떨고 조바심을 쳐본다. 아니다. 한 겨울 그 모진 바람 속에서도 질긴 생명줄을 붙잡고 있던 간드렁한 나뭇잎들을 매년 보아왔으니 이 정도 바람에 다 떨어질 리야 없다. 이제 시작인데. 잠시 눈을 감고 두 팔을 벌렸다. 그리고 열어젖힌 가슴팍으로 싸늘하게 밀려오는 바람을 맞았다. (10.22)

손톱 밑 가시

책장을 옮기다 손톱 밑에 가시가 박혔다. 잘 보이지도 않으면서 하루 종일 성가시고 아렸다. 겨우 고것 땜에. 헌데 나는 그동안 내게 쉬려고 찾아온 누군가의 가슴을 얼마나 예리한 가시로 모질게 찔러댔을까. 그러고도 그들의 아픈 가슴 한 번 되돌아보지 않았으니 나는 얼마나 모진 걸까. (10.23)

낙엽

차창 밖으로 플라타너스 낙엽이 잔뜩 깔려 있었다. 잘 구운 쿠키마냥 어찌나 잘 말랐는지 바퀴 아래에 밟힌 낙엽들의 바스락거리는 소리가 청명할 정도였다. 헌데 내게는 뼈마디가 우지끈 부러지는 소리로 들렸다. 혼을 달래는 외마디 비명 소리가 곳곳에서 들려왔다. 낙엽 태우는 연기가 매워서 우는 것만이 아니라는 생각이 문득 들었다. 허나 자기 난 곳으로 서둘러 돌아가 다시 자기 몸의 일부가 될 수 있다니 복된 삶의 순환이기도 하다. 그러고 보면 떨어진 낙엽 중의 으뜸은 플라타너스 잎이다. (10.23)

일진광풍

어제저녁 무렵 바람이 몹시 불었다. 순간적인 일이었다. 그 순간 정부청사 앞 도로에 떨어진 낙엽들이 천재지변을 알아채고 일제히 몸을 일으켜 세웠다. 그러면서 마치 한꺼번에 떼를 지어 이동하는 누(gnu)나, 톰슨가젤의 무리나, 철 따라 이동하는 수백만 마리의 철새처럼 휘몰아치기 시작했다. 어둠이 깔리고 천지가 고요 속에 잠겨 있던 작은 도시에서 이제 막 피비린내 나는 혈우천하(血雨天下)가 시작될 것 같은 소리 없는 긴장과 적막. 그럴 때 갑자기 어디선가 일진광풍이 불고 낙엽들이 우수수 굴러다니며 요동치는 것이 이 세상 일이 아닌 것 같았다. 그러고 나서 다시 바람이 잦아들고 낙엽이 한자리에 머물며 거리는 고요해졌다. 우리들 삶도 간혹 그렇게 휘몰아칠 때가 있다. (10.29)

추일서정

시간에 쫓기고 게으름에 밀려 오고 가는 기차 안에서도 읽고 메모해야 했다. 경황이 없었으니 가을 풍경 또한 볼 수 없었다. 돌아오는 도중에 딱 한 번 원경으로 한 마을을 보았다. 멀었으니 마치 정지된 화면이나 스톱모션처럼 천천히 뒤로 밀려났다. 파랗고 푸르고 빨간 원색의 지붕들이 총총 박혀 있었고, 그중에 마을회관쯤 되는 조금 큰 건물이 중앙에 덩그러니 놓였으며, 지붕의 다채로운 색에 비해 단조로운 콘크리트 길이 마을을 돌아나가고, 지붕과 담장 너머로 감 몇 개 매단 몇 그루 감나무가 망루처럼 서 있고, '담배'라는 간판도 얼핏 보았던가 아니던가, 지구단위농협이란 글씨가 크고 선명하게 적혀 있고, 아무도 오가지 않는 길가엔 트럭과 승용차 두 대 마주 서 있었고, 작고 단아한 교회 한 채가 하늘을 향해, 낡았지만 위협적인 창끝을 휘두르고 있었다.

그곳 어느 구석진 곳에서 어린아이 하나. 내가 탄 기차를 바라보며 호기심과 동경의 눈길을 보냈을지도 모를 일이다. 예전 우리들이 그러했던 것처럼. 그 아이의 눈엔 비친 세상은 어떤 모습이었을까. (11.2)

이별의 인사

김광섭 시인 「겨울날」 마지막 연은 가슴 뭉클한 대목을 담고 있다. 무명(無名)에 가까워 하찮게 여기기 십상인 거미나 귀뚜라미 등을 통해 삶의 스산한 기미를 절묘하게 포착하고 있다. "어느 날 목 없는 아침이 또 왈칵 달려들면/ 이런 친구들에게 눈짓 한번 못 하고/ 친구들의 손 한번 바로 잡지도 못하고 가리라" 여기에는 미물들을 향한 따뜻한 사랑과 관심만이 아니라 작별 인사도 없이 홀로 떠나가야 하는 비애 또한 진하게 묻어 있다. 죽음 앞에 선 모든 존재의 운명이겠지.

가벼운 바람에도 우수수 떨어지는 은행잎들을 보고 있자니, 한 가지에 붙어 있다 떨어지는 저것들은 내 먼저 간다고 서로에게 제대로 인사나 했을까? 아니면 서로 어깨띠 둘러메고 내려오다 그만 서로의 손을 놓쳐버린 탓에 뿔뿔이 헤어지고 만 것은 아닐까 하는 생각도 든다. 그나마 이우는 운명을 함께했으니 그 또한 복 아니랴. (11.2)

완결

미완성인 삶이란 없다. 사는 동안 여러모로 불민(不敏)하였고, 또 무수한 곡절을 겪었다 하더라도 누구나 죽음에 이르기 마련이다. 죽음은 그 삶을 한 치의 오차도 없이 완벽하게 마무리해준다. 무엇을 이루고, 무엇을 잃었으며, 그 과정이 어떠하든 완전한 종결이다. 죽음이 있는 한 미완의 삶이 어디 있을까. (11.2)

그 사이에

아침에 집을 나오는데 집 앞 정원과 도로와 차 위가 낙엽으로 가득했다. 마치 깊은 숲 속, 밤새 쌓인 눈처럼. 잠시 가만히 서 있었다. 소리가 요란했다. 귀를 기울이지 않더라도 나뭇잎들이 낙엽 되어 떨어지는 소리가 들렸다. 시선을 돌리지 않았다. 시선이 미물고 있던 바로 앞 쪽에서 나뭇잎들이 주르륵 떨어지고 있었다. 큐! 사인에 약속이나 한 듯, 나무 위에 올라선 누군가 나뭇잎을 바구니째 털어 떨어뜨리듯 그렇게. 말 그대로 주르륵, 주르륵! 저녁, 바쁘게 돌아오다 생각나 그곳을 보았더니 나뭇잎들이 다 떨어지고 휑한 줄기만이 철사 조형물처럼 서 있었다. (11.3)

가림잎

밤늦게 내다본 거리가 어찌나 선명한지. 아침에 바라보았을 때만 해도 거리는, 나뭇잎에 가려져 맞추지 못한 퍼즐 조각만큼의 풍경으로 남아 있었다. 그런데 그사이 다 떨어져 우리 집은 거리를 향해 무방비로 노출되어 있었다. 두 병사가 군복도 벗은 알몸으로 총만 든 채마주한 형국이었다. (11.3)

가을 풍경 엽서 한 장

거실 창 곁으로 다가서면 나무와 풀과 잔디로 조성된 뒤 터가 보인다. 아래층 사람들이 초봄부터 가을에 이를 때까지 틈틈이 가꾸던 곳이다. 거기에도 낙엽이 쌓여 있다. 거실 왼쪽의 작은 창으로 시선을 돌리면 또 다른 풍경이 자리한다. 적당하게 굵어진 나무들 틈에 어느 정도 세월을 감당한 것이 분명한 벗나무가 눈에 가까이 들어온다. 바로 그 곁, 방범등이 하나 서 있고 밤이면 오렌지빛 불이 들어온다. 낙엽이 쌓이고 어둠이 내리고 아직 버티고 있는 벗나무와 그 곁의 오렌지빛 가로등. 창 앞에 서서 보고 있노라니 언젠가 분명히 보았음직한 엽서의 그림이나 풍경 속으로 들어온 착각에 빠진다. 아쉽다면 벤치가 빠져 있다는 점. 거기에도 가을 풍경 하나 아담하게 또한 놓여 있다. (11.4)

이제사

강원도 정선과 전라도 완주와 제주도 한라산에 걸쳐 가을을 넘기고 왔더니 아, 어찌 몰랐을까! 이곳에 가을이 이제사 한창이려니. (11.7)

바람의 유혹

바람은 유혹이다. '바람나다'는 말이 있다. 부정적인 어감을 담고 있지만 꼭 그런 것만은 아니다. 그것은 물론 바람의 속성처럼 한자리에 머물지 않고 이내 스쳐 지나갈 한때의 어긋남이라는 의미가 담겨 있다. 그렇기도 하지만 '바람'은 '들뜸', '새로움', '흥겨움', '새로운 기운이나 움직임'을 어의로 가지고 있기도 하다. 원형비평에서 '바람'은 '계시'와 '영감'으로, 신앙에서는 '성령'의 의미도 함께 내포하고 있다. 그러나 어찌 되었든 '바람'은 우리를 유혹한다. 유혹의 은밀한 손짓을 알아챈 자만이 바람날 수 있다. 그러므로 그것은 탐욕도 아니고 욕망도 아니다. 그보다는 기질이자 낭만이고, 교감이 상승하여 한 정점을 형성할 때 순간적으로 부딪쳐 튕겨 나오는 고압적인 긴장과 이완의 순간이다. 하여 바람은 한곳에 머물 수 없다. 그래서는 서로 견딜 수 없기 때문이다. 견디어내는 순간 이미 바람이 아니라 일상이며 그 순간 바람은 사라진다. 거기에 긴장과 이완의 반복성은 사라지고 권태만이 다시 자리하게 된다. 바람은 그만큼 강렬하다. 강렬한 만큼 위험하며 서로의 끝이 빤히 보이지만 그럼에도 다가서지 않을 수 없는 위태한 줄타기이다. 섬광처럼 다가와 불꽃으로 타올랐다가 한없이 깊고 한없이 무거워 기어코 온몸을 태우고는 다시 바람 속에 잠들어버리는 것. 바람은 받아들이는 자만이 빨려들 수 있는 유혹이다. (11.8)

첫눈

아침에 거실 커튼을 걷으면 사시사철 햇살이 쨍! 하고 밀려들어온다. 매복했던 군사들이 기민한 동작으로 일시에 몰려들어와 실재를 어지럽힌다. 햇살만으로는 계절감이 없다. 어제 첫눈이 내렸다. 그 위에도 언제나의 쨍한 햇살이 올라앉았다. (11.9)

반달

바람이 불었다. 부는 바람의 정처(定處)를 찾기 위해 무심히 하늘을 올려 보았다. 바람 대신 반달이 떠 있었다. 언제나 떠 있었겠지만 오늘에야 드러낸 것으로 보였다. 꼭 반으로 잘려 있었다. 토막 난 부위가 아주 예리한 칼날과 흡사했다. 다리도 꼬리도 지느러미도 없이 공중에 붕 떠다니면서 예리한 칼날 부위로 하늘을 조각조각 먹어치우는 것은 아닌지 염려되었다. 기우가 아닌 모양이다. 그 주변엔 구름 한 점 없었다. (11.10)

까치집

지난봄. 아직 푸르름을 한참이나 기다려야 했던 삭막한 한 시절, 창 너머 초등학교 울타리 쪽 높은 나뭇가지 위에 까치집이 위태롭게 얹혀 있었다. 교태로운 나뭇잎에 가려 그동안 잊고 있었다. 오늘밤에 들어오다 무심코 올려다보았더니 그 자리에 여전히 위태롭게 얹혀 있었다. 그사이에 빈집이었는지 아님 어떤 녀석의 보금자리였는지는 알 수 없다. 참 많은 것과 만나고 헤어지면서도 기억하지 못하는 일이 많다. 내년 다시 천지가 푸르게 푸르게 번져오면 또 감춰지고 잊힐 것이다. 까치집의 위태로움을. (11.11)

다 떠난 빈자리

그 좋던 은행잎이 모두 떨어졌다. 비 오고 나니 처참하게 떨어졌다. 한동안 잊고 살겠지. 저것이 무슨 나무였더라? 아니 그 생각마저도. 나목. 그제 아침에 계단을 나서다가 휑하게 뚫린 천공을 바라보았다. 다시 가슴으로 찬바람이 휑하게 불고, 그 바람 다 맞으며 차에 오르지 못한 채 두리번거렸다. 어인 일인가 싶었는데 그게 그거였다. 떠난 자리. 흔적 없이 사라진 자리. 그 빈자리에 몰아치는 두려움, 허전함, 떨림, 쏠림. (11.12)

투시

날은 찬데 빛은 투명하게 맑다. 부유하는 빛의 입자, 바람에 미끄러지는 낙엽들의 사그락사그락 소리까지 보인다. (11.12)

눈 갠 뒤

아침에 적잖은 눈이 오더니 어느 사이 그치고 언제 눈이 왔나 싶게 세상은 감쪽같다. 눈이 그치고 나니 눈을 기다린 것도 아니었는데 허전해진다. 돌아오는 길에 창문으로 들어오는 바람이 영락없는 겨울이었다. 추위보다 바람에 실려 오는 것들이 가슴을 싸하게 감싸면서 부지중에 "겨울이로군!"이라는 말이 새어나올 정도였다. 집 앞이 갑자기 넓어졌다. 겨울 들판의 황량함. 언제나 풍성하게 도열해 있던 나무들이 제 몸을 털어버리고 난 뒤의 삭막함이 공간적인 넓이와 심리적 황량함으로 다가왔던 거겠지. 다시 눈이 그치고 났을 때의 허전함이 운전대 앞을 가로막았다. 약간의 우울. 스러지는 눈을 보면서 유년의 꽃이 스러지는 모습을 설핏 보았기 때문인지도, 아니면 시간 속에 무감해지는 모든 것들의 운명을 떠올렸는지도 모르겠다. (11.13)

바쁜 경황 중에

바쁘게, 바쁘게 달립니다. 무언가 스쳐 지나갑니다. 아차! 싶어 뒤를 돌아보지만 달리는 사이 이미 저만치 물러나고 윤곽조차 흐리한 그 무엇을 지나쳤음을 알 뿐입니다. 그게 무엇인가. 누군가에게 해야 할 말을 잊어버렸을 때, 알고 보면 사소한 것인데도, 생각나지 않은 그 순간에는 아주 중요한 말인 것 같아 답답했던 심정처럼, 제발 사소한 일이었으면, 두고 간들 피차 아무것도 아니었으면 하는 바람만을 안고 내처 달려갑니다. 그러면서도 스쳐 지나가며 남겨둔 그것이 아주 소중한 일인 것 같아 두고두고 마음에 남아 있습니다.

참을 수 없을 정도로 무거운 마음을 안고 그리 살고 있습니다. 언제 시간을 멈춰놓고 스쳐 지나가게 내버려둔 것들을 돌이켜보아야겠습니다. 내버려둔 그것들이 어쩌면 내게 아주 소중한 것들이었음이 분명하다는 생각을 떨쳐버리지 못하고 있습니다. 기억 속에 혹은 서랍 속에 방치된 것들, 편지며, 메모며, 사물함이며, 부스러기며, 잡동사니며, 지워진 전화번호며…… . 내 것이면서 진실로 내 것인 양 한 번도 애틋하게 간수해주지 못한 것들. 거기에 추억과 사랑과 비애와 슬픔과 애환과 기쁨과 즐거움과 서투른 감정과 고마운 정성들이 차곡차곡 깃들어 있을 터인데. 사소한 것들, 잊고 산 것들 그러나 진실로 내 삶의 일부였던 것들. 이런 마음 때문일까요. 하늘은 한없이 내려앉아 깊이 가라앉은 저와 함께 있습니다. (11.14)

피세정념(避世靜念)

가을 피정을 마치고 돌아오는 길, 세상이 계절 속으로 잠겨 들어가고 있었다. 기온이 높고 낮음을 떠나 풍경은 이제 완연한 겨울이다. 산이 가까이 있었기 때문이었는지도 모르겠다. 그 때문이었을까. 수녀원 언덕길을 내려오면서 눈이라도 펑펑 쏟아졌으면 하는 바람이 간절했다. 눈이 펑펑 내린다면 그곳이 어디든 차에서 내려 길가에 선 채로 눈 내리는 하늘을 마냥 올려다보고 싶었다.

또 그 때문이었을까. 차를 타고 내려오는 길이었는데도 먼 길을 터벅터벅 혼자 걷고 있는 듯했다. 걷고 있는 게 아닌데도 너무 많이 걸은 것 같아, 길가 풀 섶 나뭇등걸이나 돌 위에 앉아 쉬고 싶은 마음 또한 간절했다. 재작년 겨울엔 지겨울 만큼 눈이 참 많이 내렸다. 치우고 나면 또 내리고, 치우고 나면 또 내리는 눈을 치우느라 온몸이 땀으로 흠뻑 젖었던 기억이 생생하다. 지금 마음으로는 이번 겨울도 그리 많은 눈이 또 내렸으면 좋겠다. 그런 날 눈이 푹 쌓인 2차선 국도를 따라 멀리멀리 가노라면 마음 또한 포근해지고 뭔가 한시름 놓여날 것도 같다. 피세정념하듯 그렇게. (11.16)

번뜩이는 강물 위로

차창으로 가을의 마지막을 담은 강을 설핏 보았다. 번뜻이는 무엇! 가을 강 위를 번쩍이는 저것은 무엇일까. 이 햇살을 받으며, 받은 것보다 더 많이 요란한 불꽃으로 튕겨내는 저것은 무엇일까. 사무친 그리움일까, 속절없이 흘러가는 시간에 대한 적의일까, 이울어가는 시간의 마지막 몸부림일까, 지워야 하는 기억들의 마지막 잔영들일까. (11.21)

미욱한 욕망

이제 그만 끊어버리고 싶다. 내 미욱한 욕망들을. 산다는 것은 이런 욕망의 미혹에서 벗어나기 위한 안간힘이 아닐까. (11.26)

233

아— 밤(夜) 냄새

밤(夜) 냄새. 봄이면 봄대로, 여름이면 여름대로, 가을이면 가을대로, 겨울이면 겨울대로, 내 몸의 구석구석을 자극하는 그 냄새. 내게 가장 자극적이며 정서적인 밤의 냄새. 이 밤엔 가슴이 터지도록 보고 싶은 사람이 있었으면 정말 좋겠다. 그래서 그 그리움에 차라리 내장이 타버린대도. 얼마나 아름다운가. (11.27)

제4부　　　　　　　　　　　　　　겨울의 위엄

자학

살다보면 정말 보고 싶고, 정말 되돌리고 싶은, 사물, 사람, 시절이 있다. 그럼에도 아무것도 할 수 없는 이 보잘것없는 자신에게 얼마나 화가 나고 절망하는지. (12.1)

John donne의 사랑

"우리는 사랑으로 살 수는 없어도 죽을 수는 있다."(John donne)

알 만큼 안다고 자부했어도 기실 우리는 사랑에 대해 아무것도 모르면서 사랑에 빠지곤 한다. 내가 알고 있었던 사랑의 색이 단색에 불과하거나 아니면 아주 다채로운 색깔들로 퍼덕이고 있을지도 모르는 일이다. 하지만 사랑은 가슴속 미지의 어둠 속에 묻혀 있던 다채로운 색들이 날개를 퍼덕이면서, 이슬처럼 밤마다 맺혀 급기야 터져 나오는 것이 아니던가. 아니 그것이 비록 사랑은 아닐지라도 설레는 마음으로 되살아날 수만 있다면 얼마나 좋을까. 그렇다면 우리들은 사랑

때문에 살 수도 있지 않을까. (12.2)

탄자니아 세렝게티 국립공원

아프리카 탄자니아 세렝게티 초원의 치열한 삶에 관한 다큐멘터리를 보았다. 내용 자체는 별로 새로울 게 없었다. 당연한 일일 것이다. 우리에게 방영된 그것은 그곳에서 특별한 사건이 아니라 일상이고, 그러한 일상은 언제나 반복되기 때문이다.

누(gnu)나 얼룩말들이 도하하는 마라강은 악어들이 득실대는 곳이고 그들 중 일부는 강을 건너면서 잡혀 먹힌다. 따라서 살아남은 자들은 무리 중 누군가의 희생을 담보로 건너갈 수 있었던 셈이다. 동시에 그들의 희생은 악어의 생존을 가능하게 해주는 일이기도 하다. 인간 삶의 이치도 다를 것은 없다. 누군가의 희생을 담보로 오늘의 안전과 평화와 풍요를 영위하고 있다.

탄자니아의 세렝게티(Serengeti) 국립공원은 분화구인 응고롱고로(Ngoronogoro)와 더불어 야생이 자연 그대로 살아 있다고 널리 알려진 곳이다. 다큐멘터리 자체는 별 새로운 내용이 없었지만 그래도 눈을 떼지 못하고, 처음에 앉은 그 자세 그대로 끝까지 보았다. 그러곤 가늘게 한 숨을 내쉬었다. 아! 가고 싶다, 정말 저런 곳에 머물고 싶다. (12.3)

먼 곳에서

산행 들머리에서 정상을 바라보면 얼마나 까마득하고 아득한지. 그

제3의 그리움과 묵상

런데 한 걸음 한 걸음 걷다 보면 어느새 그곳에 올랐다가 내려오곤 한다. 그리고 올려다본 그곳은 더 이상 위압적인 존재가 아니다. 매사 면 곳에서 두려워할 일은 아니다. (12.4)

아침의 광휘

밤이 일찍 찾아오면 하루의 끝도 일찍 찾아온다. 그러나 그만큼 아침은 더디게 찾아온다. 그 더딤이 오히려 편안하기도 하다. 밤이 그만큼 길다는 것. 어둠 속에 감춰진 사이, 그 길어진 시간 동안 모든 존재들은 자신만의 신선한 빛을 닦으며 얼마나 열심히 광내고 있는지 모른다. 아침의 광휘는 그 어둠 속에서 만들어진 빛나는 얼굴들이다. (12.5)

비우지 않아도 될 것을

"비워야 채워진다"라는 말이 있다. 상투적일 만큼 널리 운위된다. 문제는 뭘 비우고 뭘 채우는가에 있다. 그런데 채우기 싫으면 비우지 않아도 되는 것 아닐까? 또한 비운다는 것은 무언가 들어 있다는 것, 그래서 이미 채워진 그것만으로도 족하다면 굳이 비울 필요가 없지 않겠는가. 욕심 부리지 않으면 될 일이다. 내가 가진 것만으로도 얼마나 충분한가. 그런데 뭘 비우고 또 채우려 하는지! 이런 마음마저 비워야 하나? 그것 또한 욕심이다. (12.5)

삶의 아픔

날이 차갑다. 고등학생으로 보이는 남녀 두 학생이 신호를 기다리며 횡단보도 앞에 나란히 서 있었다. 발밑에는 아직 녹지 않은 잔설이 어둑했다. 고3쯤, 아니면 고2쯤 되었을까. 외투를 입은 둘은 손을 잡은 채 이야기를 나누면서 간혹 건너편의 신호등을 바라보곤 했다. 마주 잡은 두 손엔 많은 얘깃거리들이 담겨 있을 터이다. 짧은 순간이었지만 서로에게 애틋한 감정이 실려 있는 듯했고 보기에 좋았다. 그러나 그들을 지나쳐온 잠시 뒤, 앞으로도 그들의 삶은 지금처럼 아름다울까, 하는 생각이 퍼뜩 들었다.

젊은 새댁이 칭얼대는 두 아이를 데리고 걷는 모습에 힘겨움이 배어 있다. 그녀는 무슨 생각을 할까, 지금 그녀의 삶은 아름다울까, 누군가를 만나 사랑하고 결혼을 결심했을 때 그것이 삶이자 현실이고 일상임을 알고 있었을까, 꽃잎 같던 모습도 조금씩 삶에 지쳐가겠지, 그러는 사이 자신이 무엇을 꿈꾸었고 어떤 방식으로 살기를 원했던가 하는 것마저 잊어가겠지, 하는.

그렇다. 그들의 삶, 아니 우리들의 삶과 사랑은 아름다워도 될까? 아니, 아름다워야 하지 않을까! 그렇지 않다면 그것은 누구에게나 아픔이다. (12.6)

느슨한 주일 오후

이틀째 비몽사몽 몸살에 허덕이다가 부스스 자리에서 일어났다. 집 안은 조용했다. 어지러운 약 기운에 비틀대며 창가에 섰다. 밖을 내다

보았다. 한적한 거리를 드문드문 차가 다니고 있었다. 눈이 내리고 있었다. 젖은 걸로 봐서 일찍부터 내렸나 보다. 새 한 마리 나무 위에서 날아오르고, 장바구니가 달린 빨간색 자전거 한 대 나무 밑에 놓여 있고, 여중생 둘이 우산 속에서 나란히 걸어가고…….

눈은 참 느릿느릿 가볍게도 내렸다. 마음을 닫기 전에 벌써 눈 한 송이 마음을 비집고 포르륵 내려앉고. 언제나 봐온 세상이 하루 이틀 사이 달라 보였다. 내리는 눈을 보다가 싸늘하게 밀려오는 한기에 오래 바라보지 못하고 자리에 누웠다. 이제 자고 일어나면 세상은, 산이며 들이며 나무며 차 위에 쌓인 눈들이 바람이 불 때마다 햇살 아래 곱게 갈린 은빛 가루들로 눈부시게 날리겠구나 싶었다. (12.8)

손끝의 바람

세상이 다 비워졌다. 그래서 바람이 더 차가웠는가 보다. 조용하고 어두운 하늘을 바라보니 더욱 추워졌다. 오싹 한기가 밀려왔다. 박이도의 시집 제목이었던가?『바람의 손끝이 되어』가슴을 할퀸다. (12.14)

어머니의 부재

어머니가 안 계신 집은 시간이 정지되어 있었다. 집 안 곳곳에 어머니의 손길이 닿지 않은 곳이 없었다. 그러나 어머니가 계시지 않은 그곳에 더 이상 시간은 흐르지 않고 정체되어 있다. 그러면서 조금씩 조금씩 지워지고 있었다. 싱크대의 그릇도, 거실의 화분도, 욕실의 비누도, 장식장의 수납도, 냉장고의 음식들에서도 더 이상 채워지지 않은 채 어머니의 손길, 마음, 정성, 세심함, 호흡이 지워지고 있었다. 그동안 어머니는 얼마나 많은 것들로 풍요하게 채우셨는지. 꾸미고 배열하고 바꾸시면서. 더 이상 어머니의 손길이 머물지 않고 더 이상 채워지지 않은 그곳은 비워지고 있었다. 시간의 정체는 공간의 비워짐으로 나타났다. 마치 하나의 존재가 서서히 산화되어가는데, 바로 눈앞에서 사라지는 그 모습을 속수무책 바라봐야만 안타까움. 어쩌면 어머니의 부재와 더불어 집은 비어가고 있는지도 모른다. 사람이 사는 데도 '빈집'이란 그런 것인가 보다. (12.15)

배려

진정한 배려는 자신의 입장에서 다른 사람을 배려하는 것이 아니라 그 사람의 입장에서 그 사람을 배려하는 것이다. 그러니 배려는 얼마나 지혜롭고 어려운 일이겠는가. 그래서 흔히 배려라고 말하지만 배려가 때론 아니 많은 경우, 자기 이기심이거나 자기 합리화인 경우가 더 많다. (12.16)

무착무집

욕망은 창조적 생산력이지만 때론 위험하기도 하다. '욕망은 환유'(라캉)라는 말을 빌리지 않더라도 욕망의 끝은 아쉽게도 득도(得道)와 죽음뿐이다. 무착무집(無着無執)의 경지는 내게 가당치 않은 일일 터이다. 아직도 무언가를 갈망하며, 무언가에 집착하고, 무언가를 소유하기 위해 애를 쓰며 살고 있다. 하지만 사람살이에서 집착하지 않음이 지혜롭다는 사실은 어렴풋이 깨달아가고 있다. 그런 날이 있을지 없을지 모르나 언젠가 무착무집에 이른 날이면 홀연 사라지겠지. (12.17)

사랑의 궁극

사랑은 화려한 쇼윈도처럼 다가온다. 늘 설렐 것 같고, 늘 챙겨줄 것 같고, 늘 주목할 것 같고, 늘 감싸줄 것 같고, 늘 따뜻할 것 같고, 늘 기억해줄 것 같다. 그러다 진실로 내 안으로 들어오면 화려함은 사라져버린다. 하지만 그랬을 때야 비로소 사랑은 참된 내 것이 된다. 다소 묵은 옷이 되고, 다소 낡고, 다소 무감하고, 다소 볼품없어지더라도 진정 내 삶의 체취를 간직한 진정한 내 안의 것. 때문에 사라진 화려함 앞에서 서글퍼해서는 안 된다. 이제 비로소 사랑은 내 안에 있기에 기뻐해야 한다. 그런데 우리들은 그러한 변화 앞에서 고개를 갸우뚱하고, 미심쩍어하며, 다시금 화려해지길 바란다. 그러나 실상 화려함은 사랑을 얼마나 그럴듯하게 왜곡하는가.

쇼윈도의 화려함을 벗어나 진정 내 안의 것이 되었을 때의 그것을 우리는 사랑이라고 부르지 않는다. 안타까운 일이다. 오래된 가구 혹은 익숙해진 옷가지 혹은 외할머니의 툇마루와 같은 변화를 사랑이라는 이름으로는 부르지 않는다. 사랑은 만남의 궁극도, 최상급도 아니다. 사랑은 만남의 궁극이 아니라 만남의 과정에 붙일 수 있는 이름이다. 사랑의 궁극은 다른 이름으로 존재한다. 너무 깊어 잴 수 없고, 너무 편안하여 아닌 것 같고, 너무 넓어 담을 수 없고, 너무 깊어 들여다볼 수 없고, 같은 곳을 바라보기에 마주하지 않는 듯한 그것을, 사람들은 더 이상 사랑이라 부르지 않는다. 그것을 사랑이라 부른다면 사랑 이상의 그것을 어찌 표현할 수 없어 다만 손쉽게 '사랑'이라고 부를 따름이다.

냉정하게 돌아본다. 만남의 궁극이 사랑이었던가를. 우리가 알고 있는 사랑은 만남의 시작과 과정 속에만 존재한다. 그 과정의 끝에 있는 것은 사랑이 아니거나 사랑 그 이상이다. 그럼에도 우리는, 실은 사랑이 아님에도 사랑이라고 부르고 있는지 모른다. 그 휘황한 쇼윈도의 불빛에 취해서, 여전히 과정 속에 놓여 있고 싶어서, 서로에게 주목받고 싶어서. (12.18)

나팔꽃

어제 창문을 열다가 우연히 집 뒤편을 내려다보았다. 거기에는 지난여름부터 가을까지, 하얗고 파랗고 빨간 화관을 올려놓은 듯 화려했던 나팔꽃의 줄기가 마치 흉가의 굵은 거미줄마냥 음산하게 걸쳐 있었다. 세월의 잔해일 것이다. 죽은 듯 보이는 저것도 내년 봄 새로운 생명의 싹을 틔워 다시 화려한 화관을 덮어쓰겠지. 소생이나 일깨움은 세상 만물이 그러하듯 사람에게도 얼마나 귀한 것인지. (12.18)

우회로

반듯하고 빠른 길이 옳고 좋은 길만이 아님을 아는 사람들은 멀리

돌아간다. 그 때문은 아니지만 여전히 우회하며 산다. 그래선지 힘들고 지치는 날이 많다. (12.19)

사랑의 마음

서로의 마음이 얕은 물처럼 찰랑대는 것도 문제다. 하지만 마음이 너무 깊어지면 그것도 문제이다. 마음이 깊어지면 서로 베일 수도 있기 때문이다. 그래서 마음은 번뜩이는 양날의 비수일 수도 있다. 끝까지 갈 수도 없고 그렇다고 그게 두려워 시작하지 않을 수도 없다. 혼자만의 마음이라면 그만 상처를 안고 자신의 마음의 문만 닫으면 그만인 것을. 그러나 서로를 향한 마음이 깊어지면 기필코 종국에 다가올 서로의 비수를 피할 방책은 없고 그럼에도 예서 멈출 수도 없다. 새벽 강에 마음을 담그고 상처를 어루만지느니보다는 점차 번뜩여지는 칼날을 미리미리 무디게 무디게 문질러놓아야 하나? 어쩌나? 이 아침에 그런 생각이 든다. (12.20)

숨결

누군가의 가슴에 얼굴을 묻고 가만히 있으면 가슴 뛰는 소리가 아주 크게 들린다. 살아 있으니 숨을 쉴 것이고, 가까이 대고 있으니 심장의 박동이 크고 선명하게 들리는 것은 당연하다. 그런데 나는 '호흡'보다는 '숨결'을 더 선호한다. '호흡'이 단순히 날숨과 들숨이라면, '숨결'은 생명이고, 존재의 의미이며, 살아 있음의 증명이자 영혼의 움직임이라는 느낌이 강하기 때문이다. 아주 드문 일이지만 코에 대고 상대의 날숨을 들이쉬기도 한다. 존재와 영혼을 느끼고 그것을 내 속으로 끌어당기고 싶은 욕망의 발원이다.

그런데 가슴이 뛰는 소리는 그것의 입체적인 교감이고 그것을 직접 듣고 있는 것, 그러니까 살아 있음의 구체적인 소리를 듣고 있는 듯하다. 그렇게 보면 누군가의 숨결을 들이마시고 심장의 고동을 들었다는 것은 그 사람의 영혼과 살아 있음의 생기와 마음의 존재를 붙잡은 일이 되겠다. 숨결과 심장의 고동을 통해 누군가의 영혼과 숨결을 내 안에 끌어들여 사로잡는 형국이다. 이것은 샤먼의 주술과는 다르다. 생명의 교접이다. 아름답다! 나도 그렇게 사로잡히고 싶다. (12.21)

불같은 삶

인생을 불에 비유한다면 잿불이 아닐까? 꺼질 듯하면서도 여린 불을 감추고 있는, 꺼질 듯하다가도 불씨가 있어 다시 살아나는 은근한 온기. 사랑이나 가족이나 연민이나 즐거움도 이와 같아서 사람의 한 평생이 때론 없는 듯, 때론 지루한 듯, 때론 미지근한 듯 죽었다가 다시 살아나 길고 길게 소진되는 잔불 같은 것은 아닌지. 지금도 아주 생각이 바뀐 것은 아니지만, 몇 년 전에 그런 생각을 한 적이 있었다. 딱 몇 년만 살다가 죽었으면 좋겠다는 생각을 간절하게 했다. 그 몇 년만큼은 은근한 잿불이 아니라 모닥불이나 산불처럼 삶의 모든 것을 확 태워 소멸시키고 말 만큼 뜨거운 삶을 살다 가는 것. 잿불과 모닥불의 차이는 어쩌면 길고 짧음이 아니라 강렬함과 밀도의 차이가 아닐까. 에너지 불변의 법칙으로 말한다면 길게 몇십 년을 이어갈 삶의 모든 에너지를 단 몇 년 만에, 그것도 일순간에 퍼 올려 다 쓰고 사라지는 그런 폭풍 같은 삶을. 그만큼 강렬하고 밝고 역동적으로 소진하고 싶다. 그런데 그런 삶이란 대체 무엇일까, 하는 의문은 여전히 남아 있다. 도심의 휘황한 불빛들을 바라보면서 또 그런 생각이 들었다. (12.22)

죽음 단상 2

시인 오규원이 「죽고 난 뒤의 팬티」에서 그랬다. 그런데 나도 그렇다. 길을 가거나 차를 타고 갈 때 이대로 죽는다면 내 속옷은 어떤지, 내 몸의 청결 상태는 어떤지가 무엇보다도 가장 신경이 쓰인다. 시인도 같은 마음이었겠지. 내 죽음에 관해 나는 내게 관심을 가졌던 이들만이 내 죽음의 처음과 시작을 지켜봐주었으면 하는 바람뿐이다. 화려한 조화도, 시끌벅적한 호상도, 나에 대한 뒷이야기도 원하지 않는다. 조용히 속으로만 나를 기억하고 또 그렇게 돌아갔으면 하는 것뿐이다. 아, 홀로 남은 아내는……. 언제나 걱정이다. 미망(未亡)을 견디지 못해 제풀에 죽을 수도 있는 사람이라서. 차라리 그런 사람이 아니길 빈다. (12.23)

꽃봉오리

요즘은 아침 일곱 시인데도 밖은 어둑어둑하다. 재활용 쓰레기를 버리러 나갔다가 무거운 쓰레기 박스를 든 채로 집 앞 나무를 한참이나 올려보고 있었다. 마침 계단을 내려오시던 옆 통로의 성당 다니시는 아주머니가 내게 물었다.

"뭘 그리 열심히 보세요?"

"아! 안녕하세요? 아무것도 아닙니다."

집 앞 목련나무에 솜털마냥 반짝이는 것이 있어 뭔가 가만히 올려다보고 있던 중이었다. 목련의 꽃봉오리였다. 아니 벌써! 요 며칠, 날이 따뜻하더니……. 어긋날 수도 피할 수도 없으니 섭리(攝理)겠지. 사람의 인연도. (12.24)

슬픈 사랑의 픽션, 배꽃 그 여자

성탄 전날이었다. 서울을 빠져나왔다. 양평 가는 길이었다. 사내는 조수석에 몸을 깊이 묻고 있었다. 서울에서 출발할 때부터 그녀가 운전했다. 차는 강을 건너고 터널을 지나고 다시 강을 끼고 달렸다. 사내는 운전하는 그녀의 손을 잡았다. 오른손은 자신 없다며 그녀가 웃었다. 사내도 따라 웃었다. 그녀의 손을 잡고 사내는 졸음이 왔다. 믿음과 편안함이었을까. 그냥 그대로 길 끝까지 달렸으면 했다. 어디서나 길 밖에 또 길이 있기 마련이다. 하니 길 끝이란 이쪽 삶에서의 끝이겠지. 사내는 물었다. 그냥 이대로 끝까지 가버릴까. 그녀는 아직 준비가 되지 않았다며 살짝 웃었다. 사내도 보일 듯 말 듯 고개를 끄덕였다.

양평이었다. 살필수록 고풍스럽고 품위 있는 카페였다. 사내는 커피를, 그녀는 대추차를 주문했다. 창 너머로 얼음이 풀린 강이 보였다. 앞에는 아름다운 그녀가 앉아 있다. 한참을 바라보았다. 사내는 여유롭고 흡족했다. 당당하진 않았지만 삶이란 그렇게 단순하고 어리석기도 한 모양이다. 흐린 날이었는데 흡사 밝은 햇살 아래 누워 있기라도 하듯 마음이 밝아졌다. 만지면 곧 부서져버릴 것 같은 마른 꽃잎들의 위태로움. 그런 사내를 바라보던 그녀의 미간이 잠시 흔들렸다. 아랫입술도 가볍게 오물거렸다. 뭔가 작정한 듯했다. 그러나 그뿐이었다. 날이 저물고 있었다. 휘황한 색색의 알전구들이 환하게 피어올랐다. 이제 곧 성탄 전날의 화려한 만찬이 시작될 것이다.

양평에서 서울 길, 철로가 놓인 길 가장자리 카페였다. 주차를 하고 약간의 계단을 올랐던가. 카페의 문을 열자 성탄을 알리는 장식들이 요란했다. 분명 이른 시각이었다. 카페는 한적했고 어젯밤의 노래만이 타성처럼 흘러나왔다. 텅 빈 카페 구석에 마주하고 앉았다. 남한강이 바라보이는 넓은 창으로 이제 막 햇살이 넘어와 눈이 부셨다. 유자차를 마신 그녀가 사내 편으로 건너와 사내의 어깨에 머리를 기대었다. 정갈한 머리칼에서 편백나무 향이 배어났다. 어젯밤에 지친 듯, 한동안 움직임이 없더니 하얀 테이블보 한 깃이 흔들리고 바람처럼 그녀가 말했다. 당신 없는 하루를 생각해본 적 없지만 이제는 마지막이어야 한다고. 그녀의 어깨가 창밖 물결처럼 들썩였다. 이제 돌아서면 다시 마주할 일 없겠지만 다음 생의 사랑으로 남겨두잔다. 창밖 강물이 이 세상에서 저 세상으로 흘러가고 있었다. 그렇게 시간은 흘러갔다. 이제 배꽃 같이 밝고 하얀 여자를 다시 '마음'에 품어서는 안 된다는 현실이 섦다. (12.26)

삶의 냉기

얼마 동안 날씨가 잘 벼린 비수의 날과 같았다. 그래선지 온몸을 싸고도는 냉기의 냉혹함과 더불어 사는 것이 비수 끝에 매달린 듯 서늘했다. 오늘은 그럭저럭 움직일 만했다. 헌데 다시 추워진다니 내 안의 저 끝에서부터 냉기가 올라온다. 삶은 왜 마냥 시릴까? (12.30)

함박눈

올해 들어 처음으로 내리는 함박눈이 혼령처럼 떠다닌다. 떠나지도 내려앉지도 못하고. 그 가벼움이 왜 그리 가련하게 보이는지. (12.31)

바다의 신비

안면도에 다녀왔다. 석양은 보았으나 날이 흐려 일출은 보지 못했다. 천년의 사랑을 기약한다는 할아비 할매 바위도 보여주고, 물이 빠진 아침 바다의 속살 안으로 걷게도 했다. 여러 번 느낀 바이지만 바닷속은 역시 황량하다. 물이 빠져나간 바다는 바다가 아니라 죽음의 형해이다. 생각해보라. 물로 가득 찬, 평평한 물살을 이루며 가득 메운 그만큼의 풍요와 생의 율동이 텅 비워진 곳의 흉물스러움이란 무엇이겠는지. 체험 나온 아이들은 즐거워했으나 그곳엔 위태롭게 깎인 돌이며 바스러진 조개껍데기들뿐 동경과 그리움으로 바라보는 '바다'는 이미 없었다. 물에 가려 저 속에 무엇이 있는지 알 수 없을 때 바다는 존재한다. 그렇다. 신비는 그렇게 존재하는 것이다. 삼라만상이 그렇지 않던가.

언제나 자신은 물론, 다른 모든 것의 흔적마저 시간처럼 지워버리는 바다도 어쩔 수 없이 저 멀리 빠져나가면서 자신의 꼬리는 지우지 못했나 보다. 곧 채워지겠지만 바닷물이 황급히 빠져나간 그곳엔 바다의 형해들로 가득하다. 역시 언제나 두려운 것은 머리도 몸통도 아니라 꼬리이다. 전쟁도, 인연의 끝맺음도, 사랑의 미련도 꼬리 탓에 힘겨운 법이다. 감흥의 여운 역시 그러하고. 꼭 물결의 모습으로 남긴 존재의 흔적을 보면서 바다와 사막은 어찌 그리 닮았는지. 신인동형 (神人同形)이 또한 그러하지 않을까 하며, 그들이 남긴 흔적을 보고 있노라니 바다는 어쩌면 온몸으로 기어 다니는 환형동물이거나 파충류의 일종이 아닌가 하며 고개를 주억거렸다. (1.6)

여름 속의 겨울

지난여름엔 겨울을 보았다. 비가 그친 거리에 햇살이 비치고 있었다. 겨울의 환시. 물기 가득한 거리의 햇살로 인해 겨울의 한중간에 서 있다는 착각에 빠졌다. 눈이 그친 다음, 햇살이 비치면서 눈이 녹아내리는 겨울의 풍경. 물기 가득한 거리는 겨울의 서슬이 바람으로 휩쓸리고, 햇살이 눈부시게 빛나면서 녹아내린 눈을 헤집는 겨울을 관통하고 있었다. 어쩌면 그것은 착시가 아니라 내 마음의 풍경이거나 아니면 아무도 몰래 실제로 겨울이 찾아왔는지 모른다. 그 여름의 '겨울'에 다시 여름을 떠올렸다. 왜 몸이 머무는 곳과 머리가 향한 곳은 매번 다른지. 육체와 의식의 격락(隔落). (1.7)

환 혹은 실제

새벽 미사 때, 신부님의 강론을 들으며 전례 해설대 밑의 간이 의자에 앉는다. 강론을 듣다가 강론에 집중하는 대신 대리석 바닥을 바라본다. 천장의 전등 불빛이 내려앉는다. 크고 작은 별이 뜬다. 별들을 바라보며 북두칠성을 그려본다. 불빛 배열의 아귀가 맞지 않다. 그래도 억지로 북두칠성을 그린다. 어머니를 위해 물을 떠온 소녀의 국자와 닮았다. 미사가 끝날 무렵 아침 햇살이 파스텔톤의 밝은 분광을 새기며 스테인드글라스로 밀려온다. 그래서 초록이 아닌 연두, 빨강이 아닌 주황, 하양이 아닌 회색이 희부윰한 먼지를 헤집으며 번진다. 햇살은 빛의 스펙트럼만이 아니라 의식의 스펙트럼을 만든다. 그 때문인지 톨스토이의 한 주인공 마르틴의 음성이 들린다.

"사과 한 알 때문에 이 아이를 때려야 한다면 이 죄 많은 우리는 도대체 어떤 벌을 받아야 하나요?"

마르틴의 음성 위에 우리들이 외우는 주기도문이 겹쳐진다.

"우리에게 잘못한 이를 우리가 용서하듯이 우리 죄를 용서하시고 우리를 유혹에 빠지지……"

그렇다. 우리에게 잘못한 이를 우리가 용서하듯이 우리 죄를 용서하신다. 귀를 열어놓지 않아도 소리가 들린다. 눈을 열어놓지 않아도 움직임이 보인다. 소란스럽지는 않으나 움직임은 어찌 그리 부산한지. 빛과 빛 사이로, 아니 그것이 빛인지 소리인지는 알 수 없다. 멀고 가까운, 깊고 얕은, 높고 낮은, 넓고 좁은, 길고 짧은, 두껍고 가는, 환하고 어두운 그것들이 한 점을 향해 모인다. 다가왔으나 가까이 있음을 알지 못하는 사이, 숨이 헉 하고 막힐 사이에 성당 외벽 스테인드글라스를 투과하여 사라진다. 차츰 빛은 엷어지고 소리는 가늘어진다. 본당의 불이 꺼지고 출입문에 이르러 몸을 돌려 제단을 향해 가볍게 목례를 하고 다시 돌아선다. 성당을 나와 아파트 단지 내 도로를 천천히 걷다가 서서히 몰려오는 가슴의 통증을 느낀다. 무언가 스쳐가는 아픔이 생채기도 남기지 않고 지나간다. 그 조그만 잘못마저 용서하지 못했던 지난 자책들이 밀려온다. (1.10)

그리움

그리움이 진정 그리움인지, 아니면 허깨비인지, 자기 안의 결핍인지, 선험적 상실감인지는 알 수 없다. 그렇지만 그 진정성을 따지고 싶지는 않다. '그리움'은 아름다운 이름이다. 그리움을 채우지 못해 명치끝을 죄어오는 아픔이 있다만 또 그만큼 아름다운 일이다. 그런 아픔과 무거움을 안고 살다 보면 주변을 두리번거리는 일이 잦아진다. 릴케는 말한다. "인간의 심혼에서 흘러나오는 그리움이나 불안이라고 하는 것은 담담하게도 사물의 모습으로 바꿔지기를 바라는 것이 아니었던가."(「로댕론」)라고. 그래! 그리움은 물질과 이미지로 전이된다. 특유의 냄새. 그렇다. 그 사람만의 냄새가 있다. 이미 없는데도, 차 속이며 옷에 묻어나 주위를 둘러보는 멋쩍은 일도 있기 마련이다. 누군가 그러더군. "왜 같은 로션을 바르는데도 사람마다 다른 냄새가 나는지요?" (1.11)

밀려오는 그리움

그냥 남겨두어야 하는 일도 있다. 외피를 걷고 장막을 제쳐 그 안에 들어가는 순간 사라져버리는 것이 있다. 누군가와 하고 싶은 일, 그것이 정말 간절한 바람이어도 내 일이 아닌 양 외면하고 남겨두며 살아야 할 때도 있다. 양파는 벗기면 눈물 나게 매운 맛이라도 나지만, 사람의 일은 알면 알수록 쓰린 아픔만이 남는 경우가 많지 않던가. 그래서 그리운 그 마음 그대로 묻어두는 것이 현명할 수도 있다. 그렇지만 밀려오는 그리움을 어쩌겠는가. 어느 날 새벽, 시인은 견디지 못하고 일어나 편지를 쓴다. "죽음보다 괴로운 것은 그리움이었다."(정호승, 「새벽편지」) (1.14)

너무 일찍 알아버린

대부분 사람들의 내면엔 영원히 성장이 멈춰버린 한 어린아이가 자리하고 있다. 피터팬 증후까지는 아니더라도 유년의 순수성을 간직하고 있다. 그런데 내 안에는 어릴 적부터 나이 많은 노인이 웅크리고 있었던 것 같다. 공원과 길가의 나무 벤치에 허술한 몸을 기대고 앉아 생기 없는 눈으로 저녁 무렵의 풍경을 바라보면서, 세상은 지나치는 바람이거나 스쳐 지나가는 만남이려니 하며, 마음 둘 곳 없어 노회한 시선을 거두는 쓸쓸한 노인의 모습. 마치 인생의 막바지에서 돌아본 삶처럼 세상의 모든 것이 허무하고 지루하게 느껴져 자리를 털고 일어나지 못한 채 한 곳에 붙박인 형상. 그 쓸쓸한 마음의 무늬마저 너무 단조로워 무채색의 어둠 속에 한없이 잠겨드는 저물녘의 풍경을 한숨으로 채워 넣는 외로운 영혼. 이울어가는 생의 모퉁이를 이미 보아버린 자에게 남은 지루한 인내의 시간. 알 수 없는 곳에서 나서 알 수 없는 곳으로 사라지는 인생의 뒤편만을 물끄러미 쳐다보는 구부러진 단구(短軀)의 노인이 자리하고 있었다. 훨씬 지난 뒤에 안 일이지만, 어릴 적부터 무의미와 방관의 시선으로 때론 지나치게 느긋하게

나, 반대로 다다름과 남김에 대해 조급해했던 것도 이런 까닭에 연유하고 있었을 터이다. 어떤 차이도 지나고 보면 결국 같은 본질의 다른 형상이었음을 알게 되었던 사실조차. 서양철학의 본질과 현상, 동양철학의 이기론(理氣論)도 이런 생각에서 출발되지 않았을까, 하는. 아! 감히 너무 나갔구나. (1.15)

경험하기 전에는

사람마다 다르겠지만 당시로서는 누구나 상상할 수 없는 나이가 있다. 그 나이 이후의 삶이 어떤 것인지 전혀 예상할 수 없다. 그것은 짐작이 가능한 삶이 아니라 경험해보아야만 비로소 알 수 있는 세계이다. 내게 50세 이후의 삶이 그러했다. 나이 50이면 하늘의 뜻을 아는 나이이다. 그런데 하늘의 뜻은커녕 일상마저 알기에도 너무나 막막한 세계였다. 그 나이에 이르면 머리는 얼마나 빠질까? 센털은 머리에만 나는 걸까, 아니면 체모에도 나는 걸까? 사람들의 허물에도 관대해지고, 세상을 보는 눈은 훨씬 너그러워지나? 그 나이에 섹스는 과연 가능할까? 가능하다면 언제까지? 또 얼마나 가능할까? 우습지만 도무지 알 수 없는 일이었다. (1.17)

흘러가버린 것

이제는 흘러가버려 더 이상 돌이킬 수 없는 것들은 참 슬프다. 죽음보다 더 슬프다. 유모차, 커다란 풍선, 햄버거, 페이스페인팅, 장난감과 한 몸이 되어버린 어린이날. 이제 더 이상 아이들과 함께할 수 없어진 이날, 더 이상 잠자리를 잡으러 가자고 조르는 일이 없을 만큼 커버린 아이들, 돌이킬 수 없는 녀석들의 어린 시절, 시간은 흐르고 흘러 내가 처음 만났던 아내의 나이보다 더 나이 들어버린 큰아이. 그리고 또 시간은 흘러간다. 돌아가고 싶다. 아내가 젊었을 때로, 아이들이 어렸을 때로, 내가 갈망하는 그때로. 이제는 돌이킬 수 없다는 바로 그 이유 때문만으로도. (1.18)

겨울날의 잔 비

비가 와서 그런지 날이 어둡다. 계절에 어울리지 않게 내리는 비가 또 그런 대로 운치가 있다. 겨울엔 눈이어야 하지만 눈 온 뒤의 불편함과 지저분함을 생각하면 비가 한층 낫다는 생각도 든다. 이미 순수를 잃어버린 통속한 마음의 투영이겠지. 내리는 비를 보고 있자니 그리움을 안고 하늘 아래 살아가는 어떤 사람들의 굳은 발걸음이 눈앞에 걸어가는 사람인 양 떠오른다. (1.20)

심통(心痛)

잠을 자려고 누워 가만히 눈을 감고 있었습니다. 어디선가 물소리가 들렸습니다. 수돗물이 흐르나? 아님 비가 오나? 아니었습니다. 잠에 빠져드는 순간 그것이 내 속에서 흐르는 물소리라는 것을 알았습니다. 내 몸 어딘가에서 흐르는 물소리. 대지를 적시는 그런 물이 아니라 냇물처럼, 계곡의 저 위에서 아래로 흐르는 혹은 관악산 기슭이나 덕유산 골짜기를 흐르는 물소리. 아니 그보다는 훨씬 완만하게 흘러내리는 물소리가 내 속에서 울려나왔습니다. 내 몸 어딘가에 그런 물이 있었던가. 있었다면 어디에? 삶의 기력, 충전, 옛 성인들이 귀를 씻었다는 그런 청렴과 순결과 결백의 물이 내게도 있었던가. 어쩌면 마음의 물이던가. 마음의 물은 어디에서 어디로 흐르는가.

　어떤 것을 포기해야 하거나 그만두고자 했을 때 거기에 이르는 동안 얼마나 많은 심적 고통을 감내해야 하는지. 아직 버리지 못한 집착이 얼마나 많을까. 나도 모르게 내 마음이 그걸 씻어내고 있었던 중일까. 불교에서는 마음공부라고 한다는데, 마음을 다스리는 법. 우주가 내 마음이니 내 마음에 따라 우주가 달라지는 법이고, 내가 그 마음의 주인이니 또한 모든 것이 내게 달려 있지 않겠는가. 헌데 그것이 그리 어려우니 그래서 홀로 심통이 심했던 것을 조. 용. 히. 조. 용. 히. 씻어내고 있었던 것인지도 모르겠습니다. (1.21)

질료와 변용

　현대미술관에 갔다. 마침 안내자가 자세히 설명하는 시간이었다. 의도했던 일이 아니었기에 때론 어느 작품에 오래 서 있었긴 했지만 대체로 성큼성큼 걸어 다녔으며, 삐걱이는 의자에, 언제나 멍청하게 잘 앉아 있는 나무 의자에 오래 앉아 있기도 했다. 그러다 눈길을 잡아끄는 것이 있었다. 네 개의 작품이 한쪽 벽면을 채운 김창열의 작품이었다.

　김창열의 작품은 도록으로 본 적이 많았지만, 그리고 내가 본 작품들이 그런 작품들이 비해 낫다고 할 수 없었지만 사진으로 보는 것과는 확실히 달랐다. 실물을 보았기 때문이지만 단지 실물을 보았다는 그 때문만은 분명 아니다. 작품을 볼 수 있는 가장 가까운 거리라고 생각되는 30센티미터 거리에 서서 보았다가 다시 한 걸음, 한 걸음 뒤로 물러나면서 보았다.

가까이서 본 그것은 물감이었다. 거의 반복적으로 칠해진 그것들이 뒤로 물러나는 순간 물방울이 되어 흔들거렸다. 그 흔들거림은 빛과 그림자를 동시에 담아내고 있었다. 정확히 내 걸음으로 4보에서 5보로 옮기는 순간에 물감이 물로 변했는데, 그것은 물질(사물)이 어느 순간 예술이자 창조이자 새로운 물질의 변형되는 순간이었다. 놀라운 변용(Verwandlung)이다. 도록의 물방울이 훨씬 더 생생했지만 거기엔 물질에서 예술로 변하는 과정이 제거되어 있었다.

이러한 변용은 '보이는 것의 보이지 않는 것'으로의 변용이라는 릴케의 변용과도 일맥상통하는 것으로, 질료의 물질적 승화로서 변용이 아닐까 하는 생각이 들었다. 내가 감명 깊게 본 것은 바로 그러한 변용의 순간이었고, 이는 가까이에서 본 그림과 멀리서 본 그림의 차이와는 무관하다. 이 차이야 부분과 전체, 나무와 숲의 차이라면 변용의 순간은 질적인 차이, 차원의 차이, 완전히 다른 물질로의 변화였다. (1.23)

매혹

눈부시게 빛나는 광채를 보고 다가갔더니 하도 곱게 빛나던 그것이 햇빛에 번뜩이는 한낱 사금파리였다니! 휘황한 광채는 가까이 다가가서 보면 빛을 잃는데, 살면서 우리는 그 허망한 매혹에 주저앉고만 적이 얼마나 많았을까. 사랑의 매혹 역시 그러하지 않을까. 임정희의 노래가 떠오른다. "이별을 거치고 나면 보잘 것 없을 사랑일 뿐인데 왜 그땐 눈이 멀도록 빛나 보였는지". (1.24)

따스한 햇살 아래

아! 따뜻한 봄날에 공원 벤치에 앉아 따스한 햇살 아래 지나가는 사람들을 보며 졸고 싶다. (1.26)

실눈(細雪) 내리는

아주 힘겹게 나뭇잎 몇 개 달고 있는 나무 위로 명주 실가락 같은 실눈(細雪)이 내리고 있었습니다.

바람이 언뜻 불적마다 그것들은 다시 떠나온 곳이 그리워서인지 하늘로 치켜 올랐다가, 이내 미련을 버리고 다시 제 갈 길을 향해 내립니다.

가벼운 바람에도 너무 요란스레 흩날리는 그것들이 안쓰러웠습니다.

자신이 묻힐 그곳에 미처 닿기도 전에 사라져버리는 헐거운 생명으로 소멸하고 있었습니다.

마치 처음부터 비장함을 가슴에 품고 자진(自盡)하는 심정으로 곤두박질쳐대는 몸부림처럼.

그러다 어느 순간 흩날림을 멈추고 풍경화로 붙박입니다.

발을 딛기도 전에 사라져버리는 겨울눈을 보면서, 사람들 역시 무거우면 무거운 대로, 가벼우면 가벼운 대로, 남이 알면 아는 대로, 모르면 모르는 대로 눈꽃송이 흩날리듯 이리저리 흔들리며 안쓰럽게 살아가고 있다는 것을 떠올렸습니다.

참 많은 것을 지키며 사는 것 같지만 실은 뭐 하나 이루지 못한 채, 사람과 사람의, 세상과 세상의 인연의 끈이 떨어져버리는 것은 아닐까 생각을 했었지요.

도대체 인간이 이루며 사는 것은 무엇인지, 길지 않은 시간 동안 규범적이고 도덕적으로, 잘나든 못나든, 번듯한 외양을 갖추든 보잘것없는 누더기로 살아가든, 무엇을 이루고자 사는지, 아니 이루려는 것 자체가 욕망이자 욕심은 아닐는지.

그래본들 살고 싶은 대로 살지 못했다면 모든 위안과 찬사인들 무슨 의미가 있겠는가도 싶었습니다. 눈을 보면서, 제 몸이 닿기도 전에 공중에서 스러지는 실눈을 보면서 문득 떠올랐습니다.

그래도 누군가를 영영 떠나보내고 돌아서는 길에 내리는 실눈이 아니기에 얼마나 다행인지, 라고 위안하며. (1.28)

어느 노모

1월 하순. 어머니 산소에 들렀다가 왜관IC로 가는 중이었다. 차선 구분이 없는 전형적인 농촌 시골길이었는데, 10여 미터 앞쪽에서 할머니가 손을 흔들고 있었다. 가시는 곳 어디까지 태워달라는 것으로 생각했다. 차를 세웠다. 조수석 창문을 열고 무슨 일이냐고 물으려는데 차 앞을 가로질러 운전석으로 다가왔다. 145센티미터 정도의 아주 작은 몸집이었고 차림새가 남루했다. 가까이에서 얼굴을 마주하고 보니 나이를 짐작할 수 없을 만큼 주름이 깊고 많았으며, 듬성듬성한 이 사이엔 음식 찌꺼기들이 끼어 있었다.

창문을 열었다. 무슨 사정인가 묻기도 전에 할머니가 먼저, 부정확한 발음으로 오늘이 며칠이냐고 물으셨다. 순간! 오늘이 며칠인가 하고 생각을 가다듬느라 대답을 못 하는 그 잠깐 사이에 다시, 음력으로 오늘이 며칠인지 되물으셨다. 황당한 일이다. 달리는 차를 세우고는 뜬금없이 오늘이 음력 며칠이냐 묻다니! 아! 생각이 휴대전화기에 미치고 얼른 일정 관리 항목을 열었다. 음력 12월 25일. "섣달 스무닷새입니다." 그리고는 손가락 두 개와 다섯 개를 연달아 펴 보였다. 청력은 좋으신 모양이었다. 한번에 알아들으시고는 고개를 끄덕였다.

"그럼 닷새는 더 기다려야겠네. 난 우리 아들 오나 카고~ 고마 기다리고 있었제."

할머니가 고맙다는 말과 함께 물러섰다. 차를 움직이면서 여러 생각이 들었다. 몇 날 며칠을 길가에 나와 저리 기다렸을까. 자식을 기다리는 부모의 마음이 저런 것일까. 아버지와 어머니도 내 오기를 저리 기다렸으며, 나 역시 자식을 기다리게 될까. 뒤로 돌아보니 단구의 할머니가 허리를 웅크린 채 허름한 농가로 들어가고 있었다. 내일도 나와서 기다릴는지? 아마 그러시리라. (1.28)

겨울밤, 그 오래된 기억

겨울밤에 창문을 열면 몸을 부르르 떨게 하는 추위, 머리를 얼려버릴 바람, 코끝을 스미는 낯익은 냄새, 머리가 확 비워지는 써늘함, 일시에 몰려오는 오래된 기억들, 그 짜릿함. (1.29)

냉기, 자신을 돌아보는 일

겨울의 풍경을 본다. 눈에 보이는 세상은 참 투명하다. 모든 것의 속이 다 들여다보일 듯하다. 그러나 그 풍경에 나는 없다. 여기 분명히 있는데 나는 저 풍경 어디에도 없다. 고독이나 외로움이란 그런 것이다. 세상과의 절연이 아니라 세상 밖에 있다는 것. 그러니까 무엇의 '밖에 있다'라는 것. 밖에 있기에 누군가의 시선에도 잡히지 않고 스스로의 시선 밖에 있다는 것. 그만큼 스스로나 타인에게 인식되지도 지각되지도 않은 상태. 겨울 풍경은 그렇게 되비춰준다. 투명한 겨울은 그래서 성찰하게 한다. 겨울은 확실히 텅 비어 있는 것을 통해 자신을 돌아보는 계절이다. 그러니 추울 밖에. 자기 자신을 돌아보는 일만큼 냉기 도는 일이 어디 있을까. (1.31)

영혼과 육체

육체는 묶어두고 영혼은 떠도는 것이란다. 그런데 내 영혼은 늘 제자리인데 내 몸은 왜 그리 영혼처럼 떠도는지. (2.8)

사람들 사이

사람들 사이의 얽힘과 설킴은 사소하고 하찮은 것 같으면서도 묵중한 굴레를 느끼기도 하고, 반대로 거역할 수 없는 운명인가 싶다가도 오히려 그 사소함에 허탈해지기도 한다. 알 수 없는 일이다. (2.9)

길

가야 할 길은 까마득한데 지나온 길은 지척이다. 우리들 삶도 살아 갈 날은 아득하나 돌아본 삶은 늘 순간이다. 갈수록 절실하다. (2.11)

사랑, 의미의 창출

사랑의 감정이 도파민 때문이고 그것은 시효가 있어서 유효기간이 짧게는 6개월에서 길게는 3년이라는 이야기를 들었을 때 거부감이 심했다. 예전에 인간을 물질적이고 임상적인 차원에서 이해하려고 하는 관점을 접했을 때도 거부감이 있었다. 〈인체의 신비전〉에서 느꼈던 전혀 신비스럽지 않은 강한 거부감도 역시 마찬가지 이유이다. 그런데 부정할 수 없는 사실이긴 하다. 딱 들어맞는 예는 아니지만, 당뇨병 환자에게 인슐린을 투여하는 것도, 온도에 민감한 바소프레신 때문에 갑자기 기온이 떨어지면 화장실에 자주 가게 되는 것도, 섹스의 시작과 과정에서 생기는 육체적이고 정신적인 모든 변화 등은 결국 인간의 많은 부분이 호르몬의 작용으로 움직인다는 사실을 보여준다. 사실은 그렇지만 사랑은 또한 의미를 창출하는 과정은 아닐는지. 누군가에게 혹은 자신에게, 의미 있는 행위, 의미 있는 존재로 존재하려는 노력 같은 것들. 예술 역시 의미를 창출하는 하나의 방식이다. 사랑이라는 그 누군가의 의미 창출에 뜻하지 않게 자신이 얽힐지도 모른다. 그때 그는 운명이라 생각할 것이며, 아주 많은 의미를 부여할 것이다. (2.12)

인생

인생이란 알거나 모르거나 너무 빠르지 않던가. 그 빠른 시간임에도 때론 앞으로 남은 시간이 막막할 때가 있다. (2.12)

밤바다

온통 바다만을 만나려고 했는데 내가 만난 것은 하나의 바다뿐이었다. 바다에서였다. 어느 시간대 사이로 어둠이 내려앉았다. 아주 멀찍이 떨어져 있던 바다가 어느 사이 발 앞에 성큼 다가와 있었다. 그것은 파수꾼의 감시를 피해 소리 없이 밀려온 적군들이었다. 층층이 혹은 라인을 형성하며 하얀 파도가 들썩였다. 멀리서는 아무런 움직임도 없던 것이 발밑에 다가와서는 제 몸을 부서뜨리며 흔적을 남기곤 했다. 바라보고 또 바라보았다. 우리들의 삶도 저렇게 소리 없이 부서지고 있는 거겠지, 라고 생각했다.

밤바다는 확실히 두려운 유혹이다. 어둠 속에서 바다는 아무것도 보여주지 않았다. 아무 것도 보이지 않는 그것은 두려움이다. 그러나 그 두려움은 어둠 속의 알 수 없는, 그래서 미지의 세계로 빨려 들어가버릴 것 같은 '유혹'에 대한 '두려움'이기도 했다. 보이지 않지만, 그래서 알 수 없지만, 그럼에도 살아내야 하는 삶처럼 밤바다는 그렇게 내 앞에 있었다. 그날 본 밤바다의 파도는 실존무(實存舞)였다. (2.13)

소멸의 기다림

밤이 깊어갈 무렵 창가에 섰는데 아닌 듯 눈이 내렸습니다. 가로등 너머로 꽃잎처럼 가볍게 두둥실 떠다녔습니다. 과연 땅에 내려설 수 있을지 의문스럽게, 정말 내려앉고 싶은지 의문스럽게 때론 ? ? ? 형상으로, 때론 Z Z Z로 내렸습니다. 펑펑 내렸으면 했습니다. 이대로 그치는 것이 아쉬워 제발 이 겨울 마지막 눈이 아니기를 바라는 마음을 내내 파기할 수 없는 무거운 약속처럼 안고 있었습니다.

다음 날 아침, 달리는 차 속에서 바라본 도로의 한 결과 먼 산에 새치처럼 어젯밤의 흔적이 남아 있었습니다. 내가 못 본 사이 내려앉았구나. 비로소 안착하여 지나온 삶을 간직한 채 저렇게 소멸을 기다리고 있구나. 무엇이나 시들고 나면 허망한 것. 그러나 형상은 사라져도 질료는 남는 것. 미련 없이 소멸을 기다리는 순백의 아름다움이 아둔함을 일깨우며 형형한 빛으로 잠깁니다. (2.15)

추풍령 부근

경부고속도로 추풍령 부근 먼 산에 잔설이 하얗게 남아 있었다. 겨울바람이 차창을 무섭게 스치고 추풍령이 또한 흔들렸다. 흔들리며 사는 것. 자기 한 몸 온전히 내려놓지 못하고, 휩쓰는 바람에 휩쓸리지 않으려고 온몸으로 버티기, 그러나 힘들게 힘들게 허덕이며 사는 것. 그럴 적마다 꿈 하나 조용히 내려놓으며 손바닥 털고 일어선다. 그사이 줄어든 꿈이 얼마인가. 남아 있는 꿈이 있기라도 한 건가. 가차 없는 세상의 풍검(風劍)이 두려워 초연(超然)! 초연(超然)!을 되뇌며 마지막으로 내려놓을 것이 무엇인지 가늠해본다. 추풍령 부근에는 아직 잔설이 하얗게 남아 있었다. 마음의 노독이나 풀렸으면 좋겠다. (2.16)

아주 가끔씩은

아직도 가끔, 아주 가끔씩 거리를 지나거나, 꽃을 보거나, 달을 바라보거나, 음악을 듣다가 흐뜩 고개를 돌리는 낯선 얼굴에서 낯익은 누군가의 모습을 보곤 한다. 이미지이고 허깨비인 그 누구를…….
(2.17)

겨울 속의 여름

강렬한 햇빛 때문이었을까. 커튼을 열다 밀려오는 햇살을 받으며 한여름의 풍경을 떠올렸다. 텅 빈 거리와 기진한 권태가 창문 너머의 시간 속에 흐르고 있었다. 여름 낮의 정적. 그러나 이내 얼굴을 스치는 차가운 바람에 잠시간의 환각에서 깨어났다. 다리에 힘이 쭉 빠지는 무거움을 뚫고 불쑥 떠오른 생각. 그냥 이렇게 살다가 죽는 거겠지. 누군들 다르랴. (2.18)

나도 누군가에게는

나는 언제나 제자리에 있는데 세상이 흐르고 변한다고 생각했다. 하지만 늘 제자리에 있다는 나 역시 누군가에게는 흐르고 변하는 세상이었겠지. 나도 누군가에게는 아픔이고 미련이고 배신이고 아쉬움이었을 터인데, 왜 그걸 몰랐을까. (2.19)

나의 행복

내가 살아 있다는 사실에 행복해한 적은 한 번도 없다. 그러나 내가 사랑하는 사람을 아직 많이 잃지 않은 것은 정말 행복하고 고마운 일이다. (2.21)

무엇을 더 바랄까

사랑해봤고, 허망함도 알았다.
믿어보았고, 무너지는 아픔도 맛보았다.
꿈을 꿔봤고, 무망함도 알았다.
삶의 이면에 경탄했고, 사소함에 절망도 했다.
호기심에 가슴 떨었고, 그 허울에 웃어도 보았다.
호기 있게 부서져보았고, 그 민망함에 부끄러워해봤다.
남은 생은 무엇을 해볼까. (2.22)

현실과 가상

결코 아무나는 아니지만 누군가의 흔적을 되새기는 일이 좋을 때가 있다. 그 사람 혹은 그것에 관해 눈에 보이지 않은 이면의 세계를 현재에 불러들여 재구성하면서 느끼고 감득하고 추체험하는 일. 내게 정말 낯설 수밖에 없는, 그러면서도 어쩌면 낯익은 이질적인 공간에서 이채롭게 재생되는 과거와 현재, 너와 나, 사실과 상상의 공존. (2.23)

인생이란

요 얼마간 마치 죽음을 앞둔 자의 형세로 살아가고 있다. 생각을 가다듬는 것이, 기억을 더듬는 것이, 떠난 사람을 떠올리는 것이, 족적을 뒤지는 것이, 추억을 되새기는 것이, 갔던 곳을 되짚어 돌아보는 것이, 지난 한때를 그리워하는 것이, 옛것을 어루만지는 것이, 이리저리 나누고 정리하는 것이, 무언가를 남기는 것이, 여기저기 먹고 보러 다니는 것이, 마치 떠나기 전 조금이라도 더 담아두고 싶은 심사인 것 같다. 나와 별다른 인생이 있다면 정말 따라 살고 싶다. 내게 인생이란 기쁘면서도 스산한 것. (2.24)

깨달음

나이 들어서야 비로소 깨닫는 것이 있다. 어쩌면 이 사실마저 나이 들어서야 깨달은 것이 아니겠는가. (2.25)

막연한 그리움

막연한 그리움. 이미지. 그 형언할 수 없는 먼 데의 그리움이 현실이 되고, 또 구체적인 그 무엇이 되어 내 앞에 존재할 때, 아! 이제 그를 향한 그리움은 다시 올 수 없는 것인가. 그렇다면 그런 현실은 피하고 싶다. 다시 그리워하던 때로……. 가장 간절한 소망은 소망이 이루어지기 전이듯, 가장 절절한 복수심은 복수하기 전이듯, 가장 애틋한 그리움은 그리움 그대로 남아 있을 때이다. (2.26)

다시 봄의 기대

시간 속의 재들로 채워진 존재의 시원(始原),

어딘가에 두고 왔을 것 같은 은밀하고 고적한 봉토,

엷은 빛을 깨치며 노랫소리로 울려 퍼지는 은은한 그리움,

젊은 날의 편력과 낭만이 깃든 마른 꽃 한 다발,

현실과 꿈의 경계를 가르며 난처한 표정으로 다가오는 시간,

길모퉁이를 돌아 다시 만날 것 같은 편안한 이별,

팽팽 도는 풍향계의 부산한 긴장과 누추한 행색 위로 내리는 햇볕,

햇살 밝은 거실로 번져오는 드보르자크 첼로 협주곡 I. Allegro,

창밖을 바라보며 마시는 차 한 잔의 여유,

아― 감미롭게, 지루하지 않게, 따뜻하게, 여유롭게, 겨울의 남은 마지막은 그런 윤택한 나날이 되었으면 좋겠다. (2.27)

계절의
그리움과
몽상

순수 추억에는 날짜가 없고, 계절이 있다.

계절은 추억의 표지이다.

기억해야 할 그날에,

하늘은 어떠했으며 바람은 어떠했는가?

그것이 어렴풋한 추억에 올바른 긴장을 부여하는 문제이다.

(바슐라르, 「몽상의 시학」)